赣鄱书

凌翼 著

大湖拳纹

蚩尤北伐

大禹不死

干越剑

桑落洲

浮之间

滕王阁

朝士半江西

乡关何处

江右码头

灵魄与脊梁

中国青年出版社

（京）新登字 083 号

图书在版编目（CIP）数据

赣鄱书 / 凌翼著 . — 北京 : 中国青年出版社，
2018.9

ISBN 978-7-5153-5294-7

Ⅰ . ①赣… Ⅱ . ①凌… Ⅲ . ①散文集 – 中国 – 当代
Ⅳ . ① I267

中国版本图书馆 CIP 数据核字（2018）第 205937 号

责任编辑	侯群雄　叶栩乔	
出版发行	中国青年出版社	
社　　址	北京东四十二条 21 号　　邮政编码：100708	
网　　址	www.cyp.com.cn	
门 市 部	010-57350370	
编 辑 部	010-57350402	
印　　刷	北京科信印刷有限公司	
经　　销	新华书店	
规　　格	710×1000　1/16	
印　　张	17.25	
字　　数	240 千字	
版　　次	2018 年 11 月北京第 1 版	
印　　次	2018 年 11 月北京第 1 次印刷	
定　　价	48.00 元	

南方有赣巨人，人面长唇，黑身有毛，反踵，见人笑亦笑，唇蔽其面，因即逃也。赣水出聂都山，东北流注于江，入彭泽西也。

——先秦·无名氏《山海经》

豫章水出赣县西南，而北入江。盖控引众流，总成一川，虽称谓有殊，言归一水矣。湖汉等九水入彭蠡，故言九江矣遥。

——北魏·郦道元《水经注》

自今江州湖口县南，跨南康军、饶州之境，以接于隆兴府之北，弥漫数十百里。其源则东自饶、徽、信州、建昌军，南自赣州、南安军，西自袁、筠以至隆兴、分宁诸邑，方数千里之水，皆会而归焉。北过南康扬澜、左蠡，则两岸渐迫山麓，而湖面稍狭，遂东北流以趋湖口而入于江矣。

——宋·朱熹《九江彭蠡辨》

钟庐阜之灵异，跨荆扬以启疆。振大儒之木铎，发人心之天良。
实理学之渊薮，宁石隐之林塘。听呦呦之鸣鹿，俨翔凤于高冈。

——清·靖道谟《白鹿洞赋》

目　录

大湖掌纹

一

　　仔细打量鄱阳湖，它与一只手掌是那么完美契合：它的五条江河，就像五根手指伸展在江西大地；它的主湖体，就是掌部，汇集着五指输送来的水；它的入江水道，就是手腕，通过湖口将湖水输送入长江。

　　每当春夏之交，连绵雨季，水位节节攀升，湖面迅猛扩展，立时有烟波浩荡之感，那些波诡浪谲的水澜就如同鄱阳湖的掌纹；即便冬季，湖水急流勇退后，洲滩尽情裸露，一道道蜿蜒的水流，如枯藤般雕刻在鄱阳湖的巨掌中，形成与众不同的掌纹。

　　每个人的掌纹都是上天赐予的，鄱阳湖的掌纹正是大自然的产物。"帝刻桐叶，天书掌文"是庾信《成王刻桐叶封虞赞》中的句子，讲述西周时代叔虞因为成王的一句戏言，得到唐国封地，他励精图治，兴修水利，发展生产，使百姓过上安居乐业的生活，成为唐人爱戴的君主……这片桐叶的叶脉，有如上天铭刻的掌纹，成了帝王金口玉言的象征。一片桐叶享有了珪玉一样的待遇，这表明自然与人心一旦契合，便拥有诚信如金的力量。鄱阳湖如一只巨掌扣在江右大地，不正是大自然的杰作吗？它不需要谁的金口玉言，年年月月，按照大自然的规律兑现着自己肥肥瘦瘦的诺言。

鄱阳湖也可以说是大地母亲的"掌上明珠"。它上承赣、抚、信、饶、修五河之水，下接亚洲第一大河——长江。在正常水位的情况下，鄱阳湖面积约三千九百平方公里，容积达三百亿立方米，相当于三峡大坝一百三十米时的储水量。鄱阳湖每年流入长江的水量也是惊人的，超过黄、淮、海三河流入水量的总和。鄱阳湖是珍稀候鸟的天然家园，也是湿地生态系统的最佳着床地，拥有多姿的水、温柔的荻、诗意的草……

鄱阳湖这只巨掌，执掌着江西几乎全境的水系命脉。它美轮美奂的掌中传奇，引领着我探足这座神奇之湖。

二

鄱阳湖这只巨掌的凹陷，是怎样形成的呢？

这要追溯到亿万年前的冰川时代。那个时候，人类的胚胎还没有在上帝的脑海里闪念。

地球自诞生起，气候一直处于冷与暖的交替变化中。在距今约五亿四千万年至十八亿年前的中晚元古代震旦纪——古生代，鄱阳湖所在地属扬子海槽，被海水覆盖。到了三叠纪末，约两亿年前的印支运动，海水退去，这里成为一片陆地。

当时光之驹奔跑到一亿三千五百万年前的白垩纪末期，有了燕山运动，这里又断裂陷落成盆地，下陷深达千米；七千万年前的新生代来临时，一次喜马拉雅运动，盆地又逐渐隆起，经历风化、剥蚀，这似乎是一个将以往的一切历史洗白的过程。

进入约二百六十万年前的新生代第四纪，受到北北、北北东、北西三组断裂的差异升降活动影响形成鄱阳湖沉降区，沿湖口——新干断裂，发育成了古赣江水系，逐渐形成平缓舒展的凹地和与长江相通的断裂谷地，丘陵起伏的山间盆地勾勒了鄱阳盆地的轮廓。此时，早期人类开始

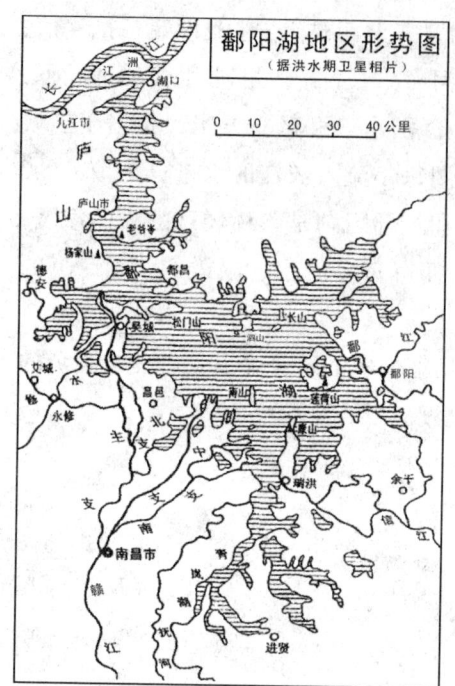

鄱阳湖地区形势图

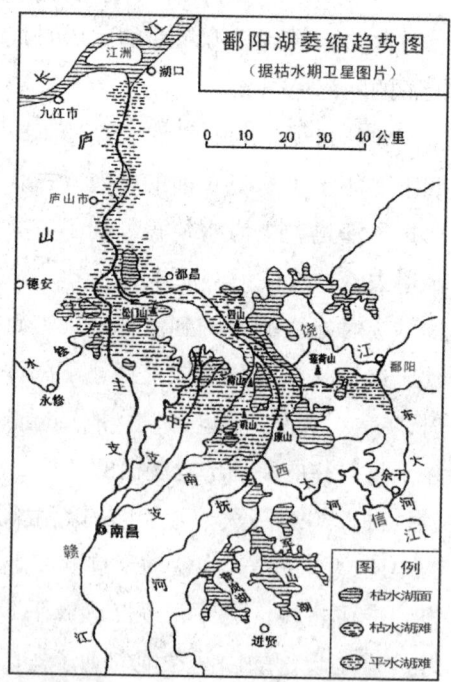

鄱阳湖萎缩趋势图

在这些谷地间以狩猎为生。

鄱阳盆地形成后，首先发育赣江水系，然后才形成鄱阳湖。中更新世时，随着新构造运动活动，古赣江开始发育，至全新世早期，鄱阳盆地为一河网交织的平原洼地，这时的人类也进入到异常活跃的时期。

距今六千至七千年前发生了一次海侵，积水成为湖泊，古称彭蠡泽。长江主泓道与淮阳"山"字形前弧基本一致，由于新构造运动，"山"字形前弧应力场继续活动，前弧挤压带向南推移，致使古长江南岸地区下降。三千四百年前发生第二次海侵，长江自西而东穿越彭蠡湖而过。两千年前发生第三次海侵，在地质、气象、水文多重作用下，彭蠡泽沿赣江向南扩展，湖水越过松门山直抵鄱阳、余干附近，因湖中有鄱阳山，而易名鄱阳湖。距今约一千六百年左右，即公元420年前后，形成了现代鄱阳湖的雏形。

如此看来，古彭蠡泽与现代鄱阳湖是既有密切联系，又不完全重叠的两个湖泊。

从古文献可知，长江出武穴后，江水呈分汊水系，漫延东流，故典籍中出现"九江孔殷""禹疏九江"等语，其实就是对这些分汊河道进行疏导整治。

彭蠡泽的形成，很大程度上是由于长江和赣江两大水系交汇所致。彭蠡泽为江水所汇，其范围约为当今长江北岸鄂东的源湖，皖西的龙感湖、大官湖及泊湖等滨江诸湖区以及相连接的湖口和今天的鄱阳湖入江水道。

古人有时将彭蠡泽视作长江拓宽的河段，而忽略了它作为湖泊的真实记录。一些古文献中，只有云梦泽、太湖，而缺彭蠡湖，这是一种地理的尴尬还是人文的尴尬，今人已无法为古人辩诬。但可以说明的是，彭蠡泽有着水陆相间、草木丛生、江流纵横、候鸟翩飞的广阔盆地环境。古长江由西向东穿泽而过，古赣江由南向北交汇于此，形成壮阔无比、浩渺无边的江湖世界。

在人间，我们也许能体会到三十年河东、三十年河西的沧桑之变，但对于大自然，只能用百年、千年之久来演绎它的盖世之变，人类只能从史册中捕风捉影，凑起它的细枝末节。

鄱阳湖这只手掌就是在这样的语境下变化而成的。

三

对于一只巨掌来说，它无时无刻不在演绎着自己的故事。

抹开历史的尘埃，发现古彭蠡湖的消失与长江的南移，是造就现代鄱阳湖的成因。有几个地理名词，是彭蠡湖向鄱阳湖演进的见证。

首先，古文献中的"寻阳"，与今天的"浔阳"，让很多人心生疑惑。这到底是同一个地名，还是两个不同的地名？我试图以历史的线索来解释。

浔阳是一个熟悉的名字，至今仍然还在沿用。如今，浔阳是九江市城区所在地。

白居易在《琵琶行》开篇写道："浔阳江头夜送客，枫叶荻花秋瑟瑟。"长江流经浔阳的这段就叫浔阳江。熟悉《水浒传》的读者知道，书中多次写到浔阳，如宋江在浔阳楼上题反诗；李逵与李俊大闹浔阳江；浪里白条张顺是施耐庵塑造的一个水将，也是地地道道的浔阳人。

浔阳，史称柴桑、江州，自古便有"南开六道，途道五岭，北守长江，运行岷汉，来商纳贾"之谓，历史上这里就是"四大米市""三大茶市"，是中国古代著名的商贸码头。

说到"寻阳"，则要追溯到汉文帝十六年（前164年），置寻阳县，县治在今湖北黄梅蔡山附近的古城村。说到蔡山，有必要提到这里曾经盛产大龟，故称蔡龟。据记载，蔡龟长一尺二寸，古人用龟占卜，龟越大越灵验，故有"大蔡神龟"之说。蔡龟也成为地方长官进献朝廷的贡品，君主杀伐决断，喜占卜问吉凶，占卜问龟，有时也说"问蔡"。

寻阳县治之所以设置于蔡山，也许与蔡龟有扯不清的渊源。此外，长江流经蔡山脚下，寻阳城傍大江而建，才是最为重要的依据。

中国古人以水之北为阳，从史料可知，长江出武穴，流经寻阳时，江水呈分汊状向东漫流。在这些众多的分流中，寻阳城南有一支重要水流，名叫寻水，故寻水之北的这座城市被命名为寻阳。北宋学者陈舜俞在《庐山记》中描写过这个情景，他说：现在的江州在山北二十里，但过去却"在大江之北，寻水之阳，因名寻阳"。

寻阳县包括今湖北黄梅县全部，广济县绝大部分，宿松县湖区以南至望江县华阳沿江一带，九江县大部分，湖口、彭泽两县北部沿江一带（即古之柴桑、彭泽二县之间自长江至庐山一带）。巧合的是，这个范围正好涵盖了古彭蠡湖的水域范围。

由于长江中上游人类活动频繁，来沙量剧增，导致长江三角洲淤积加剧，水位上升。有人测算，五千年以来，长江下游水位上升了二十米左右。这一现象无疑对寻阳郡长江段和彭蠡湖影响极大。长江主泓道和彭蠡湖水位也因上游来沙猛增，产生淤积，水位抬升。到了东晋成帝咸和年间（326～334年），原先众多分汊江道和湖汊，有的自然合并，有的人为围垦，彭蠡湖退缩变成了陆地，长江在这种自然和人力作用下向南运动。

南北朝地理学家郦道元在《水经注·江水》中也写到过当时长江与彭蠡湖演变后的情形："又西南，历寻阳，分为二水：一水东流，通大雷。一水西南流注于江。"这里的"一水东流"，"通大雷"，指彭蠡湖消失后留下的"大雷"，那时候长江主泓道仍与大雷连通；"一水西南流注于江"，指分汊河道，后来演变成今天的长江。

寻阳县治也随着长江主泓道的南移而迁到江南鹤问寨（今九江西），而移郡治至柴桑县（今九江西南），完成了寻阳地理上的第一次迁移。

到了唐贞观八年（634年），开始设置浔阳县。这时的人们为了有别于以往的寻阳，在"寻"字上加了"氵"旁。按照中国古代的地理概念，水之南为阴，浔阳城位处长江之南，名字不应为阳，而应为阴。我为"浔阳"命名者冲破地理命名的俗套，以遵循历史的勇气而心悦诚服。

浔阳这个地理名词，就这样与浔阳江出现、彭蠡湖消失、鄱阳湖新生密切相关。

彭蠡湖的退缩，长江主泓道的南移，直接导致赣江水系与长江在湖口遭遇顶托，阻滞了赣江下游盆地来水的迅速排泄，使赣江下游盆地水位不断上升并逐渐向南扩展，出现了公元420年和425年的鄡阳、海昏城沉没事件，这也可以说是现代鄱阳湖形成的标志。

公元420年，北面有彭蠡湖和长江的顶托、倒灌，南有赣江、抚河、信江、饶河、修河等汹涌灌入，这片原本面积不大的湖泊开始以前所未有的气势，开疆拓土，甚至不惜将两座城池沦入湖底，这难道不是上天要造就一个鄱阳湖吗？

浔阳替代了寻阳，它是彭蠡湖退化和长江南迁的亲历者，也是现代鄱阳湖生成的见证者。它像一个年迈的老人，见惯了朝代更替的风风雨雨和自然山川演绎的沧海桑田，它无言，以城名、以楼名、以江名演绎自己的存在，栖身于历代文人墨客的诗文中。

从寻阳变为浔阳的变迁中，寻找到了诸多地理变迁的玄妙。也由此确认鄱阳湖这只手掌的前世，是如此意蕴丰富，令人徘徊悱恻⋯⋯

四

一只手掌的掌纹，何尝不是山川大地厚土演绎而来。

古人关于华夏山水的两部重要著作，一部是《山海经》，一部是《水经注》，都有涉及江西山水的章节。《山海经》一书中未记载庐山，而记载了柴桑山。这也说明《山海经》写作者所在年代，还未有庐山之名，但却有柴桑山——

又南行九十里，曰柴桑之山，其上多银，其下多碧，多泠石赭，其木多柳芑楮桑，其兽多麋鹿，多白蛇飞蛇。

《山海经》是先秦古籍，成书时，尚未立柴桑县。东晋郭璞认为柴桑山在浔阳柴桑县南，是与庐山相连的一座山。一座山在写作者眼中没有名字时，他除了依据当地住民的称谓外，就是根据山体状态来命名。因为那是个命名空间无限广阔的时代，山川大地没有名字，他就可以直接命名写在著作中，后人根据书本所记，就传布开来。

《山海经》作者根据山体多柴桑的特点，命名为柴桑山，是十分贴切的。从先后次序来讲，是先有了柴桑山名，后有柴桑县名。

柴桑城在历史上存在近八百年，作为寻阳郡（地级）、江州（省级）治所亦近三百年，历史上很多重大政治事件和军事事件均在这里演绎，不少历史名人曾在这里活动，如慧远、陶渊明、谢灵运、陆修静、李白、白居易等都在柴桑踏石留印，遗下许多脍炙人口的诗篇，令后代读者神往之至。

读《三国演义》，其描写的"诸葛亮舌战群儒""群英会蒋干中计""柴桑口卧龙吊孝"等故事，都与柴桑有联系，英雄故事流布于匡山蠡水之间。上世纪七十年代曾拍过一部戏曲片《柴桑口》，该片讲述诸葛亮吊祭周瑜的故事。很多人闹不清楚柴桑口在什么地方，有说是在今七里湖赛湖村，这里是柴桑城故址；也有说是古柴桑所在的星子县，但说不清具体地址；还有说是甘棠湖……莫衷一是。

我通过多年走访，认为柴桑口就是九江口。所谓"口"，就是一个村子、一个集镇、一座城市的出水口。柴桑口，是指柴桑县时期的出水口；而九江口则是九江城的出水口。当我们知道了柴桑与九江其实是不同时代的同一地理概念的时候，就可以认定，柴桑口和九江口其实是指一个地方，即今天的湖口下游不远的汇口。

长江与鄱阳湖交汇之后，向下游收纳另一支长江来水，这里就是汇口。从地图上看，汇口的陆地和江流形成近似于九十度的弯道，这里是今宿松县汇口镇所在地。汇口所在的平原，在古代叫桑落洲。汇口长江段又叫泾江口，是当年陈友谅中流箭丧命的地方。

古代汇口属于柴桑县的东部边界，也是柴桑县水道的出口，因此叫柴桑口至为恰当。

一村、一镇、一城的水口容易分辨，而江西一省的水口则在湖口。《山海经》写到了赣江一统江西山河的局面："赣水出聂都山，东北流注于江。"这一句话将赣江的出处和汇入处全部道出，赣水发源于聂都山，流注进入长江。在现代鄱阳湖形成之前，赣江以澎湃之势收纳江西境内的抚河、信江、饶河、修河等大小河流，统统汇入长江。

历史上，赣江的名号很多，豫章水、章水、湖汉水等都指赣江。今天对于赣江的称谓较为严谨，赣江即指赣州城下章江与贡江汇合以后的江水。

章水发源于崇义县聂都山张柴洞，流经南康三江乡三江口与上犹江汇合，为赣江两条分支之一，古人借指赣江；湖汉水，本指今赣江上源贡水，古人也借来称赣江。

一水多名，不同时代的称谓不同罢了。

章贡二水，一东一西，东为贡水，西为章水。若以长短和流域面积来比较，贡水远远超越章水。贡水主河长二百七十八千米，自东向西流，流域面积两万六千五百余平方千米；章水全长一百九十九千米，由西向东流，流域面积七千六百九十六平方千米。若论流域面积，贡水是章水的三倍多。

章水主要支流有两条：大余的章江、上犹的犹江；贡水的主要支流却有八条：龙南信丰的桃江、兴国的平江、于都的贡江、宁都的梅江、石城的琴江、安远的濂江、会昌的湘江、瑞金的绵江。章贡二水共十条河流，齐聚于赣州城下。这使赣州自古有"十龙聚龟"之说，由此形成赣州城的独特形胜。

若忽略历史，以今天的技术、数据论，贡水应为赣江正源。但历史上，章水开发时间早于贡水，自古就形成中原与岭南的交通要道。章水被南来北往的口碑相传，声名远扬，甚至以章江代指赣江。

《水经注》是古代涉及水文化的一部巨著，其中涉及赣水的部分约四千二百字，可谓篇幅不少。这些文字大多是交代主要支流如何与赣江交汇，章、贡合流为赣，赣水流经庐陵，有庐水西出长沙安成（今江西安福）县来与赣江汇合；到了新淦（今新干）地界，有牵水（袁水之误）从宜春来会；途经南昌时，有盱水（今抚河）从南城来与赣江汇合；又有浊水（今锦江）注入赣江，水出康乐（今万载）县。接下来郦道元写到余水

（今信江）、鄱水（今饶河）、缭水（今潦河）、循水（修水之误）与赣江相会的情形。《水经注》的描述，实际上是将赣江描绘成主干，其他河流都成为分支，从不同的节点，先后归入赣江，最后由赣江汇入长江。

郦道元总共写了十条与赣江相会的水，这十条水"同臻一渎，俱注于彭蠡"而汇入长江。在叙述鄱阳湖周边的水系时，以赣水为纲，别水为目，将赣水提起来，其他的江河都顺便提溜起来，纲举目张。

在涉及鄱阳湖时，郦道元这样写道："大江（长江）南，赣水总纳洪流，东西四十里，清潭远涨，绿波凝净，而会注于江川。"郦道元所处时代，正是鄱阳湖发育基本成熟之时，因此，他描写的赣水水系状况与今天可以说基本是一致的。

赣江总揽江西境内的其他水系。在古代，赣江水系等同于鄱阳湖水系。特别是鄱阳湖未完全发育前，江西境内的水，就统称为赣水及赣江水系。其他各水都汇入赣江，然后归于长江。

在我看来，赣江就像鄱阳湖这只巨掌的生命线，清晰、蓬勃、深刻，镂刻着天地运行的秘密……

五

在鄱阳湖这只手掌中，与岁月一起成长的故事，又被无数尘土掩埋。鄱阳湖周边有江州、洪州、饶州三座古老的州城。

说到州，可追溯到上古人皇时代，《三皇本纪》这本书写过这样的话：人皇有兄弟九人，分别掌管着九州，并各筑造了城邑。这么说，九州的来由是始于人皇了。大禹治水，将天下划分为九州，其实是对人皇时代九州体系的继承。

从"州"的字面意义来理解，"州"字从"川"，从"丶"。"川"指归向大泽大海的水流，如黄河、长江、淮河等；"丶"是"主"的意思，为"入住""进驻"。"川"与"丶"合起来则表示"住到河边"，也可以说是分布在河川旁边的城市。古人在河边或平洼之地建筑有城墙抵挡洪水，形成城市。也就是说，大江、大湖旁边，筑有人口众多的城市，就是州。

说到江州（今九江），又得提到唐代大诗人白居易，他在落魄之时，担任过"江州司马"的闲职，留下了大量的诗作。江州的名气也因诗而名噪古今。

江州是晋朝的一级行政区划，包括今天的江西省和浙江省西部一带，唐、宋、元三代，江州仍为行政区划。

江州古城，始名湓口城，汉高祖六年（前201年）由灌婴所筑。至今，九江市西园路浪井巷内，有一口古井，名"浪井"。那井圈，被岁月雕琢得凹凸不平，井壁上青苔斑驳，井底下泉水清澈可鉴。

三国时，孙权曾驻九江，令人掘井。得石函井铭，文曰："汉六年颍阴侯开。"下云："三百年当塞，塞后不满百年当为应运者所开。"这是一个好兆头，孙权大喜。

大诗人李白在江州和庐山客居时，有诗写道："浪动灌婴井，浔阳江上风。"李白认为是井近长江，地下有泉眼相通，因而江浪涌动，井中似有涛声。

说起洪州城，它的兴建也与汉初大将灌婴驻守有关。汉高祖六年（前201年），灌婴率部在今南昌火车站东南约四公里的皇城寺附近，修筑了一座方圆十里八十四步、辟有六门的土城，称为灌城，这也是南昌城的来历。

洪州，也名豫章。传说豫章是一种异木，高有千丈，围有百尺，整棵树就像一座巨大的帐篷，树上还有玄狐黑猿居住。古人以斫豫章来占卜九州的吉凶，斫时需要请九个大力士操斧头，仪式森列。斫后，如果树还能够再生，说明所占之州有福；如果斫时出现创伤，主州伯有病；一年后，如果不发芽再生，则主州有灭亡之虞。

豫章，是枕木与樟木的并称。豫，为枕木；章为樟木。这两种木像一对双胞胎，很难分辨，但长到第七年，枕樟就能分辨出来。豫章作为木材，与长松、文梓、梗、楠这些树木一样，挺拔云霄，参天如盖。这种木材多生长在长江以南，北方少见。由于樟木的木理多文章，故称"樟"。

饶州是一个古老的地名，比之更古老的还有番县。饶州作为地级行政单位，是隋朝平陈统一战争之后，治所在鄱阳县。而"番"则可上溯秦始皇二十六年（前221年），鄱阳正式建县，称番县，隶属于九江郡。

番令专属吴芮所有。一如彭泽令，就是陶渊明的别名。

吴芮乃江右第一人杰。对于番令吴芮，我查阅了不少资料，也走访了与吴芮有关的地方。我到过其出生地余干五彩山，也到过其故里浮梁瑶里，这两个地方古时候都属于番邑版图。

吴芮的先祖是历史上赫赫有名的吴国创立者太伯，等到吴国被越国所灭，越王勾践灭夫差，追杀夫差家人。吴国的王子王孙四散逃命，其中一支就逃到了番地。他们辗转迁徙，到了吴芮的父亲吴申时代，就居住在余干县社庚乡的五彩山，吴芮即出生于此。

番，本意为外夷。其时鄱阳湖地区聚居三苗族后裔，中原一带称三苗族为南蛮，鄙夷为番邦。而百越族起源于三苗，故中原要统治百越，必先安抚番邑之地，才有笼络或进攻百越的跳板。

后来番邑之地渐渐融入中原文化，才在"番"字右边加耳旁，以示教化。番城处番水（饶江）之北，水之北为阳，故称鄱阳。

跟鄱阳最纠结不清的还是这个"饶"字。远的不说，就说眼前绕着鄱阳转的这条饶江吧，就有前生后世说不清的渊源；还有饶州戏，至今还挂在鄱阳人的嘴边，在鄱阳人的耳边婉转。

说到"饶"，绕不过饶姓。古代地名与姓氏有密切关联。饶也为姓氏，出自帝尧。饶姓在鄱阳繁衍流布到各地。饶州之名，与饶姓不无关联。

饶与尧同，饶过去为尧，为上古唐尧之后裔。尧名放勋，帝喾之子，受封于唐，定都平阳（今山西临汾），谥号为"尧"，史称唐尧。几经演变，到秦灭六国，为避战祸，尧姓五十四世尧萱从平阳徙居番地，尧姓开始与鄱阳有了千丝万缕的关系。到了西汉，鄱阳尧氏第三代尧濮在朝廷为官，汉宣帝赐尧濮改姓"饶"，为饶姓始祖。新莽时期，鄱阳称饶衍，其意为饶姓繁衍之地。

自隋开皇九年（589 年）改鄱阳郡为饶州。此后，饶州便开始与鄱阳争夺地名，两个名字在不同朝代反复争夺，不可开交。

若说饶州之名与尧帝有所关联，似乎还真能找到那么一点联系。古代鄱阳湖中有座石虹山（现已围湖造田），据传其洞内石壁有尧碑，为尧帝亲征讨伐三苗部落时所刻。

尧为上古五帝之一，后世奉为百圣至圣，取地名时，自然会将此因素考虑进去。尧之后裔在鄱阳繁衍，故名饶州，理所当然。

在鄱阳，还有尧山、尧公庙，时代久远，不知其与尧到底存在何种关联。

饶州，被后世诗化，山有林麓之利，泽有蒲鱼之饶，盛言饶州蕴风物富饶之意。

饶州除了物产丰富之外，也盛产名士。"鄱阳四洪"是指洪皓与他的三个儿子洪适、洪遵、洪迈。父子四人同朝为官，功业显赫，在南宋朝廷创造了一个满门忠烈的传奇。洪适官累至签书枢密院事、参知政事，拜尚书右仆射、同中书门下平章事兼枢密使，最终官拜右相；洪遵官累至翰林学士、翰林承知同知枢密院。洪适、洪遵先后为南宋朝廷宰辅之职，地位显赫可想而知。洪迈官拜翰林学士、焕章阁学士、进龙图阁学士，为一代鸿儒，著作等身，其《容斋随笔》等著作至今影响着中国社会，历千年而不衰。洪皓、洪适、洪迈父子三人都曾先后充当使节出使金国。洪皓出使金国，在金国朝廷的威逼利诱之下，保持名节，辱身不辱国，表现出了高尚的民族气节，被称为"宋之苏武"。

洪迈对家乡饶州十分青睐，他在《容斋随笔》中记录了饶州之富庶："盖饶之为州，壤土肥而养生之物多，其民富而户羡，蓄有金者不在富人之列……"

景德镇盛产瓷器，被称为"饶玉"，皆因历史上景德镇不过是浮梁一镇，而浮梁不过是饶州府所辖一县耳。

饶玉，饶玉，饶润之玉。这个词被用来称呼景德镇青白瓷，足够奢华、典雅，也足够诗意和粹美！

六

鄱阳湖这只巨掌，土地丰腴如膏，湖里有鱼虾，陆地有稻果，是块育人的好地方。历朝历代，只要不是战乱年代，这里就是农业经济异常发达、人口兴盛之地。

汉高帝初年（约前202年），设豫章郡，郡治南昌，江西从此有了明确的行政区域建制。汉初豫章郡下辖十八县，分别为南昌、庐陵、彭泽、鄱阳、余干、柴桑、赣、新淦、南城、宜春、雩都、艾、安平、海昏、历陵、建成、蠡阳、南野，分布在赣江、抚河、信江、修水、饶河、袁水沿岸及鄱阳湖周边，与今天的江西省区域大致相当。今天的南昌、赣州、吉安、宜春等主要城市都是在那时县城的基址上发展而来。

历代史家对鄱阳湖区域人口做了较为详备的记录。班固在《汉书·地理志》记载："豫章郡，户六万七千四百六十二，口三十五万一千九百六十五。"按照这个统计数字，以十八县计，平均每县有三千七百四十八户，约两万人口。汉初十八县有八个县处于鄱阳湖周围，它们是南昌、彭泽、鄱阳、余干、柴桑、海昏、历陵（今德安）、蠡阳。这八个县人口按平均数值计算，有约三万户，十五万多人口。

到东汉永和五年（140年），经过三百多年的繁衍生息，豫章郡人口大幅增长，全郡人口有四十万户，约一百六十万人口，其中鄱阳湖周边县域人口逾七十万。可见人口是一点点积累起来的，国家稳定，人口才能发展，这似乎是不变的真理。

人口的繁荣与削减，与战乱和自然灾害有关。如魏晋南北朝时期，人口不增反减，主要原因是战争和灾害频繁，加之鄡阳、海昏的沉陷，导致人口锐减。

南朝宋大明八年（464年）属江州管辖的寻阳郡、豫章郡、鄱阳郡的户口数字，少得可怜。寻阳太守，管着三个县，人口仅有一万六千八百人；豫章下辖十二县，人口仅为十二万多人；鄱阳六县，人口不过一万九百五十人……人口凋敝可见一斑。据此计算，鄱阳湖地区人口约为十五万，与东汉永和五年的七十万相比，差距之大，令人不寒而栗。

唐朝是大一统时代，社会稳定，经济发展，人口迅速增长。唐初武德八年（625年），鄱阳湖人口为六十万，到唐中期开元二十八年（740年），上升为七十万口，基本恢复到了东汉永和五年的水平。

宋代经济发展迅猛，人口极度膨胀，州、军、县的数量也开始增加，北宋崇宁元年（1102年），鄱阳湖周边分属江州（今九江）、隆兴府（今南昌）、饶州（今鄱阳）、南康军（今庐山市）管辖，人口达到一百一十二万余人，占全国总人口的百分之二点四七，达到史无前例的惊人增长。

元代，整个江西人口继续暴增，超过了以往历史时期。宋濂编撰的《元史·地理志》对鄱阳湖周边地区做了精确的记载：江州路（治今九江），户八万三千九百七十七，口五十万三千八百五十二；龙兴路（治今南昌），户三十七万一千四百三十六，口一百四十八万五千七百四十四；饶州路（治今鄱阳），户六十八万二百三十五，口四百零三万六千五百七十；南康路（治今庐山市），户九万五千六百七十八，口四十七万八千三百九十。至元二十七年（1290年），鄱阳湖地区人口达到一百二十三万一千余户，六百五十多万人口，分别占全国人口的百分之十一点零六。这个时期，江西全境人口超过千万，已形成全国人口中心。

明代人口急剧减少，主要原因是元末战乱，全国各地的人口大量消亡，而江西人口占全国的五分之一。明初洪武年间，明政府有组织、有计划地将江西人口向湖广（今湖南、湖北）、皖、豫、苏等人口稀薄区域迁徙，致使江西人口出现低迷状态。《明史·地理志》载：江西全省辖十三府、一州、七十七县。洪武二十六年（1393年）在编户数有一百五十五万多，人口八百九十八万多。四十八年后，据弘治四年（1441年）人口统计结果，在编户数却下降到一百三十六万多，人口下降到六百五十四万余人。时跨一百三十七年后，到了万历六年（1578年），在编户数一百三十四万余，人口约五百八十六万。鄱阳湖地区四府二十四个州县，明朝洪武二十六年（1393年），人口数为二百七十六万；弘治四年（1491年）人口为二百零一万；万历六年（1578年）人口为一百八十万。明代本是经济繁荣、社会较为稳定的时代，江西人口不是逐年增长，却是逐年减少，人口仅为元代至元二十七年（1290年）人口数的百分之二十七点七。这是极不正常的，唯一能够解释的就是江西人口被大量外迁。广为流传的民谣"江西填湖广"就是这一事件的佐证。

清代社会经济复苏，经过康乾盛世的再造，鄱阳湖地区人口又迅速增长。乾隆四十七年（1782年）人口数为五百四十三万余，咸丰元年（1851年）为八百九十三万余，此时已再次创人口新高。但太平天国运动在江西展开的拉锯战，使鄱阳湖区域人口损失严重，社会经济也无疑遭受重大打击。

民国时期，战乱与灾害不断，鄱阳湖地区人口又有一定程度的下降。民国五年（1916年）为六百零一万多人口，民国二十四年（1935年）为四百零二万多人口。人口下降数字非常突出。

人是万物之灵，人口是鄱阳湖这只巨掌生态演进的基础。从人口的起落变迁，可以看出社会的繁荣和衰败。历朝历代，人丁繁衍，代代相继，演绎着鄱阳湖波澜壮阔的人文历史。

七

掌纹密布，反映出鄱阳湖水网的状态。在古代，从鄱阳湖乘船，可以到达江西的全部县城；至少百分之八十的乡镇，经由船只，能与鄱阳湖相通。

秦始皇南征百越，就是通过鄱阳湖流域向浙江、福建、广东等地扩展疆域的。唐开元四年（716年），张九龄开挖大庾岭，打通了与岭南最便捷驿道。以元代数据为参照，江西行省驿站达一百五十四处，其中马站八十五处，有马两千一百六十五匹，轿二十五乘；水站六十九处，有船五百六十八艘。这些数据或许是枯燥的，却反映出当时鲜活的交通生态。

我费了不少精力，检索明、清时期鄱阳湖区域的交通状况，南昌府、九江府、南康府、饶州府所辖滨湖各县共有十七驿、七总铺、一百四十八铺，南昌府设七驿四十铺。其中，南昌府城一驿、南昌县二驿三铺、新建县三驿十五铺、进贤县一驿二十二铺。这些驿站有章江驿、市汊驿、武阳驿、新兴驿、邬子驿、樵舍驿、吴城驿，沙井铺、乌溪铺、八尺铺、进贤铺、荚塘铺等分布在鄱阳湖西南一线；九江府设三驿三总铺二十九铺，分布于府城和德化、德安、湖口县境内；南康府设三驿二总铺三十七铺，散布在鄱阳湖东西两岸的都昌、星子两县；饶州府设四驿二总铺四十二铺，占据鄱阳湖东南的鄱阳、余干县境。这些驿站、铺，是沟通古代省际和地区间联系的重要纽带。

鄱阳湖收纳赣江、抚河、信江、饶河、修河五江之水约五百二十七条支流，统汇长江。鄱阳湖水系交通有六十二条航线可到达江西七十个县，有大小港站一百一十七个，码头二百三十六座，泊位四百二十二个，形成长江干线的天然水网。

交通节奏影响着时代的文明进程。古代交通分水路和陆路两道，水路由船只做交通工具，陆路由马匹做主要交通工具，与今天的高速公路、高速列车以及飞机相比，当然要逊色很多，但这一交通模式却贯穿了人类几千年的文明。

我的思绪变成了马匹和船只，穿行在鄱阳湖构造的江西大地。

交通串联着市镇乡村，与每一个人联系在一起。鄱阳湖地区江流密布，河网如叶脉一样有序地分布在大地上。这块膏腴之地聚集着人类群落，逐渐形成城镇，人类依靠水网穿梭于各城镇之间。鄱阳湖四周分布着姑塘镇、南康镇、吴城镇、武阳镇、民和镇、瑞洪镇、鄱阳镇、周溪镇、三叉港镇、都昌镇、左里镇、双钟镇……随着水运交通的萎缩，原先因水而兴的热闹市镇也逐渐冷清，有的完全消失，如过去的姑塘、青山、屏风等街市因为陆路交通兴起而消失。

鄱阳湖周围的城镇，最初大多是因为处于交通要冲、人口汇集中心的码头而形成市镇，也有少数是因为军事防御或政府关税和经贸需要而建。军事型城镇是指处于军事要冲，根据军事防御需要而设立的城堡，后发展为城镇，如湖口县城双钟镇，南北朝时因据钟山、临长江设湖口戍，后于南唐时期置湖口县；关税型城镇处于榷关之地，人流量大，商贾云集，居民繁杂，如姑塘镇，依托榷关地位而形成城镇，后被日军炮火所毁；经贸型城镇是因交通枢纽地位而兴起的城镇，如吴城镇，地处赣江和修河交汇处，依托鄱阳湖的水网形成经贸中心。

各江河沿岸的市镇更是数不胜数，它们星罗棋布地散落在鄱阳湖这只巨掌造就的水系之中，如繁星点亮着江西大地。

蚩尤北伐

一

我的脚步停留在万年仙人洞遗址，这里发现了两万年前人类制作的陶器碎片。陶器是上古人类活动最直接的证据，它可以盛水、盛食物，甚至酿酒、酿醋、烹饪食物……

万年仙人洞遗址还有一项旷世发现：考古者从地层提取到了距今约一万二千年的稻作遗存。此前的河姆渡文化，稻作遗存距今只有七千年，万年仙人洞稻作历史比它超前了五千年……

这一考古发现，表明鄱阳湖（彭蠡湖）地区的先民很早就掌握了制作陶器和种植稻作物的技术。

到底是哪个民族在这里留下了如此灿烂的文明呢？

我的思绪一下子回到了一个久远的时空。那个时候，人类还疏于文字记载，或许有记载，也因为时光的久远而荡然无存。

在彭蠡湖区域活动的民族，现在能够推知的是一支叫"九黎"的民族部落。

今天，我们口头上常常会说到"黎民百姓"，这个词已经泛指"天下苍生"了。所谓"黎民"的本意，就是上古时期活跃在长江中下游彭蠡湖、洞庭湖、江汉平原地区范围的一个氏族联盟——九黎部落。所以我们称谓自己为"黎民百姓"。

九黎氏族联盟下设九个部落，每个部落又有九个氏族分支，共八十一个兄弟，部落联盟的总酋长是蚩尤。他在庐山脚下发现了铜矿，拥有了先进兵器，成为那个时代不可一世的战神。

在这片丰饶的土地上，经过数百年乃至上千年的繁衍生息，到蚩尤时代，由于其强有力的组织能力，使九黎部落真正成为一个可与中原炎帝相抗衡的强大民族集团。

一个强大民族集团的出现，必然是传统民族集团衰落之时。蚩尤带领九黎部落北伐中原，东征西讨，夺取了末代炎帝姜榆罔的地盘。炎帝向西逃亡，又被另一支新兴部落轩辕黄帝阻拦缠斗。在阪泉经过三战，炎帝斗败，从而依附轩辕黄帝，炎、黄结盟后，与蚩尤在涿鹿展开大战。这场大战是人类历史上最悲壮的战争之一，蚩尤败亡，九黎部落由此解体，一部分成为俘虏融合到炎黄部落之中，成为华夏族的一部分；一部分在北方建立黎国；一部分退回到长江以南，分布于彭蠡湖、洞庭湖地区。

彭蠡湖、洞庭湖丰饶的土地，养育的这部分九黎部落后裔，经过一个时期的休养生息，渐渐成长为一支与中原统治集团相抗衡的三苗部落联盟。

二

鄱阳湖是鱼米之乡，人口发展迅捷，但这里的民众似乎天性中有一种挑战和反抗精神。比如秦末，番令吴芮是秦吏中首倡起义者，他旗下的梅鋗、英布在反秦斗争中成为奋勇当先的斗士；隋朝末年，鄱阳人操师乞、林士弘率众揭竿而起，向江南人民发出起义的信号……

中国历史上战争无数，大体上都围绕着黄河、长江流域展开。以长江流域为厉兵秣马之地，积蓄力量后进入中原地带，以占领黄河流域成就霸业的战争称为北伐。

北伐战争，始于蚩尤。蚩尤的军队基础是九黎族，而九黎族就是依托彭蠡湖、洞庭湖及江汉平原生存的黎民。蚩尤领导这支部队北伐中原，向炎帝集团的中心推进，一路所向披靡，节节胜利。进攻路线：先渗透东线江苏，进而获取山东，取得黄河下游主导权，继而由东向西，向黄河中游进军，可谓战功卓著，最后遭遇炎黄联军抵抗，在逐鹿之战败亡。

有人说，蚩尤并非败于战略战术，而是败于天运。

蚩尤作为有史以来北伐第一人，功败垂成，却为后世提供了一面借鉴的明镜。我们由近而远来推演一下北伐的成功战例——

20世纪的国共斗争，共产党采取先北伐后南下策略，从八一起义于南昌，秋收暴动于修水、铜鼓，割据井冈山，后立足于赣南，之后曲折北上占据黄河"几"字湾内的延安。至解放战争占东北，再从黄河流域挥师直下长江流域，夺取最后胜利，建立全国政权。

国民党时期的北伐战争，战场在长江流域的湖南、湖北、江西展开，国民党夺取了政权，最后北伐占据黄河流域，北伐成功。

明太祖朱元璋占据长江流域，稳定局势后，开始问鼎中原，向黄河流域进军，取得全国版图。

东晋末年，刘裕率部两次北伐，灭南燕，灭后秦，中间还击退了北魏骑兵的阻挠，收复山东、河南、关中等地，光复洛阳、长安两京，后长安虽在一年多后得而复失，但黄河以南已尽入南朝版图，开创南方六朝中版图最大的一个时代。

东汉光武帝刘秀由长江流域之汉水枣阳起事，取得昆阳大捷，然后北伐，得河北而得天下，也为北伐树立了成功典范。

北伐失败的战例更是不计其数，我们也由近推远试举数例：

太平天国偏师北伐，林凤祥、李开芳率军经两年浴血奋战，全部牺牲。失败于战略失误、领导阶层目光短浅。

南宋高宗时期岳飞北伐，横扫千军，一路凯歌，让投降派秦桧慌了手脚，以十二道金牌召岳飞回京并杀之。岳飞战功卓著，但遭内奸作乱，北伐失败。南宋朝之后还有张浚、韩侂胄北伐，但皆因缺少岳飞这样的军事家而告失败。

东晋时期祖逖、桓温先后北伐，均遭失败。

青铜器纹饰上的夔龙纹

战神蚩尤

良渚文化中的神徽

黄帝和蚩尤战争图（砖雕）

三国诸葛亮七年间先后五次北伐，最后因积劳成疾、心力交瘁病逝于五丈原，北伐失败……

　　北伐的成败，不能一概而论，各有其内在因素。

　　试看蚩尤北伐，能够给予我们何种启示——

　　上古时代，活跃着三个强大集团：第一集团是沿袭了五百三十年之久的传统中原王朝炎帝政权，执政者为末代炎帝姜榆罔；第二集团是活跃于黄河流域中游，由黄帝轩辕氏领导的华族集团；第三集团就是活跃于长江中下游地区，继而进占黄河下游地区，由蚩尤领导的九黎集团。以当时"三国"实力来说，炎帝的第一集团处于衰落阶段，第二集团和第三集团都对他虎视眈眈，恨不得一口把他吃下，然后自己号令天下。

　　第三集团蚩尤在当时最为强大，他北伐吞并了山东的原属九夷之地，占领了黄河下游，继而针对炎帝盘踞的中原核心地带进行由东向西的攻击。

　　而第二集团轩辕也与第一集团有过多次交锋，在阪泉之战中，炎帝战败。加上东线又有蚩尤的侵扰，炎帝只好向黄帝轩辕投降，政权自然转移到黄帝轩辕手中，故有"黄帝摄政"之说。炎黄民族由此结合，成为华夏民族的基础，也便有了炎帝与黄帝联合对抗蚩尤之说。

　　此时，实际上的第一集团已名存实亡。第二集团和第三集团自然产生直接对抗。

　　黄帝面对蚩尤的强大攻势，屡屡战败。九黎部落战士手中武器寒光四射，锋刃锐利，是当时最为先进的金属兵器；而黄帝部落的武器却相形见绌，都是一些石器、棍棒制造的武器。

　　这缘于蚩尤在彭蠡湖畔的庐山脚下发现了铜铁金属矿，冶炼打造的金属兵器所向无敌。在军事建制上，蚩尤也有非凡的才能。蚩尤作为九黎部落联盟的大酋长，他领导着九支劲旅。除了自己的那支称为黎贪的部落外，他还有八个同胞兄弟，即黎巨、黎禄、黎文、黎广、黎武、黎破、黎辅、黎弼，分别统管着各自一支部落，每一支部落又有九个分支，这些分支全部以兄弟结盟方式抱团归属蚩尤统一指挥——这便是九九八十一兄弟组成的氏族联盟。

有如此严密的组织体系，又有先进的金属兵器，战士们装备着"铜头铁额"，战甲护身，具备"刀枪不入"之功，还有彭蠡湖、洞庭湖、江汉平原等后方提供粮草保障，这样一支部队在战神蚩尤统率下，用"攻无不克，战无不胜"来形容一点儿也不为过。

蚩尤与黄帝两强碰撞，大小战役发生七十余次之多。胜少败多的黄帝开始精心研究蚩尤的弱点，总结自己失败的教训，他革新了一整套战术。为了从军心上瓦解蚩尤的部落，黄帝从东海捉来一种吼叫如雷的怪兽——"夔"，剥取它的皮做鼓面；又从大泽中捉来"雷兽"，取其最大的骨头当鼓槌。这种鼓，一敲，地震山摇，连敲几下，山崩地裂……黄帝想，能否取胜，就靠这面鼓了。

酝酿已久的"涿鹿大战"拉开了序幕：两军阵前，战斗激烈异常，蚩尤攻势凌厉，黄帝招架不住。此时，黄帝祭出自己的撒手锏，用雷兽骨敲响了夔鼓，"咚——"第一声，蚩尤手中的枪震落地上；"咚——"第二声，战马直跳起来，将蚩尤摔落马下；"咚——"第三声，蚩尤的耳朵已经撕裂般嗡嗡响，什么也听不见了。蚩尤的战阵此时也被震得大乱，战场已经成了一锅粥……

英雄盖世的蚩尤仰头长叹："天不助我也！"

黄帝斩杀蚩尤后，害怕他死后精魂作乱，将其尸体进行残忍分割，身首异冢……

中国上古时期最大规模的战争，就这样画上了句号！

三

我勘踏庐山脚下，发现庐山五十公里半径内，有两座远古时期开采过的铜矿及冶炼遗址：庐山西北瑞昌市夏畈镇铜岭铜矿遗址；庐山脚下九江县马迴岭富民村荞麦岭遗址。从两处遗址出土了与青铜冶炼、铸造有关的水井、炼炉等遗迹，还有铜矿石、炉壁、炼渣、陶勺、坩埚、木骨泥墙等冶炼工具。

我翻阅管子《地数篇》，摘得这样一句话——

蚩尤受庐山之金而作五兵。

这是蚩尤与彭蠡湖畔发生关联的直接证据。至于上述两处遗址是否与蚩尤有关，不敢妄断，但这足以证明古人在庐山炼制矿石提取金属的事实不虚。考古的发现让想象如黑夜遇见星光一般，豁然洞开一扇通往远古的隧道。

蚩尤无疑是史上记载最早使用金属兵器并训练军队的统帅。从矿物质中提取金属制造兵器，在那个时代有如今天的核武器一样令人惊叹。蚩尤由此晋升为兵神，供历代帝王封禅祭祀。秦始皇、汉武帝封禅亲祭蚩尤。后世帝王、武将出征之前，也常祭拜蚩尤以求庇佑。《封禅书》记载齐祀八神，蚩尤作为"兵主"，排第三位。

试想，在蚩尤之前，战场上只有木棍和石头打磨的兵器。而蚩尤的九黎族兵马在战场上横扫千军，就是因为手执"以金为兵"的利器而所向披靡。

从众多典册记载中，能看见一些远古时代的蛛丝马迹。虽然这些记载文辞简约，但每一个字都像乌云中的一道闪电，瞬间照亮我的视野——

伏羲以木为兵，神农以石为兵，蚩尤以金为兵，是兵起于太昊，蚩尤始以金为之。（《太白阳经》）

现代著名史学家翦伯赞也写道："据说蚩尤'以金作兵器'，是金属冶炼的最早发明者。"从生产力发展来看，蚩尤发现铜矿与铁矿，利用铜铁冶炼技术，铸造兵器和生产工具，开创了人类金属冶炼技术的先河。这一技术，使人类结束了石器时代而迈入金属工具时代，它标志着原始社会生产力的一次质的飞跃。

蚩尤是长江文明的缔造者。他在军事上有许多发明创造，除了排兵布阵之外，他将军队分为九个纵队，每个纵队又分九个大队，为大兵团作战提供了行之有效的管理模式。他还制定了赏罚制度、法令等，使部队纪律严明，号令统一。蚩尤虽败犹荣，鉴于他的贡献，起码以下三项殊荣是属于他的——长江文明的开拓者、九黎部落的伟大酋长、中华民族不可或缺的先祖。

今天我们称自己为"炎黄"子孙，准确的称呼应该是"炎黄尤"的子孙。

蚩尤其实与炎帝姜榆罔、黄帝轩辕一样是帝氏血统。蚩尤生于末代炎帝姜榆罔时代，是第四代炎帝姜黎的后裔。第四代炎帝姜黎，在位三十余年，其子以父字为氏，姓黎氏，受封耆（黎）国，封地在今山西省黎城县。传至炎帝榆罔时代，耆（黎）田子黎邛所生九子黎贪、黎巨、黎禄、黎文、黎广、黎武、黎破、黎辅、黎弼，以长子黎贪（蚩尤）为首，与同族兄弟七十二人，灭掉伏羲风姓后裔"九夷部"，改称"九黎国"。

末代炎帝姜榆罔，是第八帝姜哀曾孙，在位五十余年。

蚩尤与黄帝、炎帝三人的血统，可追溯至同一个祖先，他们共同的祖先是伏羲氏二十二代公孙少典。太昊帝伏羲氏的次子皇仲，生子朱襄。朱襄继位为火帝，建都于株（今河南省淮阳市境内）。朱襄之子祝融氏（烈山氏）。烈山氏之子柱，始植百谷，有大功于天下，死后被奉祀为第一代稷神"后稷"。柱下传十七代为公孙少典，因功封有熊国（今河南省新郑市）。公孙少典的长子即一代炎帝神农姜石年（第二代稷神）；次子以父字为氏，姓少典氏，袭封有熊国，下传五百三十年至黄帝轩辕灭掉末代炎帝姜榆罔而登上天子之位。

中国历史从来都是将失败者列为反面人物，然后极尽丑化之能事，使其臭名远扬，以戒后世。蚩尤这个名字就是极尽贬义的，蚩尤本名黎贪。所谓蚩尤，实质上是战胜者以文字为武器，口诛笔伐的宣传成果。黄帝取得天下后，一大批能人聚集在他的麾下，其中造字的仓颉就是黄帝的史官。黄帝从仓颉造出的最痴愚、丑陋的字里，选出了"蚩"这个字来形容他的战争对手和战败者——蚩，是无知、痴愚的意思，也含有

"嗤"意，为讥笑，还有"媸"意，指丑陋。可以说，蚩是中国汉字里最恶俗的一个字；"尤"，即是最的意思，指特异的，突出的。蚩尤，合起来就是：天下最可笑、最痴愚、最丑陋的家伙的意思……一个战胜者，恰逢文字诞生，以此为舆论工具，从名字上就赋予战败者万恶不赦的面貌，可见中国文字的能量有多么伟大。

可以说，蚩尤承受了多少鄙陋的恶语，黄帝就承担了多少赞美的言辞。

由于蚩尤首创法规，实施刑法，以肃纲纪，他无疑成为中国法律的开山祖。蚩尤的威慑力是巨大的，即使是战胜一方的黄帝，为了平息各地纷争，派出的军队不是悬挂自己的头像，而是将蚩尤的头像做成旗幡，招摇天下。各地部落以为蚩尤仍然活着，都甘愿俯首称臣，可想天下人对蚩尤是多么敬畏了。

后世君王将蚩尤的相貌铭刻在国家祭祀的青铜鼎上，铸成纹饰，以示庄重威严。这有两层意思，一是警示后人，不要以黎贪（蚩尤）为榜样而轻启战端；二是若有胆敢冒犯者，会得到法律制定者黎贪（蚩尤）式最威严武力惩戒。由此看来，蚩尤成为一种文化遗产，被后代君王熟稔掌握，作为治国方略中正面和反面都可借用的利器。

我想，距今近五千年之远的蚩尤制定的刑法，也是历代贪官污吏和奸佞小人辱骂蚩尤的理由吧！但各朝各代贪赃枉法、作奸犯科者仍屡见不鲜，甚至达到疯狂的程度，是不是后来之君没有效仿黄帝将蚩尤画像悬挂出来的原因呢？如果是这样，我建议将蚩尤画像世世代代悬挂，并广泛铭刻和印制在各种刑具和刑法书册上，以杜绝空前增多的贪官污吏……

蚩尤发明的两项重要成果——"受庐山之金而作五兵""对苗民制以刑"，与彭蠡湖有着密切关系，这是长江文明在远古时期最伟大的创造！这些成果自然被黄帝取而用之，从而促进了黄河文明的发展，对华夏民族领先世界做出了巨大贡献！

四

在热兵器发明前，武术是将士必备的实战利器。

中国历史上不乏冲锋陷阵、以一当十甚至当百的勇士，也有武功高强，谋略兼备，能统将领兵的帅才——

在鄱阳湖战场旗开得胜的翼王石达开，不仅是一代名将，同时也是晚清中国的武学大家，在战场上，他以冲锋陷阵、骁勇善战闻名，在武学修为方面，武术界将他与达摩祖师、宋太祖、岳武穆、张三丰、甘凤池等人并论，为中国历史上最杰出的拳术名家之一。

明代中期抗倭名将戚继光也是一位武学大师，他的武功南北兼蓄，祖上是从江西赣县赣江十八滩西岸夏浒村迁出到山东蓬莱的。他率领戚家军参加平倭战争，转战浙闽粤三省，战功卓著。戚继光是明朝最全能的武人，武术格斗、枪法、棍法、剑法、拳法……可谓十八般武艺样样精通。戚家军的武术训练教材，都由他亲自编写，剔除了那些华而不实的动作。戚家军百战百胜的战绩，与戚继光精湛的武术套路有很大关系。

明朝大将刘铤，鄱阳湖畔南昌人，绰号"镔铁巨刀王"。一生经历平缅寇、平罗雄、平朝鲜倭、平播酋、平㑩，大小数百战，威名震海内。他能使镔铁刀百二十斤，马上轮转如飞，天下称"刘大刀"。一生战功卓越，最后战死于萨尔浒之战。

…………

蚩尤被后人敬仰为"主兵之神"，自然也是一位当之无愧的军事家。他排兵布阵，指挥有方，身经百战，所向披靡，是一位人人敬仰的英雄。蚩尤创建的军队，组织严密，纪律严明，有自己独立的军事思想，为后来的军事家树立了典范。蚩尤不仅是一位军事家，他还是中华武术的开山祖。

至今，在苗族后裔中，依然传承着一种叫"蚩尤拳"的拳术。"蚩尤拳"战时可制敌，和平时期则是健身操，是苗族人十分喜爱的运动项目。

蚩尤拳将战场上士兵搏斗时的动作串连起来，形成一套完整的训练套路。它之所以传承至今，一是与苗族的祖先崇拜蚩尤有关；二是有实用价值，在实践中能有效地保护自己，打击敌人。

史册上记载蚩尤的所谓"铜头铁额"，是蚩尤部族作战时的特殊装备。打蚩尤拳需要穿特制的服饰，一般是头戴铜角帽，身穿棕片甲，手腕套虎爪。

铜角帽乃牛头所制，顺牛角两侧各留一条二指宽的皮做帽带。牛头颈后留下一尺左右的牛皮作为保护后颈用，然后连同牛角按人头形状绷紧，再将牛角外包以铜皮。

棕片甲是将若干棕片用棕绳缝成背褂，内外共三层，里二层片头向上，外一层片头向下。虎爪是将虎皮的前爪砍下，长约五寸，顺足剥皮制成。穿戴这套服饰，在实战中，有抗敌护身的作用。

看到这个装束，我这才明白黄帝与蚩尤交战每每战败的原因。黄帝部落的木棍和石器击打在穿戴着这种特殊装备的对手身上，对手一般都能扛得住。蚩尤拳还有一套完整的操练口诀，如铜角帽的口诀：

> 双钩压双手，铜角猛触面；
> 抓腕速撞肘，铜角旋操头。
> 飞鞋来扑面，摇头顶裆间；
> 双峰点太阳，躬头胸上撞。

还有棕片甲的口诀："制铠材料广，棕片甲天下；保温又御寒，躺地不肮脏。拳拳纵击身，护体不致伤；穿我棕片甲，时念蚩尤王。"

虎爪口诀："平掌击正面，手隔必伤皮；劈拳去势猛，虎爪显神威。挂拳势凌厉，爪去如刀劈；冲天捶下巴，爪区胸咽危。"

这些口诀遗传至今，可见远古神话并非空穴来风。也能想见远古时代引领风尚、叱咤风云的蚩尤雄风。

不过，后蚩尤时代三苗族民操练着他传授的拳术，最终也没能抵抗住中原王朝的分化围剿。三苗族从彭蠡湖、洞庭湖等风水宝地退出，向西南边远山区遁去，蚩尤拳伴随着这个民族度过了一段又一段动荡的岁月……

<h1 style="text-align:center">五</h1>

　　我在鄱阳湖流域行走，勘踏过一些有着悠久历史的古城遗址。在波澜壮阔的赣江中游两岸，星罗棋布着樊城堆、筑卫城、吴城、牛头城等已知的遗址。这些遗址，有的在岁月风雨中剥落成零星碎片，有的仍然完整地保存着城池的模样，有的掩埋在厚厚的土层下，等待考古人员一小锹一小锹地挖掘……

　　这些星星点点的古城距今约三千五百年至五千年之久。我遥想那个可以用"辉煌"二字形容的远古社会，人们在和平与战争中饱经沧桑的脸庞，同样有着史诗般的质地。正如我们生活的这个时代，五千年后的人们又该如何状写我们呢？也许我们会有文字传播到那时，也许所有文字都被一场灾难摧毁得一干二净，或者另一个秦始皇又上演一出新焚书坑儒的故事……

　　有了这样的想法，我看待蚩尤那个时代，就不再觉得那是个仅凭"野蛮"二字就可概括的时代。那样太不公平了，也显得我们无知和愚痴。

　　众所周知，二十世纪三十年代发现、至今仍然在发掘当中的良渚文明，距今五千年左右，文明发展程度领先于中国境内的其他地区。该文化遗址内容十分丰富，最大特色是出土了种类繁多的玉器。挖掘自墓葬中的玉器，有璧、琮、钺、璜、冠形器、三叉形玉器、玉镯、玉管、玉珠、玉坠、柱形玉器、锥形玉器、玉带及环……令人遗憾的是，这样先进的文明却没有得以延续，而是像玛雅文明一样走向了灭亡……

　　这是个巨大的问号。

　　但当我们将五千年前的伟大人物蚩尤与良渚文明联系起来，似乎问题迎刃而解。

　　中华文明探源工程已将目光从黄河中下游向长江、辽河流域伸展，尤其是良渚文化的发掘，展现出壮美的"文明的曙光"。

越来越多的发现，将良渚文化时期的时间、空间节点，朝着上古时期民族部落蚩尤、防风氏、羽民国等部族重合……

已故考古学家苏秉琦先生在二十世纪九十年代提出"满天星斗"说，即在距今六千年左右，从辽西到良渚，中华大地的文明火花如满天星斗一样璀璨。更有有识之士金声玉振地说："良渚文化遗址群是实证中华五千年文明史的最具规模和水平的地区之一，是中华民族的瑰宝。它的存在，使中华文明有了一块可以与古埃及、古美索不达米亚、古印度文明遗址并列的文明圣地。"良渚文明作为中华文明的源头之一，改写了我们对于中华文明起源时间、方式、途径的认识。在良渚发掘的玉器上有一对牛眼般的神秘图案，当它与头冠等图案组合又像一尊英武的战神，不由得使人联想到蚩尤。

上古神话中蚩尤的故事与良渚文化的族属、地望和传说极其吻合。蚩尤这位上古时期的王者，统治着拥有高度发达文明的长江中下游地区，继而带领自己的团队向北方扩展自己的势力。

蚩尤北伐节节胜利之时，也正是良渚文化辉煌壮大之时。而蚩尤最终被黄帝打败的时候，又正是良渚文化衰败没落之时。

蚩尤时代的彭蠡湖地区，无疑也属于良渚文化范畴。

我的耳畔，不停顿地呼啸着蚩尤率领九黎部落驰骋在中原大地的金戈铁马之声……

六

蚩尤败亡后，他旗下的九黎族分化瓦解成三部分：一部分融入黄帝部落，充当了华夏族的新鲜血液；一部分战败逃亡到北方建立了黎国；一部分溃退回到长江中下游地区，分布于彭蠡湖、洞庭湖、江汉平原。

退回长江中游地区的九黎族，后来演变为三苗族。我从《史记·孙子吴起列传》读到以下零星的文字——

　　昔三苗氏，左洞庭，右彭蠡……

　　人类逐水而居，水在哪里，人类就追随到哪里。三苗族是继九黎部落之后，彭蠡湖地区一支有组织的农垦和军事相结合的强悍民族。

　　三苗族选择长江流域两个最大的湖泊休养生息，成为上古时期长江流域文明的开拓者，与黄河流域的华夏族共同支撑着中国大地这片古老的天空。

　　在人类历史长河中，文字记载的历史是短暂的，不过几千年，而人类在地球上繁衍生息却有几十万年。

　　因为没有文字记载，靠人们从地底下挖掘的一些碎片进行考证、推测，有些地方与历史本身不免谬之千里。

　　大地有厚德，总是生生不息。历史向前追溯，可以探测到人类在漫漫长夜或黎明曙光中求索的身影；向后涌流，历史又像一架穿越时光隧道的马车在不断超越新的时空。

　　追溯历史，在纵深处往往感到渺渺茫茫，人们的想象是那样乏力。

　　在文字记述之前发生的事件，无论平庸还是伟大都无从准确定义。但历史终究是由人类写就，此刻的我，作为一个叙述者，笔触抵近上古之时，总有淋漓之势。但写着写着，笔墨也有搁浅之时，这似乎是写作历程里最为无助的时刻。

　　彭蠡湖是适合族群生息的富庶之地，历代兵家均以这里为粮仓和兵员扩充地。

　　人类的历史，就是一部斗争史。生活在这片土地上的人，不管愿不愿意，都会卷入到斗争的冲突当中，成为洪流之中的一员。

　　在尧、舜、禹时代，代代都有针对三苗的战争。说白了就是黄河部落与长江部落两大文明集团的战争。

　　尧是否亲自南伐三苗？这一点在现有的史料中没有记载，但在江西余干县石虹山有"尧碑"的传说。"尧碑"记述内容是否与平息三苗之乱有关，不得而知。宋李昉《太平御览》有关于"石虹山"的记载："《鄱阳记》曰：石虹山，有石室，中有石砥，平如床，可容置数百人。傍列石郭如屏风，篆书为八十三字……"

我专程到石虹山寻找"尧碑"踪迹，发现石虹山曾为渺渺湖泊中一处高地，几块巨石自然错落成石洞，洞中可镌刻文字的地方有多处，但经过几千年的风雨侵蚀，字迹难以寻觅。若是能找到这些字的拓本，或许便知道"尧碑"所记事迹内容。虽然"尧碑"不见，却有宋人錾刻的三十六字："至来游石虹，崇宁癸未夏。蕲春吴中立，开封成辨之。章浦吴可权，怀玉周先之。"只字未提"尧碑"事，可以肯定，比我们早九百余年到来的四个宋人也是无功而返。

尧封自己的儿子丹朱到丹水（河南淅川县），去统领原本在彭蠡湖、洞庭湖之滨日益扩展并威胁华夏部落的三苗族。

这位多处史书称为"不孝子"的丹朱，其实很善于做统战工作，他渐渐在三苗部落取得统治地位。据《竹书》记载，昔日尧帝衰老时，被舜帝囚禁，并阻止尧帝与儿子丹朱联系，以此达到逼迫尧禅位的目的。舜还封锁尧的消息，不让尧与丹朱见面。

丹朱知道这件事后，率三苗族之兵讨伐舜，双方在丹浦展开大战。这场战役自然是舜取得了胜利，丹朱为舜的伟大作了背书。通过这次事件，舜下决心要彻底解决三苗族问题。因此，便有《尚书·舜典》所记"分北三苗""窜三苗于三危"之说。三苗族分布在长江中下游两岸，占据长江以北江汉平原的三苗族称为"北三苗"，这部分三苗族对中原统治集团威胁最大。

舜的人生履历中，做了四件经天纬地的事，这便是《尚书·舜典》所载：流共工于幽州；放驩兜于崇山；窜三苗于三危；殛鲧于羽山，四罪而天下咸服。

共工是掌管洪水的部落首领，舜流放他到幽州去了；驩兜是南三苗部落的首领，舜把他流放到崇山；曾随丹朱作乱的北三苗，舜将他们窜放到遥远的三危去了；鲧是治水的大臣，治水不力，舜将他诛杀于羽山，后任命鲧的儿子禹担当治水重任。

跟随丹朱造反的三苗族被流放到三危，即今敦煌莫高窟一带，其后的莫高窟文化便也有三苗族的基因。

舜时代，最大的民生问题是治水，最大的心腹大患是三苗族，都被舜一揽子彻底解决了。因此，舜成为一个伟大的君主。舜被后人称颂为伟大君主，是他有仁德和大智慧。他针对战争的方式，不是将这些异己分子进行简单的诛杀，而是将他们遣送到远方，离开生乱的土壤，让他们以自己的力量去创造和影响更边远的地区。

史料中记述流放到三危（今甘肃敦煌）一带的北三苗，后来演变为西北的一支强悍部落——羌族。羌就是从姜演化而来。这是一支坚忍不拔的部落，迁徙到三危的三苗族，一部分适应当地的生活，渐渐变成累犯中原王朝边庭的"西戎""西羌"；一部分眷念自己的故土，与统治阶层抗争，在一次次遭受武装掠夺之后，以坚韧不拔的意志，返回长江流域。他们从三危山走出来，经过大雪山、渡过黄河，由北向南，跨过甘肃、青海，沿金沙江到川南、滇东北和黔西北落下脚跟。

驩兜部落的南三苗则从崇山向东，依旧回到彭蠡湖、洞庭湖一带生活……

范文澜在《中国通史》中写道："远古时代，在中国领域内，居住着许多不同祖先的氏族和部落。它们彼此间经长时期的相互影响和相互斗争，有些逐渐融合了，有些发展起来。"从文化意义上来说，长江流域文明与黄河流域文明没有先后之分，也没有优劣之分。长江文明和黄河文明不断产生碰撞、交锋、融合，共同创造了灿烂的上古中华文明。

七

也许在中原王朝君主的眼中，三苗族具有天生的反骨，基因里传承了蚩尤挑战强权的反抗精神，只有将三苗族清除干净了，他们的王朝才能安定，江山才能稳固。

如果那场战争，是蚩尤赢了而黄帝输了，那长江文明就会在历史中显现出其优势，法律的健全、军事制度的强悍、金属铸造的先天优势、人口规模、战争模式都将与黄河流域截然不同，后来的一切历史都将改写。以蚩尤的强悍性格、挑战和反抗精神，那北方将不需要长城，南方也不会出现所谓"苗蛮"的不驯服。

假设总是无法兑现的，历史总归是历史，从来不可能有假设。

在历史上以治水彪炳史册的大禹，也参与了征伐三苗族的战争。《墨子·非攻下》所载：

> 昔者三苗大乱，天命殛之……五谷变化，民乃大振。高阳乃命玄宫，禹亲把天之瑞令，以征有苗，四电诱祇，有神人面鸟身，若瑾以侍，搤矢有苗之祥。苗师大乱，后乃遂几。

这是一场奇怪的自然灾害，"日妖宵出，雨血三朝，龙生于庙，犬哭乎市，夏冰，地坼及泉"。彭蠡湖等区域迎来了人类史上最血腥的惨案。中原王朝政权不是采取救灾行动，而是趁此天赐良机进行剿杀。

经过大禹的残酷打击，三苗族渐渐衰落。范文澜在《中国通史》中说："黄帝以下诸帝，以攻黎攻苗为主要事业，到禹才完成了这个事业。"很显然，尧、舜、禹征伐三苗，已有明确的政治目的。

之后的历朝历代，统治阶级均对"苗蛮"采取围剿政策，致使三苗族退出彭蠡湖、洞庭湖这些丰饶地区，转而逃迁到更边远的湘西、黔东北、川东南和鄂西南一带……

关于苗族史籍就有"三十年一小反，六十年一大反"的记载。每一个民族在历史上都经历过战争，而苗族经历战争时间之长、次数之多、规模之大，实属罕见。历史学家梁启超认为，三苗的苗就是蛮，系一音之转，尧舜时称三苗，春秋时称蛮。夏、商、周讨伐"荆蛮"；秦国灭楚国；汉、晋、南北朝征讨"武陵蛮"都是针对苗族的战争。

汉代以后，除荆襄、江淮尚有一部分苗族分布外，大部分苗族都聚居在今湘、鄂、川、黔毗邻地区的武陵郡，他们与居住在这一地区的其他少数民族一起被统称为"武陵蛮"。

唐宋元明清各朝代都有苗民起义，民国时期苗族人民参与反帝反封建反压迫斗争，战争这个魔鬼一直追随、纠缠着苗族。苗族的历史就是一部鲜血淋漓的战争史。

湘西地区苗族有一支悲怆的歌叫《部族变迁》，内容为苗族祖先的迁徙和对族根的追溯，听了令人心酸落泪——

> 古时苗人住在广阔无边的水乡，
> 古时苗众住在水乡宽广的地方，
> 打从人间出现了魔鬼，
> 苗众不得安居，
> 受难的苗人要从水乡迁走，
> 受难的苗众要从水乡迁去……

这个"广阔无边的水乡"，就是彭蠡湖、洞庭湖等湖泊，因为只有彭蠡湖这样浩大和丰饶的湖区，才能让三苗族后裔们永远追念、咏叹！

八

从史料可知，蚩尤是一位身壮如猛牛的英雄：脚上绑着牛蹄，头上缚着牛角，有四目（类似眼镜的保护网），六手（状如千手观音），用以迷惑敌人，耳朵也有护罩……这样一位战神出现在战场上，敌人除了望风披靡，就是束手就擒了。但一代战神，最终败于涿鹿，尸体被大卸八块，分而葬之。但蚩尤勇于斗争和不懈的反抗精神，成为一种基因，注入到了民族的血液之中。从苗族历史来看，由于长期遭受封建统治者的压迫、剥削和屠杀，苗族人民不堪忍受而进行了一次次的反抗斗争，显示出强大的凝聚力。

被驱赶出彭蠡湖、洞庭湖地区的苗族，来到湘西这片广阔的土地上繁衍生息，成为这里的最早的主人。历代封建王朝不断发起征苗征蛮之役，翻开《二十四史》，几乎每个朝代都有这种充满血腥的记载。在封建王朝编撰的正史里，"南蛮""西南夷""盘瓠蛮""武陵蛮""五溪蛮"，便是对他们的称呼。于是，这些人口数量少得多的民族，被迫不断地向崇山峻岭间迁徙。一部分在湘西定居，一部分沿沅水西入川、黔。定居湘、黔边境的苗族人民，开辟了以腊尔山为中心、东南北三面环湘境七百余里、西北两面环黔境二百余里的苗疆。

秦汉数百年间，征伐苗族的战争，最有名的是东汉伏波将军马援伐武陵蛮之役。东汉光武帝建武二十三年（47年），汉庭派马援率部南征，汉军斩杀武陵蛮三千余。但兵进壶头山时，汉军旱路兵不得进，水路因江流湍急，被困壶头山。当时天气酷热，军中瘟疫流行，士兵多有病死。这位誓言"男儿要当死于边野，以马革裹尸还"的将军，也染病身亡。

元明时期，中央王朝势力逐渐深入苗族势力范围，压迫加剧，苗族人民的反抗逐渐增多。自大禹之后，明朝对苗族的打压程度超过了以往各朝。明朝中后期，政治腐败，宦官擅权，土地集中，各族人民所受压迫加重。明统治者还不断派兵对西南和其他少数民族地区征讨清剿，致使苗民的反抗斗争更加频繁，规模也越来越大。据记载，自宣德五年（1430年）至崇祯十七年（1644年）的二百余年间，仅大规模的苗民起义就达三百余起，平均每年一至两次，达到了前所未有的程度。

哪里有压迫，哪里就有反抗。封建时代苗族人民不屈不挠的反抗斗争，使统治集团大为震惊。为了孤立和征服苗族人民，明朝统治者划定湘黔川三省交界的"经三百里、纬百二十里、周千二百里"的范围修筑军事设施，隔离不服管的"生苗"，逐步形成军事封锁线，人为地把"生苗"同"熟苗"、汉人区隔离起来。

据史书记载，明朝万历四十三年（1615年），统治者为了进一步控制"生苗"区，曾耗银四万多两，上自贵州铜仁、下至湖南保靖，修筑土墙三百八十二里……像北方长城一样，针对苗族的南方长城就这样修筑起来了。

南方长城将湘西苗疆南北隔离起来，规定"苗不出境，汉不入峒"，禁止苗汉贸易和文化交往。长城在这里实际上是民族隔离墙，是强势民族对弱势民族的围剿之墙，严格限制了苗族人民的活动范围。

这支由彭蠡湖、洞庭湖区撤退到崇山峻岭的三苗族后裔，他们的骨子里从没有停止过反抗。反抗精神，是这支民族赖以生存的强大基因。

九

澳大利亚民族史学家格迪斯在《山地民族》一书中说："世界上有两个灾难深重而又顽强不屈的民族，他们就是中国的苗族和分散在世界各地的犹太族。"

犹太族是一个不幸的民族。公元前 63 年，罗马帝国军队攻入耶路撒冷，屠杀了五十万犹太人，迫使犹太人向世界各国"大流散"。在封建制度压迫下的苗族人民，所受的苦难比犹太人更深重、历史更久远。

清乾嘉年间，苗族首领石柳邓、石三保、吴八月等领导的苗民起义，清政府前后用了十余年时间，调集了五省十八万兵力，耗资近两千万两白银，付出了极大的代价，才将这次起义镇压下去。

然而，这次战争，成为一把双刃剑，一刃砍向大清王朝，成为由盛转衰的分水岭；一刃砍向苗族人民，在战争中幸存的人们被迫开始了又一次大逃亡。

迁徙到湘黔边的苗民，有的逃入贵州中南部，有的逃到广西南丹等县，有的被俘押往北京，关押在西山黑牢，现北京门头沟的苗族，就是这次被俘的义军后裔。

越南学者认为，现定居在越南、老挝和泰国等东南亚国家的苗族，大多是在清代雍乾、乾嘉和咸同三次大起义失败后，先后从贵州远迁去的。当时由贵州、云南和广西迁去老挝的苗族有五万人之多。

清初，约八十户苗族因反"改土归流"失败，举家迁入越南河江省同文县；乾嘉石柳邓、石三保和吴八月起义失败，贵阳、云南和广西的苗族分两路迁入越南的同文县和老街省北河县；太平天国起义失败，又有一万多苗族从贵州、云南和广西迁入老街、河江、安沛等地。

第二次印度支那战争结束前后，老挝的部分苗族在战争中成了无家可归的难民。在泰国政府和联合国的帮助下，这批难民被输送到第三国。美国、法国、加拿大、澳大利亚、圭亚那、德国和阿根廷等国也接受了数百数千或数万人。

目前，在美国的苗族人口约有二十六万人，其中以加州九万人最多，其次是明尼苏达州六万六千人和威斯康星州约五万人。生活在美国的苗族人，同所有生命里镌刻着迁徙足迹的中国苗族人一样，认为自己的故乡在中国。自称为 hmong（苗裔）的美国苗族人，在适应美国的生活方式、并以渐渐成熟的姿态与美国社会交流时，依然坚韧地保留了苗族的语言、风俗和传统习惯。这种顽强的民族意识，令人肃然起敬。

苗族如此长时间、大幅度、大规模、远距离艰苦卓绝的迁徙，不仅在中华民族五十六个民族不多见，在全世界两千多个民族中也是绝无仅有的。这种大迁徙运动，对苗族的发展产生了极其深刻的影响。

曾经在彭蠡湖这块广袤土地上耕云播月的三苗族后裔，尊蚩尤为先祖。因为先祖与牛有着命运相牵的联系，三苗族后裔便以牛为图腾，他们敢于挑战强权，反抗压迫，并以百折不挠、勇往直前的精神，耕耘着日月、收获着山河……

大禹不死

一

　　大禹以一代治水人的责任和担当，站在庐山汉阳峰巅，眼望洪荒浩渺，大水汤汤，人民流离失所，耕作的土地都被洪水淹没。他指点江山，一幅疏九江的宏伟蓝图在心中荡漾开来……

　　人类历程是一部充满惊心动魄的斗争史。人与人斗，便发生了战争；人与自然斗，则有了改天换地的奇迹。

　　关于大洪水，不仅西方神话中有，东方也有大洪水的遭遇。据史籍记载，帝尧时期，洪水滔天，浩浩乎怀山襄陵，下民其忧，于是尧求能臣，群臣均推荐鲧可承担治水的重任。尧对鲧不满意，但却没有更合适的人选，于是鲧就成了中国治水第一人。

　　鲧费时九年，采用堵的方法，结果洪水没有消除，反而比先前更加得势。舜接手朝政，对鲧的治水业绩极为不满，不仅无功，反而有罪，将他诛杀于羽山。

　　子承父职，大禹继承了父亲鲧的遗志，得到舜帝的任命，重新开始探寻治水之道。父亲鲧的失败教训给他提供了借鉴。他摒弃堵的治水方法，采用疏导的策略，开山凿堰，洪水终于乖乖听从他的调遣，流入大海。一场持续了二十余年的大洪水，终于平息了。

　　大禹为了治水，"三过家门而不入"，成为几千年来不衰的美谈。大禹治水十三年，足迹遍布九州大地。至今，有关大禹的遗迹和纪念建筑遍及河南、山西、山东、陕西、四川、贵州、湖南、湖北、江西、安徽、江苏、浙江等十多个省。

在鄱阳湖入江水道的鞋山上就有禹王崖；鄱阳湖畔的庐山还有禹王谷。这些都是大禹亲临鄱阳湖的见证。

司马迁也曾步大禹足迹，登庐山汉阳峰顶，看九派横流。大禹治理过的山川大地，令他心旷神怡，他在那本伟大著作中这样写道："余南登庐山，观禹疏九江。"

据《水经注》记载，在庐山南，有一巨石叫上霄石，高大挺拔，与霄汉连接。在上霄石的南面，大禹刻石志其治水的数据，丈尺里数。郦道元时代还能见到刻石上的字号，距郦道元之时又一千五百多年，上霄石之刻，至今不知尚在否？

关于庐山上霄峰大禹刻石，明代陈继儒在《珍珠船》也记载了这件事，他写道："庐山有上霄峰，可千仞，上有石迹，云夏禹治水时泊舟之所。凿石为窍，缆舟其上。有摩崖碑，皆蝌蚪文字，隐隐可见。"在高可千仞的上霄峰上系舟，然后摩崖刻碑，可见当时洪水的涨势，已经漫过了庐山几重山岳。

清代文豪袁枚《续子不语》记载，庐山谷帘泉飞瀑之中，隐藏着一处石洞。有人曾从悬崖上用绳索拴住，从上往下缒落进入洞中，发现了一块石碑。碑上刻着六个大篆字——

洪荒漾余乃枅。

这六个字直译为："洪荒荡漾，我是支撑天地大梁的方木。"

谁人能有如此气魄？唯大禹在宇宙洪荒之中，书写了一个顶天立地的"人"字！

二

在湖口县史志办，潘柏金先生跟我聊到上石钟山在大禹时代有一道山埂，大禹治水将这道山埂凿通，便形成了今天我们所见到的模样。

大禹疏九江，到底疏浚的是哪一段？上霄峰记载的丈尺里数也已化入风烟之中。司马迁也说不出所以然，只用"禹疏九江"四个字来高度概括大禹在九江治水的功绩。虽然只有言简意赅的四个字，可想而知这是一个多么浩大的工程，引赣江等五河水入长江就是其中一项关键工程。

当时的江西五河汇成赣江水系，由南到北，流经湖口上石钟山时，被一道与庐山余脉连接的山埂阻塞，形成一个巨大的堰塞湖。

湖口是大江大湖关隘，南有五江奔涌，北有彭蠡荡漾。只有凿通上石钟山这道山埂，才能使江西大地变成良田万顷的鱼米之乡。

大禹率领三苗族人民开始了凿山疏浚的伟大工程。以现代的眼光来看，移山填海或许不是什么难事，但在四五千年前，人类要做这么一件事确实是无比艰难的。

我们知道，那个时代没有挖土机，没有火药，甚至没有钢钎，如何能挖掉这座横亘在赣江等五河面前的山梁？

大禹治水是造福江山社稷、黎民百姓的，所以得到了天下百姓的支持。那个时代的人民根本不知道有"豆腐渣工程"一说，虽然没有挖土机，没有炸药，但古人有更科学、更生态的办法。

古人就地取材，从长江和彭蠡湖里捕捞大量的江豚——那个时候，江豚就像陆地上的蚂蚁一样多。顺便提及，近二三十年江豚几近绝迹，整个长江流域现仅存不足一千头，成为濒危水生野生动物，已列入国家二级保护动物名单。

江豚的身体可以说是个油桶。三苗族人民大量捕捞长江和彭蠡湖里的江豚，湖滩上到处是炼制鱼油的家什，烟火四起，日夜不息，笼罩了半边天……

鱼油是比炸药更有效的开山材料。三苗人民听命于大禹，将鱼油浇布于岩石层。鱼油见石缝就钻，见窟窿就囤积起来，整座石山顿时吸饱了鱼油而变得油光发亮。大禹将一把燃着的篝火投入石山，一时间熊熊火焰遮天盖地，烧得石头噼里啪啦如炮轰鸣，山石炸裂声此起彼伏……

石头越是坚硬，越经不起烈焰的烤炙。有的熔化成灰了，有的碎裂成块了，原先趾高气扬的山头，一下子低矮下去半个身子。

大禹指挥三苗族人民，驱赶牛和大象去搬运。牛和大象是那个时代被驯服的物种，它们承担了人力不能为的重负。

如此经年累月反复开凿，一座阻梗赣江水系的山梁就这样被铲除。水道变得欢快畅流，向着长江汇去。

大禹微笑着，在自己的治水蓝图上轻轻勾了一下。他的宏大治水计划就这样一道道被勾销，最后功德圆满。大地上的水都按照他规划的路线行走，从前淹没的大地现出了平原，成为人民种植五谷的家园。

古人没有笔和纸，更没有印刷术，不能将这样的丰功伟绩记录下来。但古人将石头当纸，青铜錾当笔，把文字凿入天地造化的石头之中。

将文字刻入石头可谓不朽，但还是经不住风雨的剥蚀。想来，天下没有不朽的物质，唯有精神可以世代相传，永世不朽……

鞋山，有座禹王峰，为大禹歌功颂德的文人和匠人，选取了其中一块较为平整的石头，打磨出一个平面，将这段治水的功绩记录在案。《水经注》证实有此之说："昔禹治洪水至此，刻石纪功。"但风雨之侵，纵然石刻也荡然无存，郦道元不得不惋惜道："然岁月已久，莫能合辨之也。"

而今，峰在，刻字却已羽化天外。

大禹治水雕塑（武汉江滩公园）

赣抚平原灌区（航拍）

三

在大禹之后约两千三百多年，江西大地诞生了一位属于自己的治水英雄许逊。

许逊以一百三十六岁的人生，舍二十余年专门治水。

许多人只知道他是开创净明道的道教领袖，对他治水救护人民知之甚少。他的人生都是围绕救护人民这一主线进行的，其中治水是极其重要的一环。许逊为治水花费了大量的时间，他奔忙在治水第一线，为江西及其周边人民战胜洪水做出了贡献，江西人民亲切地尊奉他为"江西福主"。

许逊是江西南昌人，从小生活在赣江边。由于赣江每隔三五年便会暴发一场洪灾，他从小便饱受了洪水之苦。每当洪水来临，百姓住的房屋便被冲垮，养的牲畜也被洪水冲走，许多无辜生命被洪水卷走。许逊看着这一切，心里在滴血，暗暗发誓：长大一定要战胜洪水这个猛兽！

为了实现这个目标，他多方求学，寻求治水的方法。听老辈人说，洪水的兴起，是因为水里藏着兴风作浪的恶魔——孽龙。这是因为魏晋时期道教兴盛，把很多自然现象看作神与魔相互斗争的结果。因此，许逊决定要斩尽兴风作乱的洪魔，还百姓一个安居乐业的太平世界。

许逊任四川旌阳县令时，那里发生水患，许多农民的农田遭到洪水浸淹，他让农民到官府的公田里耕种，使灾民获得暂时的解救。但他脑子里一刻也没有停止过思考制服洪水的办法。

许逊料知晋室将大乱，国事不可为，就挂冠东归。回到南昌后，时值长江中下游洪水暴发，彭蠡湖、赣江等流域水患肆虐。这次洪水涉及整个长江流域，许逊足迹遍踏鄱阳湖流域各县，还远涉湖南、湖北、福建等地疏导洪水。为根绝水患，他率领人民疏浚河道，修筑圩堤，兴修水利，被江西乃至长江中游各省人民广为传颂。

许逊锁蛟龙（雕塑）

在南昌市铁柱官遗址发掘出的古井

许真君治水的传说，在许多地方广为流传。民间将他的事迹神化，将洪魔比作孽龙，他用道法将孽龙锁住，并镇压在铁柱宫中的八角井里。这口井被称为"锁蛟井"，后人在井旁立"许旌阳祠"，后扩建为"铁柱宫"。铁柱宫是南昌市文化核心建筑，也是许逊治水的铁证。铁柱宫屡兴屡废，近年，南昌市针对铁柱宫遗址进行大规模发掘，发现了一口古井，沧桑斑驳，只是井中铁链、铁柱已经荡然无存。

许逊治水事迹在许多地方都有传说。赣西宜丰县有一口宋代元康观铁钟，上面铭刻"高明许仙，功利无边"。元康观是西晋时为纪念许逊在宜丰治水所建，后来又在观前立真君祠。

宜丰还有一座白泽湖，古名濯湖，相传许逊濯衣于此。濯湖，方圆十几里，是许逊治水时为引洪而开挖。说明许逊治水，除了疏浚河道和修筑圩堤之外，还采用第三种方式——分洪调蓄。涨水时将汹涌的洪水分洪至可以蓄水的湖泊中，这样既可以减轻洪水的压力，又能储蓄水用于灌溉，一举两得。分洪调蓄的治水理念在现代治水中也广泛应用。比如长江中游的荆江分洪区，1998年抗洪就差一点启动了分洪程序。荆江分洪区对确保荆江大堤、江汉平原和武汉市的防洪安全起到重要作用。

我在鄱阳湖流域行走，见到不少万寿宫、真君祠等建筑。每每见到这些建筑，我就会走进去，对世人塑造的许真君神像鞠躬，膜拜这位对治水做出过巨大贡献的先贤。

四

老家在九岭山脉深处，属于鄱阳湖流域赣江水系锦江河系的上游。

1973年的大洪水给我留下了刻骨铭心的记忆——

那时我才七八岁，河流平日很驯服，人也能直接蹚过河去。连日暴雨，似乎天塌下来了，只见水漫过了堤岸，浸没了农田。上游一栋栋的木屋架被滔滔洪水卷走。大水汤汤中，还有竹、木、猪、牛，各种家什儿，甚至棺材都逐流而下……我站在高处，像看一场电影似的，心灵受到极大震撼。洪水退后，上游的人便到下游寻找被洪水卷走的人，我们村的河洲上就躺着一具女尸……

可以说，洪水在我幼小的心灵留下了极深刻的印象。大河涨水小河满。我家住在赣西宜丰县一个山区乡村，因属于江河的上游水系，我所见到的河流自然是小河。大河涨水小河满——现在小河满了，可想而知，大河的水位有多高；大河满，则是大江大湖涨水的缘故。由此知道，那年的鄱阳湖、长江同样满满当当。

洪水猛兽，不是一句空话。人类所应对的各种自然灾害，综合来看，洪水是排在第一位的。1973 年的洪水是江西全省性大暴雨引起的。这次大雨，从三月底开始，延续到七月上旬。暴雨过程强度大，历时长，分布广，为解放后所罕见。赣江、抚河、信河、乐安河水位迅速上涨，洪水来势汹汹，全省各地遭受了不同程度的损失。《南昌县水利志》记载了触目惊心的灾害状况：先后溃决大小圩堤十二座，洪涝面积七十五万多亩，水稻绝收面积四十四万余亩，粮食减产三亿多斤，受灾人口五十八万余人，死七十一人，倒房屋一万余间，冲毁水利工程一百四十多座，损坏机电排灌设备一百五十五台……南昌一县损失如此，那江西全省的损失可想而知是多么巨大了。

鄱阳湖水系既是长江的支流，也是长江的蓄洪区，长江上游涨水，必然导致鄱阳湖水位上升。在洪水这个问题上，长江与鄱阳湖可以说一荣俱荣，一损俱损。

历史上的洪灾无数，除了尧、舜、禹时代外，长江洪灾最早见于记载的是汉代。据《汉书·高后纪》载：汉高后吕雉三年（前185年），"夏，江水、汉水溢，流民四千余家"。仅五年时间，又发生第二场洪灾，"夏，江水、汉水溢，流万余家"。这次洪水，受灾面更广。要知道，汉初人口并不繁盛，以豫章郡为例，人口仅有三十五万余人。因此《汉书》记录的灾情是相当严重的。

魏晋南北朝时期，长江流域演变为政治中心，加上"八王之乱""永嘉之乱"等北方动乱，北方人口拥入南方。大量人口的拥入，必然围湖造田，抢占原先江湖占据的土地，使其蓄洪功能减弱，加上住房和城市建设需要营造大量的土木工程，损毁森林现象日益严重，致使洪水加剧。如彭蠡湖的消失、浔阳江主泓道南移、鄡阳与海昏城的沉没等现象都与此有关。

隋、唐、宋时期，北方人口继续南迁，江滩、湖塘、山地的开发，势必使湖泊缩小，林地减少，洪灾的密度也随之增加。史籍记载的洪水达十四次之多，其中南宋绍兴二十三年（1153年）、理宗宝庆三年（1227年），长江流域发生过特大洪水。有好事者在洪水高程留下石刻记录，如四川忠县长江岸边石壁上就有这样的记录："绍兴二十三年癸酉六月二十六日水泛涨。"现代人据此记录换算后得出结论，南宋时期的这两次特大洪水均大大超过1998年大洪水的洪峰流量。

元、明、清时期，长江流域成为中国经济的引擎，是经济和文化最发达地区，与之俱来的是洪水灾害的频率加快。从1788年至1870年，不足百年时间，发生过三次特大洪灾：1788年、1860年和1870年，尤其是后两次，间隔时间仅为十年——这期间是鸦片战争后期，帝国主义在经济上大肆掠夺，自然资源的破坏程度更大，因此灾害更为频繁。

1860年，长江流域普降大雨。一般洪水发生在七八两月，而这年11月13日至12月11日还出现罕见的后期洪水，尤其江西、安徽更为严重；1870年，长江流域又连降大雨，这次洪峰流量达到了历史最高。这是迄今已知八百多年来最大的洪水，灾情的严重性可想而知。湖北、湖南、安徽竟成泽国，江西鄱阳湖水位猛涨，漫及全省。

历史的车轮辗入民国时期，长江流域的洪涝灾害愈演愈烈，达到了三年两遇的境地。1931年至1949年十八年间，较大洪水就达五次之多。我们来看其中最严重的一次全域性洪灾，即1931年大洪水的灾情——

1931年是中国南北普遍遭受洪涝的灾难年，当年中国的几条主要河流如长江、珠江、黄河、淮河等都发生特大洪水。受灾范围南到珠江流域，北至长城关外，东起江苏北部，西至四川盆地。这次水灾被广泛认为是有记录以来死亡人数最多的一次自然灾害，且绝对是20世纪导致死亡人数最多的一次自然灾害，受灾人口达二千八百五十万人。长江流域沿江堤防多处溃决，洪灾遍及四川、湖北、湖南、江西、安徽、江苏、河南等省，其泄洪区的死亡人数达十四点五万人。就全国而言，水灾后因饥饿、瘟疫等因素死亡的人数估计在四十万到四百万之间。这次洪灾的损失，以银圆来计算，相当于十三点八亿元。这一年也是中国政治的灾难年：日本关东军制造"柳条湖事件"，爆发"九一八"事变；蒋介石提出"攘外必先安内"……真正是内忧外患，中国由此进入民国时期最黑暗时代。国势如此，鄱阳湖流域的受灾状况又岂容乐观？

中华人民共和国成立后，长江发生了 1954 年、1998 年两场长江全域性的特大洪水——

1954 年百年未遇的特大洪水，肇始于 4 月份的鄱阳湖水系普降大雨和暴雨；5 月份雨区扩增至长江以南的湖南、安徽南部，雨量均在三百毫米以上，其中鄱阳湖水系在五百毫米以上。长江中下游在警戒水位以上的持续时间为六十九至一百三十五天，为历史罕见。试想，长达半年之久的汛期，一个洪峰又一个洪峰不停歇地向人们的心头压来。

幸喜，中华人民共和国成立后，国家的动员能力是前所未有的。长江中下游参与防汛的指战员近一千万人，遍及五省一市。这些指战员风雨兼程，夜以继日，甚至不惜献出了宝贵的生命，终于取得了抗洪斗争的重大胜利，保住了重点地区和城市的安全，建立了不世功勋。这次抗洪斗争，为新中国抗洪救灾提供了宝贵经验。1954 年大水不论洪峰还是洪量都比 1931 年大得多，但洪灾损失却减少很多。如果没有广大军民英勇奋战，没有可靠的水情和天气预报作为决策措施的依据，要取得这样的胜利是天方夜谭。

1998 年洪水，是仅次于 1954 年的长江全域性特大洪水。这次洪水，仍然肇始于中游鄱阳湖、洞庭湖水系的连续暴雨，引发主要支流出现最大洪峰流量。此外，这年的梅雨极不正常，出现了"二度梅"的情况，6 月 11 日入梅，7 月 3 日出梅；之后，7 月 15 日又入梅，7 月 31 日再出梅，这在历史上极其罕见。

这一年，长江流域从 6 月至 8 月出现三次持续降水过程。第一次是 6 月 11 日至 27 日，中下游江南大部分地区降雨，以鄱阳湖、洞庭湖水系的江西、湖南、安徽等地为强降雨，降雨量比同期多一倍以上，其中鄱阳湖流域超过两倍多；第二次是 7 月 4 日至 25 日，江西中北部、湖南西北部、长江三峡地区等区域，降雨量比正常年份多五成至两倍不等；第三次是7月末至8月下旬，雨区转入长江上游、清江、汉江流域、四川东部和湖南西北部，降雨量比同期多一倍至五倍。这三次降雨构成了长江全域性大洪水，十多条支流，即鄱阳湖五河、洞庭湖四河以及清江、岷江、嘉陵江等的洪峰流量均超过1954年。

就在8月中旬最高水位出现时，1998年8月7日13时左右，长江九江段四号闸与五号闸之间决堤三十米左右，九江抗洪最惊心动魄的一天到来，全国抗洪进入高潮。1998年长江流域特大洪水中，江西九江长江干堤和鄱阳湖地区是全国抗洪形势最严峻、受灾最严重的地区之一。

据历史记载，从西汉到清末的两千一百多年间，长江共发生洪灾二百一十四次，平均约十年一次，有的朝代洪灾频率达四五年一次。纵观历史，长江流域的洪水灾害，是中华民族的心腹大患。而与之紧密相关的鄱阳湖呢，洪灾次数竟比长江流域还多。据载，从772年（唐代中期大历七年）始至1999年，长达约一千二百年的时间，鄱阳湖流域发生洪灾二百零七次，其中唐代中后期六次；宋代二十三次；元代十四次；明代四十五次；清代七十次；民国十九次；新中国二十八次。年代越近，洪水越多，这与近代史上人口增长和生态严重破坏有关。

中华文明史也是一部与洪水搏斗的历史，治水伴随着中国历史。长江与鄱阳湖唇齿相依，长江发大水，鄱阳湖便是当然的大水之年。鄱阳湖发大水，长江中下游也不会轻言无事。

五

水的过度暴涨，形成洪灾；而水的严重短缺呢，就会形成干旱，同样会导致灾害。

干旱令禾稼绝收，蝗虫遍地，人民生活陷入饥馑境地，其危害不可小觑。从宋代以来的旱灾数据来看，宋代二十次；明代三十五次；清代二十六次；民国五次；新中国成立以来（截至1999年）十五次。洪、旱灾有时是差开，同年不相见；有时，洪涝与旱灾在同一年发生，灾害就更大了。刚抵御洪水的侵袭，又面临干旱的侵害，简直不让人活了。除去洪、旱灾年，真正所谓风调雨顺的年载就不多了。

相比起来，洪灾还是比旱灾多，以宋、明、清、民国及新中国以来的数据计算，旱灾的次数约为洪灾的二分之一。洪灾与旱灾总是如影随形，不断出现在人们的面前，搅扰人们的正常生活。我查阅历年发生旱灾的记录，其悲惨程度骇人听闻，一幅幅赤地千里、饥人相食、饿殍载道、民众流徙、郡邑盗起的景象，令人不忍卒读。如明代万历十七年（1589年），江西全省大旱，南昌等十二府三月至八月不雨，赤地千里，早晚稻俱伤，秋稼绝粒，民采野蕨充饥，有挖树皮草根以苟延者，死者枕藉载道；清代顺治三年（1646年），南昌等十府大旱，自五月至十月不雨，早晚禾尽槁，草木皆焦，饿殍载道，白骨如山，有全家饿死无一存者，有屠耕牛充饥而胀死者，有迟至次年秋获暴得贪而饱死者；民国三十年（1941年），旱灾，颗粒无收，饮食不继，导致饥馑冻毙者达四万余人……

中华人民共和国成立以后，防汛抗旱成为人民政府的头等大事，经过不断摸索实践，兴修水利，有时候大灾之年反而夺得粮食大丰收，这在之前是从未有过的事情——

1978年，夏秋大旱，江河几乎断流，旱情为历史上所罕见。以南昌县为例，由于县防汛抗旱指挥部提早预防，提前"将灌区内的溪、塘蓄满水，其他不妨碍排渍的圩内河、港，也及时续好水，所有提水设备都进行了检修……县级领导分头奔赴各公社，参加抗旱，指挥战斗，并先后动员三百余名机关干部深入基层，协助抗旱。各公社书记、社长亲自上渠管水用水，先用渠河水，后用溪塘水"。因而，这场旱期长、气温高、蒸发量大、面积广的旱情，粮食产量不降反而增产了两亿多斤。究其原因，这是全民参与，组织得力的结果。

干旱的发生，也是与森林资源遭受破坏有关。森林是储存水分的宝库，雨季能大量储存水分，干旱时能施放水分弥补旱情。但如果森林被破坏，不仅水灾频繁，旱灾也更趋严重。

解决干旱问题，其实也是治水的重大课题。所谓水利工程，既要考虑减少或消灭水患，又要考虑干旱之年不受旱灾影响，将水引入农田，保证农业生产所需的水不受干旱影响。

二十世纪50年代开始，全国大兴水利，兴修水库就是其中一项重要工程。那个时期，全国共修建库容十万立方米以上的水库近十万座。建水库看起来是堵水，但同时具备疏浚的功能，蓄丰补枯、调洪错峰，是保护水资源、减轻洪涝、干旱最有效的途径。水库既是一个自然综合体，又是一个经济综合体，具有调节河川径流、防洪、供水、灌溉、发电、养殖、航运、旅游、改善环境等功能。

鄱阳湖流域属于亚热带气候，其三面环山，北面临江，四季气候温润潮湿，水源充沛，但仍然大修水库。截止到2006年年底，江西共有各类水库九千七百八十二座，其中大型水库二十五座，中型水库二百三十八座。不容置疑，这些水库为防汛抗旱和农业生产做出了巨大贡献。

这些星罗棋布的水库，改变了过去靠天吃饭的历史问题。即便二十世纪六七十年代人口暴增，自然灾害十分频繁，但因为水库工程构筑了一道生命防线，可以说一般的洪涝、干旱之年，基本无大灾。即便像1998年那样的特大洪水，鄱阳湖流域大大小小的水库也起到了中流砥柱的作用，减轻了受灾面的扩大。

六

所谓"水能载舟，亦能覆舟"，也说明治水是国家长治久安的根本。

将水比喻为人民大众，舟船则是政权。只有当水波澜不惊的时候，舟船才能安稳平静地行驶；而水波翻涌，暗流涌动，势必造成舟船倾覆。而一个不顾人民生死的政权，最终只能遭遇倾覆的命运。国民党政权在抗战期间掘开花园口堤坝，引黄河水阻挡日军进攻，以牺牲人民利益换得短暂的苟且偷安，最终是民心离散、政权丧失。

古人有云："防民之口，甚于防川。"河水堵塞而冲破堤坝，受害的人一定很多。如若像防范洪水一样堵住百姓的口，最后必然失控，溃堤之下，安有完卵。看来，尧、舜、禹时期治水的疏与堵，不仅在治水上能得到截然不同的效果，在处理百姓的诉求上，也同样有借鉴意义。一个王朝或政党的兴衰，取决于在处理百姓利益时是及时疏导还是防堵的决策。当百姓心平气和像江河一样畅通时，王朝和政党这艘舟船才能安稳，风平浪静。

中国的治水史，自上古尧、舜、禹奏响治水乐章后，一代代华夏儿女在大地上书写了与洪水搏斗的雄浑诗篇。

《淮南子·览冥训》记载女娲补天事迹："往古之时，四极废，九州裂，天不兼覆，地不周载；火爁焱而不灭，水浩洋而不息。猛兽食颛民，鸷鸟攫老弱。"女娲炼五色石以补苍天，断鳌足以立四极，杀黑龙以济冀州，积芦灰以止淫水。女娲不畏艰险，同情人民，以天下为己任，为后代人民树立了抗洪典范。

春秋时代齐国著名政治家管子说："善为国者必先除五害。水一害也，旱一害也，风雾雹霜一害也，厉（同疠）一害也，火一害也，此谓五害。五害之属水为大。"由此可见，水灾之危害是人类最大威胁。善治国者，必先治水。凡善治水者，大多是治国安邦的一代英主。

熟谙中国历史和善于以史为鉴的毛泽东，深知治水在国家建设中的重要性。在土地革命斗争时期，他就提出"水利是农业的命脉"这一理论。中华人民共和国成立以后，毛泽东率领全国人民，治理江河、修建水库、开挖沟渠，开展了人类历史上最宏伟的兴修水利运动，基本解决了大江大河的洪灾以及旱灾两大难题。要知道，那时候的组织动员能力是人类历史上首屈一指的。若换上今天，我们再修劳动强度如此之大的水利工程，几乎是难以完成的使命。每一个人第一反应肯定是谁给钱，给多少钱？诸如此类。而当年的人民群众，没有人讲条件，都豁出命来干。全国人民自上而下，坚持自力更生、艰苦奋斗的精神，每个人都在舍己为公、无私地为社会主义大家庭忘我劳动……

仅以治水论，毛泽东在中国历史上完全可以称得上第二个大禹。

那时的毛泽东顶着巨大压力，将根治水患和旱灾的重任，坚毅地背在那一代人的肩上。要知道，那是在朝鲜战争、台湾海峡战事紧张进行之时，国内物质条件十分匮乏、百废待兴的困难局面下，毅然向大自然宣战，战天斗地，为我们留下了这笔宝贵财富。

在鄱阳湖西岸，我走访南昌县，有幸认识了"水利人"黄本香先生。谈到水利，他巨大的热忱让我感觉到水利人的豪迈。

黄本香曾担任南昌县水利局局长十四年之久，对水利方面的事可谓了如指掌。老局长襟怀坦荡，跟我谈到水利时浑身是劲。他告诉我，南昌市的水利工程总结起来称为"三命工程"——活命，灌溉工程；养命，排涝工程；保命，圩堤工程。

活命工程，是针对干旱之年，不受旱灾的侵害，不看老天脸色，年年都能丰收，这就需要做好灌溉工程；养命工程，是针对洪灾之年，不受内涝的侵害，能够及时把内涝排到堤外去，保证农业生产不受影响；保命工程，就是将圩堤以外的江湖之水堵在堤外，不溃决，不渗漏，方能使圩堤内人民生命财产得到绝对安全保证。

鄱阳湖流域的治水，是从筑堤开始的。按照黄本香老局长的话说，筑堤就是修筑保命工程。只有保住了命才能活命，才能养命。

新中国成立之前的"三命工程"，是不健全、不完善的。那时的活命、养命工程，主要靠半机械化的龙骨水车、水转筒车、唧筒等灌溉和排涝，但遇见大洪水、大旱之年，这些工具就毫无作用了。

古代的保命工程，也是粗放式的，主要原因是小农经济，修筑的圩堤大多低矮单薄，大水一来，就自动倒塌，造成水患连年的局面。

最早见于记录的是东汉时期，约公元58年至75年，豫章太守张躬，在豫章城东边太湖十里处，修筑了一条圩堤，北边与城址平齐，南边沿着城边弯折至城南，以遏制江水侵城，从此掀开了鄱阳湖水系的治水史诗。

到唐宪宗元和三年（808年），江西刺史韦丹修筑圩堤十二里，以防江水侵入。修建了内水闸，调节江湖之水。如果湖水过多，就开闸放水入江；如果江水与湖水都过大，则关闭闸门，不让江水入侵，并且开辟六百口水塘，灌溉农田万顷。这一过程既考虑了城市，又着眼于江与湖对于农田的影响，可谓水利建设的大手笔。

明代社会较为稳定，社会发展基础趋于稳固，基础建设投入较以往各朝要多得多。

明孝宗弘治十二年（1499年），南昌郡守祝瀚修筑圩堤六十四座，发放粮食七百担，连接大有圩和富有圩长达四十里。建筑牛尾岭石闸和青山石闸两座，修建水枧六处。江水上涨时，关闭闸门以拒江水入侵；湖水太高时，则打开闸门泄水以护农田。接着又修筑了章江堤和黄渡等五座联圩，围圩成田，开垦了良田数万亩，收获粮食数十万担。这是鄱阳湖历史上第一次大规模围湖造田的记录。

清代在明代的基础上，也进行了江堤、湖圩的加固和修复。如清顺治二年（1645年），大水冲入罗家圩，倒堤一百六十丈，南昌县调集民工费时十日修竣，另修复了秋修圩，堤长五里。清雍正十一年（1733年），建王家闸，同期修筑下丰乐圩，长七里。清光绪二十年（1894年），以小圩联成大包圩，四年才得以完工。

修堤是关乎人民生命财产安全的大事。每逢大水过后，当时的官府也调集民工修堤，但一遇涨大水又倒塌。倒了修，修了倒，成为一种恶性循环，与封建制度一起延续。

在鄱阳湖，真正卓有成效的水利建设还是从新中国成立之后才开始。就拿南昌县来说，南昌县经历了修复圩堤、联圩并垸、兴修水利、兴建电力排灌工程等重要阶段。

南昌县人民与鄱阳湖周边其他县区一样，为了兴修水利，每年冬天至少有两个月时间在水利工地上挑土方。在长达半个世纪的岁月中，南昌县兴修水利的土方，共达六点三亿立方米。有人做了计算，如果把这些土方垒成宽一米、高一米的小堤，可绕地球赤道十五周。我在余干县采访时，他们县的筑堤土方也有类似说法。这就是说，如果把整个鄱阳湖圩堤的土方累计起来，按照同样的模式计算，可以绕地球一百多圈。

南昌县修筑了五百公里外洪堤防线，也称为"生命线"，连续三十年没有发生溃决。值得一提的是1998年大水，在鄱阳湖周边各县堤防纷纷溃决的情况下，南昌县的堤防线却坚挺如初。

七

　　人类遭遇的灾难，大多数是由于森林遭到破坏所致。人类看起来是一切的主宰，但当人类肆无忌惮地毁灭生态时，恶劣的环境就开始反作用于人类。长此以往，人类最终能不能乘上那艘"诺亚方舟"，就不得而知了……

　　江河湖泊平素都是温文尔雅，像一位温柔的母亲，养育着芸芸众生。但当母亲发怒、狂啸的时候，我们扪心自问，是不是我们做儿女的做了太多令母亲寒心彻骨的事，才引得母亲如此震怒，甚至报复呢？

　　森林是天然的蓄水库。有了森林，土地就不怕风吹雨淋，水土就不会流失。森林能大大减弱风力；暴雨遇到森林也会被阻挡，雨水沿着树叶枝干慢慢地流到地上，被枯枝、落叶、草根、树皮所堵截，水分渗到地下，也不会很快流走。

　　我们来看一组研究数据，林地只要有一厘米的枯枝落叶层，就可以使泥沙流失量减少百分之九十四。树木在土壤中根系达到一米深时，每公顷森林可贮水五百至两千立方米，每平方公里森林每小时可吸纳雨水二十至四十吨，大约为无林地的二十倍。雨水多时，森林可贮水；雨水少时，森林可缓慢释放水分。这样的天然水库，便是大自然的杰作。

　　反过来说，森林毁坏，不能有效使土地蓄水，日照时间一长，裸露的土地水分很快就会蒸发，就会导致干旱。因此，洪灾和旱灾都与森林有着密切关系。各个历史时期的森林被损毁是有迹可循的，也是骇人听闻的——

　　春秋战国时代，春秋五霸、战国七雄的都城规模是今人难以想象的。这些建筑都是由大量的栋梁之材构建而成。而栋梁之材，又是从群山之中经过千挑万选得来。一座都城的崛起，是建筑在无数森林的泣血和哀鸣之上的。

秦汉时期，皇宫王室的建造，需要开辟大量的土木工程。宫廷有多么奢华，森林就有多么残败。那些亭台楼阁，富丽堂皇，使成百上千座森林由黑发少年瞬间变成秃顶的老汉。"蜀山兀，阿房出"，一座阿房宫，使长江上游四川盆地的森林植被遭到毁灭性破坏。阿房宫之大，现代人根本无法想象。据说当年秦始皇灭六国，各国的宫女妃嫔，诸侯王族的女儿孙女，辞别故国的宫殿楼阁，被迫乘坐辇车来到秦国；燕国、赵国收藏的奇珍；韩国、魏国聚敛的金银；齐国、楚国保存的瑰宝，堆积如山。这些美女和宝物，源源不断地运送到不断扩建的阿房宫中来。阿房宫依山傍水而建，据说五步一楼，十步一阁，覆盖了三百多里地，几乎遮蔽了天日……这样一座耗尽森林精魂的建筑，被项羽的一把火化为乌有。项羽的这把火，开启了一个极不文明的先例，后世征服者，大多和项羽一样，高举火把，将前代劳动人民辛勤建筑的宫廷屋宇化为灰烬。

征服者烧毁前代的宫廷，自己并不打算住在荒郊野外。他们在烧毁的宫廷废墟之上，又开始营造新的宫廷。如此反复，有多少森林要为新一代帝王将相们的奢华付出斧砍锯伐的哀痛啊！

秦始皇南征百越，开始在江州及豫章郡的赣江沿岸建立造船厂，运载军队和战备物质。此后，赣江沿岸的造船基地，一直延续到明、清两代。那些浮在江河湖海上的大量船舰，正是一座座森林的筋骨在漂移。

唐、宋时期，是中国历史上的盛世，经济发达。特别是宋代，经济中心南移，长江流域成为全国经济产业带。农耕文明的经济指数很大程度是与毁林造田联系在一起的。森林砍伐日趋严重，江水也开始由原来的清澈变为混浊。尤其宋代，是鄱阳湖流域经济繁荣、文化独步全国之时。经济的发达，很大一部分成果是从自然资源中获取。因此，宋代的洪灾和旱灾频率加速，仅鄱阳湖周围，就达四十五次之多，达到了历史最高点。

明、清时期，长江上游人口暴增，林地垦殖之风有增无减，森林面积严重萎缩，洪水和干旱等灾害越来越频繁。由于长江中下游已形成全国经济增长带，为应对下游急剧增加的土木工程，鄱阳湖畔的吴城镇成为江南最大木材集散地。鄱阳湖流域森林采伐量居高不下，生态破坏引发自然灾害，江西在明清两代的洪灾和旱灾次数大幅增多。

民国时期，战乱频仍，江西一直处于战争前沿，战火对森林的损毁是灾难性的。战争对民居的摧毁，需要大量的木材重建家园，对森林的破坏不可低估。民国时期三十多年，鄱阳湖地区的洪水和干旱灾害达二十四次之多。

新中国成立后，百废待兴，国家建设需要大量的竹木材料，加上1958年大炼钢铁，全国各地刮起了狂热的砍树风。二十世纪六七十年代人口暴增，三线建设，以及集体砍伐树木增加收入，都是以损毁森林为代价。到二十世纪八十年代后，山林包干到户，树木越砍越小，森林的成长速度赶不上斧头的锋利，森林在呻吟，江河在咆哮，人们得到的是灾害连绵。改革开放后，经济 GDP 成为施政纲领，各地刮起一股以自然资源换取经济指数的风潮。很多地方将山头剃成光头，栽上大片的果树，追逐更为短视的经济利益，这只能自吞苦果。

好在今天的人们，利用现代技术，修筑水泥钢筋堤坝、电力排灌等设施，抵御洪水和干旱，减少灾害的扩大。人们已开始认识到森林的宝贵，开始走封山育林之路，以图从根本上恢复生态机制。

森林就像一把巨伞，可以遮风挡雨。如果陆地全部被森林覆盖，那江河一定是温顺平和的，绝不会以咆哮的面目示人。"禹之禁，春三月，山林不登斧"，治水英雄大禹，就曾禁止砍伐林木，这难道不是他治水一辈子的经验之谈吗？

看来，人类要想不受洪水的侵害，首要的一点是放下刀斧，给森林一片自由的天空，还其主宰生态的神圣力量！

"坎坎伐檀兮，置之河之干兮。河水清且涟猗……坎坎伐辐兮，置之河之侧兮。河水清且直猗……坎坎伐轮兮，置之河之漘兮。河水清且沦猗。"这首出自《诗经》的优美诗篇叫《伐檀》，是春秋时代劳动人民在河边砍伐檀木造车轮的情景，河水是那么清澈，劳动者是那么健壮，他们一边砍树，一边吟唱，欢快之中也夹杂着哀伤。那时的森林、河流与人类是那么和谐！

八

人类来到地球上，就开始与水和森林争夺地盘。这是由人的生存本性所决定。人不争，也许无法生存，但争，需要有一个度。这个度就是和谐。人类的争，需要与大自然和谐相处，而不是一味地只顾自身利益，任意宰割江河湖泊。如果那样，就不是和谐，而是侵占，江湖就会以不可阻挡的洪荒之力报复人类。那时，人类的诺亚方舟将在何处搁浅呢？

两千五百多年前，老子提出了"人法地，地法天，天法道，道法自然"的处世观点，但极少有人能真正师法自然、尊崇自然。绝大多数的人，都抱守着一己私利不放，以破坏自然为能事。不遵从自然规律，胡作妄为，终将导致自然的对抗，遭受自然的惩罚。

"上善若水。水善利万物而不争。"老子从自然中悟出真理，教导我们，如果人要做到尽善尽美，应该师法水的品格。水能做到滋润万物而不与人争功劳，这是多么博大的胸怀啊！

水，能生万物，同时也能毁灭万物。所谓生，就是人类与水和谐相处时，水生万物，滋养人类；而所谓毁灭，则是当人类违背自然规律时，水就会以大自然代言人的身份，用洪灾和旱灾来惩罚人类，并毁灭万物。真正到了那一步，人类就只能靠一只方舟维系生命的种子，或者在沙漠上为仅剩的一株骆驼刺而发动战争。

鄱阳县位于鄱阳湖东岸，境内有乐安河、昌江河、潼津河、西河四大水系穿插进入鄱阳湖。鄱阳县的优越在于江河湖泊众多，是江南少有的鱼米之乡。但同时，由于江河密布，一旦发生洪水灾害，又是首当其冲的受灾大县。据史料记载，自东晋太元六年（381年）至公元2005年，鄱阳县遭遇全县性洪水一百六十八次，局部性水灾几乎年年都有。

1998年水患，鄱阳县遭遇有水文记录以来的最高水位，给人民的生命财产带来了惨痛的损失。全县九十六座圩堤被洪水漫决八十七座，约一百七十五万亩农田绝收，十余万间房屋倒塌，五十一万人被围困在洪水之中，一百零四万人受灾，直接经济损失达三十二点七亿元。

抗洪后，国家出台了防洪治水"三十二字方针"——

封山育林，退耕还林；退田还湖，平垸行洪；
以工代赈，移民建镇；加固干堤，疏通河道。

这三十二个字，字字如金，渗透着国家意志：向森林握手言和，给江湖以自由，退出原来占领的江湖领地，堵住洪水来犯的路径，疏浚河道，与江湖和平相处。

江西全省平圩退圩二百三十四座，安置移民四十六万七千五百人。其中河道平圩行洪五十四座，安置移民八万零二百人，还江还湖面积约一百七十平方公里。其中，鄱阳湖区平圩退圩一百八十座，安置移民三十八万七千三百人，还湖面积约六百平方公里。

这是江西历史上针对水患而做出的前所未有的移民搬迁，仅移民建镇一项，国家就安排中央资金十七亿多元。退田还湖，平圩行洪，扩大鄱阳湖蓄洪能力，提高湖区综合效益，增加蓄洪面积一千一百三十平方公里，增加蓄洪量五十九亿立方米。移民建镇，异地开发安置移民四万多户，十八万多人，就近选高地安置移民七万多户，二十八万多人，新建集镇三十七个，中心村一百五十个，基层村四百多个，同时配套建设中小学校、卫生院、敬老院及道路、供水、供电、邮电、通讯等村镇基础设施，建设一批新型的社会主义小康示范村镇。

移民建镇工程，仅鄱阳县历经八年，就实施平圩退圩六十五座，涉及乡镇二十六个，行政村二百六十八个，移民四万四千九百六十一户，二十万人口。这项工程动迁灾民占全长江流域动迁总数的七分之一，占全省动迁总数的四分之一。

地里做事少，年年修大堤；

九水射鄱阳，三年两头灾。

这段鄱阳县流传百余年的顺口溜，形象地刻画出灾区百姓的辛酸，也是鄱阳湖区、信江沿岸不少地方的真实写照。在移民建镇政策实施前，很多村民住在水窝里，上半年避水，下半年修堤，连种地的时间都没有，何谈生活质量的提高呢？

将住在水窝里的村民请出来，另择高地兴建村镇，这是彻底杜绝水患的高明决策。

平掉那些容易被水冲垮的圩堤，将原来属于江湖的领地还给江湖，以求人与江湖相安无事，不再相互压迫对抗。

也许只有如此，人们肩上的抗洪压力，才能卸去千斤重担。

九

李冰是中国水利史上的一位巨人。在百家争鸣的战国时代，李冰作为水利工程家扬名史册。其设计建造的都江堰，历经两千多年，至今发挥着巨大的排灌作用，为农业生产和生态环境贡献着力量。他将水的不利因素转化为有利因素，成为建造水利工程至今造福人类的第一人。

江西也有个"都江堰"！

从老水利局长黄本香口中得知这一信息，我十分惊讶。

江西从 1958 年 5 月就动工兴建一座大型水利工程，1960 年初步建成受益。这个工程就是赣抚平原水利综合开发工程，也称"赣抚平原灌溉区"。

全灌区现有焦石拦河坝、箭港分洪闸、岗前渡槽、天王渡船闸等十五座大型主体建筑物及三千六百余座中小型建筑物，还开挖东、西总干渠及七条干渠，总长二百五十多公里的人工渠；斗渠以上渠道五百四十三条，总长一千六百七十四公里；开挖排渍道七条，围堵河港湖汊二十四处；排除内涝七十六万亩；堵支并圩后，开垦湖滩洲地二十六万亩；缩短防洪堤线四百八十五公里……

在黄本香先生的鼓动下，南昌县水利局为我召开了一次了解水利情况的专题会。会上，专家打开一张《江西省赣抚平原水利工程分布图》，我看见血管一样的干渠，枝枝蔓蔓、盘根错节地伸展在赣抚平原上。

赣抚平原灌区是一座以灌溉为主兼顾防洪排涝、航运、发电、养殖和城市供水的大型综合水利工程，也是长江以南最大的引水灌区。灌区位于江西中部偏北的赣江和抚河下游的三角洲平原地带，西北边缘有赣江环流，东北边缘有鄱阳湖环绕，区内有抚河干支流及清丰山溪水道交织分布。整个水利工程围绕赣抚平原上一百二十万亩农田进行整体设计。工程涉及南昌、进贤、临川、丰城四个县区，南昌县占灌溉区的一半，为六十万亩……

奔走在红旗大堤、长乐联圩上，这些圩堤就是老局长黄本香口中的"保命工程"。

水利不兴，民无宁日，县无宁日，堤防建设是治水兴县的关键。在1998年抗洪中，南昌县的千里堤防却巍然挺立，没有发生一处漫决和溃决，这不能不说是奇迹！

堤外的洪水有大堤抵御，那堤内洪涝怎么办呢？我问黄老局长。

他不慌不忙，领着我参观了红旗大泵站等排灌设备，原来堤内洪涝就是靠这些排灌设备将水排到堤外的。

南昌县共有电力排灌站五百余座。红旗大泵站，是圩堤内最大排水站，装机三台，单机一千六百千瓦，总容量四千八百千瓦，设计排水流量每秒达六十三立方米。排涝区涵盖四镇一场，排涝耕地面积二十七万亩，集雨面积二百八十余平方公里，受益人口三十余万人。数字是枯燥的，而成果是喜人的。

随着水利建设的进步，农业生产逐步摆脱靠天吃饭的古老谶语，依靠旱涝排灌技术，使老天的洪涝和干旱淫威不显，农业年年风调雨顺，丰产增收。

鄱阳湖是一个巨大的天然蓄水宝库。如果整个鄱阳湖区域都能像赣抚平原灌区这样，利用好江湖优势，打造好水利工程，使鄱阳湖形成一个超级"都江堰"，那鄱阳湖的明天将是又一个"天府之国"。

干越剑

一

　　我走访鄱阳湖，落脚余干县乌泥镇。乌泥镇党委书记李才科安排干部陪同我采风跑上跑下，还专门召集余干县资深文化人士为我开了一次与鄱阳湖有关的专题会，有位白发苍苍的老先生向我提到干越剑。这是我第一次听到关于剑与古国相联系的词。

　　干越剑在余干并没有专门的展馆，需要透过历史的尘烟去眺望、探寻。当时我心头一热，似乎那炉两千五百余年前的炉火还在呼呼啦啦的风匣鼓吹下灼炎升腾，工匠们各司其职，有在山中采集矿石的，有在信江支流葛溪取水淬剑的，有在锻打完成的剑坯上抛光的，有在剑身上精心铭刻的……

　　前不久，看到一则关于中国海军南海舰队驱逐舰支队十三名舰长、政委被授予"深蓝之剑"的报道。剑，这个贯穿民族精神和血脉的词，再次在我的耳畔唱响。

　　剑是兵器，用于战场，可主杀伐；用于边防，可保一国安宁。剑也是礼器，比如海军舰队舰长佩剑，现代战争的杀伐功能已经消退，完全是一种荣誉与尊严的象征。

　　脚踏余干土地，这里埋葬着两千五百年前一个古老侯国——干（越）

国的历史。

干为商、周属国。最初干的来历，是国人善制盾牌。"干"就被引申为"盾"了。有一个词叫"大动干戈"，这个"干"，指的就是盾。

商代及西周时期，侯国之间大多礼尚往来，极少兵戎相见。到了东周时期，礼崩乐坏，侯国开始对宗主国周国进行欺凌，侯国之间也就没有了约束力，开始恃强凌弱，称王称霸，弱小的国家便多数被强国吞并。西周立国时有大小一百四十多个侯国，到最后，只剩下"战国七雄"了。

虽然干国善制防御盾牌，但还是抵御不过敌国的进攻。

干初立国于临淮（今江苏泗洪），故加邑旁作邗，表示干族人拥有了疆域和城邦。在齐桓公称霸时期，宋国与齐国结盟，趁机吞并了干国土地，干国被迫南迁至江苏扬州。由于干国阻挡了崛起中的吴国进入中原的通道，吴、干发生战争。战争的惨烈在《管子·小问》中有记载："昔者吴、干战，未龀者不得入军门。国子摘其齿，遂入，为干国多。"在抵抗吴国入侵的战争中，干国年幼者提前凿齿以表成年而入军门。

战争的结果是，干国在长江以北难以立足，全面退缩到江南，进入鄱阳湖畔信江流域，以余干为都城，与当地山越民族交融，即为"余邗"或"干越"。

干越之地，水网密布，居住的房屋多以干栏建筑为结构，下层悬空，上层住人，以避潮湿和水侵。

干越国定都余干后，隐患并未消除。东北面吴国日夜窥图；北西南三面为楚国领地，正虎视眈眈地盯着自己；东面越国虽小，但国人奋发图强，不得不防。以制造盾牌而名世的干人，利用干越之地丰富的铜、铁等矿藏，开始冶炼，铸造兵器。干越人聪明勤奋，多出能工巧匠。经过几代人的努力，终于涌现了欧冶子、干将、莫邪这样的铸剑巨匠，产生了闻名遐迩的干越剑……

一阵炉火冶炼和叮当敲打的青铜光影划过眼前。干越剑沉入历史之河，如今它们的铿锵之音沉埋何处，已成为一个永久的追问。

二

剑者，君子武备，所以防身。剑作为防身利器，与人类相伴了几千年。

记得小时候，心中有豪侠气，用竹片削作利剑，在田野乱飞乱舞。利剑在手，那些鲜嫩的青草被竹剑剁得魂飞魄散……现在想起来，或许古人在发明青铜剑之前，剑就是用竹子或者比竹子更坚硬的实木制作而成。

这个世界毕竟是平等的，在青铜技术诞生前，所有人只有石器和木器可用。

那时候，棍棒也是战争常见的武器。但棍棒粗蛮，不便随身携带。人们稍作加工，不仅将棍棒变成了锐利的武器，还能随身携带，这就是剑。

木剑的加工，用石斧和石刀将棍棒一端削成柄状供自己掌握，其余部分削成扁平，顶端再削成尖形，一把木剑就这样制成了。如果想美观，需要继续精雕细刻、打磨，直到油光发亮为止。还可以将名字镂入剑身，表明这柄剑属于自己。剑柄则可配些草藤编织的穗子或丝织绳子，以增加动感。讲究点，再配上一副匣，将剑身藏入匣内。掩藏剑的锋芒，以显示君子的雅量。将剑斜佩腰间，就可仗剑走天下了。

剑既可防身，也可舞练。舞练到出神入化时，便产生了剑术。

前些天，在庐山一个静谧的道观与一个很有涵养的道士闲聊，我们从木剑说到礼节。礼节最初是从木剑开始的。持剑者总免不了拔剑相向的时候，但打斗间也不能保证谁每次都能赢。强中更有强中手嘛！打不赢别人，表明自己技不如人，只好收手，持剑的右手握住自己的剑柄，将剑锋调整方向朝向自己下腹，然后左手抱住右手，形成双手握剑柄的手势。意思很明了，表示自己甘拜下风。这就是最初的武士礼节。对方看你如此诚意，也会主动将剑锋收于腹下，双手合拢予以回礼。两个持剑相向的敌人便化干戈为玉帛。这就是武士礼节的来由。

剑在文学形象中，代表正义。大多数武侠小说，名门正派的大侠多是佩带宝剑，而旁门左道的阴鸷小人多使用暗器、毒药等物。

在电影里，经常看到皇帝赋予某位大臣绝对权威时，会赐给尚方宝剑，使其拥有生杀大权，威震四方，成为帝王的代言人。

王者佩剑，则表示王权，显示绝对的领导力，象征威严和显赫地位。当然，如秦王者虽有无上权力，但树敌太多，尽管护卫层层，也不免有荆轲这样的勇士图穷匕首见，秦王因佩剑，搏斗中拔剑而斩荆轲，防身功能得到了最大张扬。

古代文人大多有佩剑风气，屈原、陶渊明、李白、陆游、辛弃疾都有仗剑走天下的游历生涯，他们的诗中多有剑气横生、文采中有豪侠气。剑成为历代诗歌吟唱和文学描绘的对象……

剑是兵器之王，是武侠文化特有的精神符号。负剑行侠意味着光明正大的快意恩仇，持剑的风雅气度已经让人羡慕不已，拔剑起舞更使整个空间充满诗意江湖的气场。

剑与哲学也产生必要的关系，如刻舟求剑，剑落水中，楚人刻舟做记号，却忽视了船在运行之中，虽然船还是这艘船，水还是这湖水，但剑的位置已经不在楚人所刻记号的位置了。因此，这个楚人成为一个笑谈。

剑与佩剑人的修养紧密相连，剑本身含有的气韵与持剑人的秉性是相辅相成的。如果剑在一个正义的侠客手中，则能赢得众人钦敬、折服；而如果剑被恶人所持，则能使恶人恶胆横生，更使江湖充满变数……

当然，恶人一般不使用剑，他手中只有毒药和暗器。剑气需要涵养与雅量去养护，才能运用自如。

三

青铜剑铸造流程繁多，采矿、冶炼、矿石焙烧、炼红铜，红铜加入炉甘石炼制铜锌合金，灿若黄金，再锻打、定型、抛光、淬火、回火、纹饰等。一个髯须飘飘的老者，举着一把结实的铜锤在铜砧上敲打，一把青铜剑在他手中渐渐成型……

提起干越剑，不能不说以欧冶子、干将、莫邪等为代表的工匠。似乎从他们身上，我们看到的不仅是剑气横生。他们吃苦耐劳、精益求精的精神，才是剑的精神。他们与剑融为一体，成为剑的化身。如果剑是有生命的形体，那剑的血管里就流淌着他们的血液。

他们三人的关系，一看便知。欧冶子岁数要大一辈，是这个铸剑厂掌握核心技术的掌门人；干将年轻有为，诚实可靠，唯掌门人之命是从，是欧冶子的徒弟无疑；莫邪年轻貌美，在老者欧冶子面前调皮捣蛋，在干将面前娇羞可爱，便是欧冶子的女儿无疑。后来，两个年轻人心生倾慕，欧冶子有心撮合，莫邪便成为了干将的妻子。

这个关系结构图，是最稳定的家族关系。由于莫邪这位女性的介入，每个人都具有了多重身份。欧冶子是干将的师父，又是莫邪的父亲，同时也是干将的岳父；莫邪既是欧冶子的女儿，在父亲手下学铸剑，也是父亲的徒弟，同时又是干将的妻子；干将既是欧冶子的徒弟，又是莫邪的丈夫，同时也是欧冶子的女婿。

莫邪作为女性融入剑的历史中，使充满杀气的剑，在凛凛寒光中充满了妩媚和娇柔。

由于莫邪的存在，剑的传说便有了几分波澜。有一次，吴王命令他们铸造一柄铁剑，炉火烧得很旺，但炉里的铁还是铁板一块。化不成铁水，就无法铸成剑。莫邪站到烈焰升腾的火炉之上，用剑割断自己珍爱的长发，抛入熔炉中，她的裙袂也被浓烈的火舌卷去一块……干将看到这一幕，喊了声"危险"，冲上炉台，将她一把抱住，两人滚落炉前。说来奇怪，熔炉里添加了莫邪的头发后，铁水终于熔化了。

干越的地理范围辽阔，涵盖今天的赣、闽、浙、皖四省，又都是春秋时期欧冶子、干将、莫邪铸剑的主要活动范围。

因为吴、楚、越三国争霸，你打我杀，干越国处在三个国家之中心位置，每天受夹板气，最后走向了亡国之路。

吴王阖闾想霸占天下，首先吞没了善铸剑的干越国，好让他挥舞锋

西周石头剑

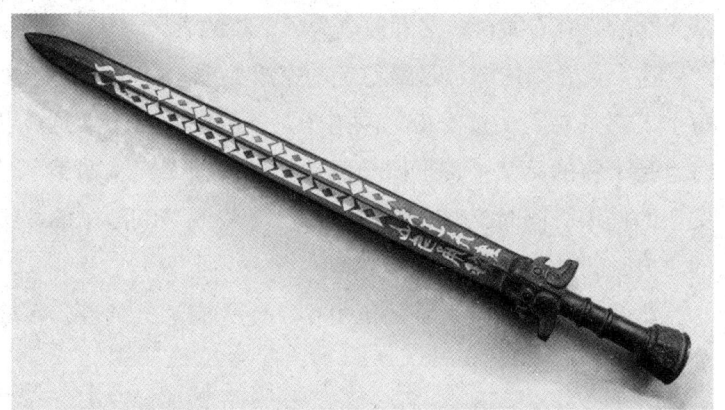

吴王夫差自
用剑

干将莫邪铸
剑（雕塑）

利的干越剑进军中原，让各国臣服在他的剑气之下。他不仅自己挥舞着干将剑，他的军队也大多配置了干越剑。他的熊心豹胆因为有了干将剑而更加得意非凡。他北击中原，成为驰骋疆场的得意霸主。

吴王阖闾执政时，确定先破强楚，后取越国的争霸方针。楚国在吴军分兵轮番进攻下，战场连连失利，吴军从淮水流域一路西攻至汉水流域，五战五胜，楚国都城郢都陷落，楚昭王仓皇出逃。

楚国通过合纵连横术，北向秦国求助派兵帮助，东向越国发出信函，要越国骚扰吴国边境，加之吴国内部不安定，吴王阖闾抵不住四面受敌，打了几个败仗后连忙撤军。

吴王阖闾从楚国回到吴国，开始报越国趁火打劫之仇。但槜李（今浙江嘉兴县西）一战，英雄一世的吴王阖闾却被同样手握干越剑的勾践反败为胜，越大夫灵姑浮挥戈砍落了吴王阖闾的脚趾。阖闾失血过多，在败退途中，走了七里路，便一命呜呼了。

夫差接过阖闾的宝剑，寒光中凛然有吞吐山河之概。中国历史上最博人眼球的一场好戏开始了。

越王勾践发动了夫椒之战。两个手握干越剑的王者，挥剑杀伐。两军对垒，勾践战败，从而成就了一段卧薪尝胆的千古佳话。

当时，吴、越两国的谋臣都是全国一流的人才，吴国有伍子胥、孙武，越国有范蠡、文种，中国历史上第一位旷世美女西施也在此时粉墨登场，春秋时代最精彩的故事就这样展开……

勾践在夫差眼皮子底下做了三年马夫，取得夫差信任后返回越国，励精图治十数年。在外交上，他收买吴国实权派太宰嚭，离间夫差与伍子胥的君臣关系，导致夫差杀死重臣伍子胥。趁夫差北上赴黄池之会时，勾践乘虚挥师攻入吴国并杀死吴太子。曾经的羊突然变成了狼，这令吴王夫差后悔没有听伍子胥的话。九年后，勾践再度率军攻打吴国，在笠泽三战三捷，大败吴军主力。最后，勾践破吴都，夫差挥剑自尽。

我们看见吴、越两国都手执干越剑，杀来杀去，剑光宝气之中，寒光凛冽，血肉横飞，杀戮景象触目惊心。在尸积如山的战功之中，勾践将吴国版图和阖闾、夫差几任吴王所铸造的宝剑一概收入囊中，率军渡过淮水，与齐、宋、晋、鲁等诸侯会于徐州（今山东滕州南），成为春秋时期最后一位霸主……

据说，夫差在阊门外虎丘山下修建阖闾墓时，曾征调十万民夫，驱大象运土石方，挖土凿池，使平地变山丘，历时三年才完工。别忘了当年那个落魄的越王勾践，就是在阖闾墓受罚住在墓地石屋里，为营建墓室的工匠们洗衣做饭，打草砍柴的。阖闾墓竣工，夫差才准允勾践返国。

墓中有"铜椁三重，倾水银为池，黄金珍玉为凫雁"，都是旷世宝物。阖闾生前酷爱宝剑，他死后竟携带了三千多柄青铜剑下葬，埋葬地被人称为"剑池"。在这三千多柄剑中，有一柄肯定佩带在阖闾腰间，那柄剑肯定是剑中之王。

我想，如果真有干将剑存世，那阖闾随葬佩带于腰间的那柄，会不会就是干将剑呢？

两千多年来，多少人惦记着阖闾墓中的传世名剑啊！勾践灭吴，曾想一泄心头之恨，掘墓取剑，却因墓地结构复杂，难寻踪迹。就连赫赫有名的秦始皇、孙权都曾掘地三尺，想一睹剑池中沉埋的宝剑真容，但都无功而返……

这些传闻只能使剑池的谜底更加诱人。人们猜想，夫差当年设计的这个"剑池"迷宫，究竟隐藏着什么样的秘密呢？

但愿"剑池"这个秘密能够不被曝光，成为一个关于剑的永久神话！

四

春秋时代，干越地域就发现了蕴藏丰富的铜、铁等矿藏。即使今天，从已经探明的铜矿资源来看，江西铜储量仍位居全国之首。在干越山脉（今怀玉山）就有号称"金山""银城""铜都"的德兴城及国家铜冶炼基地贵溪市以及永平、东乡铜矿等，都分布于古干越地域。

翻阅古代典籍，其中不少不约而同地写到产铜之地，如元初马端临编撰的《文献通考》云："产铜之地莫盛于东南，鼓铸之利莫盛于江西矣。"春秋时期，铸剑离不开铜。"鼓铸"二字就是冶炼金属，是铸剑的必要工序。

铸剑，除了铜、锡矿藏，淬剑的水也是有讲究的。春秋时期，相剑师薛烛看过欧冶子、干将所铸名剑，有过恰如其分的评价。相剑者对剑的品性了如指掌。他评价纯钩剑"其文如列星之行，其光如水之溢塘"，太阿剑"巍巍翼翼如流水之波"，工布剑"文若流水不绝"……其词都脱不开"水"字。铸剑工序重要的环节淬剑，就是由纯净、冷冽的泉水来完成的。剑身上精美的纹饰，也是铸剑师艺术化后的水纹形态。

清初顾祖禹撰《读史方舆纪要·卷八十五》记载："葛溪水经县西二里，昔欧冶子居其侧，以此水淬剑。"葛溪在今弋阳县。如果欧冶子翻越怀玉山、武夷山去铸剑，那么葛溪的铸剑作坊，便是其故乡般的所在了。

欧冶子和干将在干越山中采石，就葛溪水畔起炉，冶炼铜、锡矿石，引葛溪水淬剑，从而造就了史册上经久不衰的干越剑传奇。

唐代张祜的《题弋阳馆》诗，似乎就是为了印证欧冶子、干将的葛溪传奇而吟：

> 一叶飘然下弋阳，残霞昏日树苍苍。
> 葛溪漫淬干将剑，却是猿声断客肠。

干将剑确实名不虚传，历代文人墨客慕名追溯寒光剑影的同时，也对铸剑地长吟短叹。

我在《越绝书·卷二》中发现有关干将剑的记载："千里庐虚者，阖庐以铸干将剑。欧冶僮女三百人。去县二里，南达江。"这里再次提到"去县二里，南达江"，葛溪离县二里，南濒信江。干将剑的铸造地，在干越之地的葛溪无疑。欧冶子铸剑，指挥童女三百人分工协作，场面十分壮观。可想而知，打造干将剑时，干越国已不复存在，已成为吴国的领地。

葛溪是干将剑的铸造基地，大量的干越剑从这里走向战场，在剑文化中有特定的意义。葛溪在铸剑史上的地位不亚于浙西龙泉和闽北湛卢山，但今天的信江流域，没有人挖掘这块宝藏，也算是个遗憾。不过，很多事，留待后人去构想，也不失为一种好的选择。

最具传奇色彩的莫过于干将、莫邪剑了，世人赋予其种种传奇，其中角色不外乎暴君、铸剑师、复仇子、义士。

暴君因铸剑师献剑时只见雄剑干将，隐匿了雌剑莫邪，就把铸剑师杀害。儿子长大后，要报暴君杀父之仇，提着莫邪剑就上路了。走到半途，遇见一个义士。义士问他如何复仇，他答不出来。义士就说，我可以替你报仇，但需要两样东西：一样是你的人头，一样是你手中的宝剑。

复仇心切的莫邪之子二话不说，提剑抹颈，将自己的头双手捧着与剑一起献给义士。义士双手接过说，我一定给你报仇。待义士取走人头和宝剑，莫邪之子才扑地而倒。

义士提着暴君想要的宝剑和人头来到王宫。暴君很高兴，这下不仅仇人已除，还能得到日思夜想的宝剑。暴君就是暴君，他怕仇家的人头日后作祟，就架起烹煮的大锅，将仇人的头颅放入烹锅中煮。那人头在沸腾的水中不时蹿起，眼睛怒目圆睁，十分吓人。义士喊暴君近前观看那头的奋勇模样，暴君引颈在蒸汽中看，义士拔出莫邪剑，将暴君人头削入沸腾的蒸锅中。水中立时有了暴君和莫邪之子的头在翻腾。先前蒸煮不烂的人头，因为暴君头落而开始软烂。义士看暴君的侍卫包围过来，一道剑光，自己的头也落入蒸锅中。三颗人头煮成了一锅汤，王宫的人分辨不清谁是谁，只好将一锅汤分成三份，立冢三处，曰：三王冢。

这个故事，讲述到中段时，我对复仇的莫邪之子立马起敬了。他为了复仇，甘愿献出宝剑和自己的生命。故事的高潮部分，复仇者与暴君的人头在一个锅里蒸煮，义士也毫不犹豫引颈将自己的头也削入蒸锅中，与前者一道在锅中蒸腾。故事的精髓在末段，最后的三座坟冢的出现，被称为"三王冢"。莫邪之子和义士本为平民，却因为高义而与王的头融为一体，被"封"为王了，而王因为自己的贪婪不得不与平民分享自己的"尊荣"。

这样的两柄剑，据说其材料本就不一般。昔日，吴国严密封锁的武库中，突然失盗了不少的兵刃。仔细检查，并非人为。最后搜出是两只大兔子作祟，一白一黄。剖开兔子的肚子，发现兔子的胆和肾坚硬如铁。吴王命令将这对雄雌兔子的铁胆铁肾，拿去给铸剑师干将、莫邪铸剑。后来，这两把剑一雄一雌，号"干将""莫邪"，其剑可以切玉断犀。古人的想象力真是丰富，动物食兵刃，取其胆、肾炼铁，造出奇剑。

干将、莫邪还有后续故事。到了晋代（距吴王阖闾时代约八百多年），夜有紫气冲斗牛。雷焕为丰城（今江西丰城市）县令，掘得一石匣，打开看是两支宝剑，雄雌二性，光耀照人。雷焕与张华每人分得一把，珍而宝之。后张华遇害，宝剑不知去向。有一天，雷焕佩宝剑，路过延平津，宝剑突然发出响声，从剑匣中弹出，飞落水中。他赶紧打捞，但见两条龙缠屈于潭中，目光如电，奇异间，感觉剑已化为神物，遂弃剑而归……龙为华夏文化图腾，象征吉祥，剑变成了龙，此二剑绝非凡物……

春秋战国时期是人才开放、思想自由的时代。"此处不留爷，自有留爷处"，是那个时代的特色。自由开放的环境，造就了诸如诸子百家这样名垂青史的思想家、教育家、军事家，当然也包括铸剑大师。欧冶子、干将就是其中最杰出的代表。

欧冶子、干将所铸造的名剑，产地在今天的赣、浙、闽三角区域——即古干越国的领地。

"干将"之名也来源于"干国"干姓，即干国铸剑技术堪称"将领"的人。干将的铸剑技术师承欧冶子，而欧冶子之所以将铸剑技术毫无保留地传授与他，因为干将娶了欧冶子的女儿莫邪。翁婿合作，共同达到了春秋战国时代铸剑业的最高境界。

欧冶子去世后，干将与莫邪将继承的铸剑技术和铸剑工厂发挥到了极致。他们麾下聚集了一大帮能工巧匠，在他们的引领下，铸造着人类冷兵器时代的辉煌。

铸剑离不开优质的铜矿、锡矿，还有淬剑的水以及炉火生生不息的优质炭。这些物质因素在干越大地上取之不尽，当然就成为铸剑的"理想国"了。

五

鄱阳湖的水面总是波光粼粼，有时一只飞速掠过湖面的水鸟，它的爪子不经意间划出一道惊心动魄的涟漪，也能在历史的某个瞬间荡漾。

干越国的政治中心即今余干县，位处鄱阳湖东南。其区域范围东至越国西南界，即今浙江龙游、诸暨以南一带；南与闽越为界，即今福建建阳、松溪一带；西与德安、永修为界；北以安徽贵池、潜山为界。这是一片宽广的区域，几乎将鄱阳湖也全部囊括了进去。

干越国覆亡后，狭义的干越地域，我认为指现在信江流域、瓯江和衢江上游、闽江上游建溪一带。也即以上饶为中心画一个圆圈，囊括浙西龙泉、衢州，闽北武夷山、建阳，赣东北等地域。

春秋时代，大小诸侯国，多至一百四十多个，干越国也像大多数无名小国那样，不知何年湮灭在了大浪淘沙的历史长河之中。最先是被楚国所灭还是被吴国所灭，不得而知。但吴、楚两国均在这里摆过战场。

《左传》和《史记》这两部大书都记载了吴国与楚国的战争。当时鄱阳湖地区已经属于楚国领地。《左传·定公六年》载："四月己丑，吴太子终累败楚舟师，获潘子臣、小惟子及大夫七人，楚国大惕，惧亡。"《史记·吴太伯世家·第一》记载，在楚昭王十二年（前504年），吴王派太子夫差攻打楚国，夺取番。此处"番"，指鄱阳湖东岸广大地区。

《左传》和《史记》所记载的如果是同一段历史，那终累和夫差所记有误。如果是两次事件，那才合情合理，可以解释为在鄱阳湖，吴、楚发生的两次战役。显而易见，在这两次战争之前，干越国已经不复存在了。

鄱阳湖地区的干越国和艾侯国是吴、楚两国版图的连接地区，清乾隆《宁州志》记述曰："为吴，为越，为楚，未有久属。"

吴亡于越，越又亡于楚，楚最终被秦国吞并。天下终而归于秦，形成天下一统局面势所必然。

历史有时候就是由强权书写。只有那些曾经称王称霸的人，历史才不惜笔墨给他们大书特书，而那些弱小的国家，便被史家忽略不计。历史没有给这些弱国造就称霸一方的机遇，便只能成为强权的附庸。

干国的具体灭亡时间，有一条线索可找，即春秋时期的《韩非子·难二》中有一段记述："……蹇叔处干而干亡，处秦而秦霸。非蹇叔愚于干而智于秦也，此有君与无君也。"这里记述说，蹇叔在干国时，干国亡，而在秦国时，秦国则成就了霸业。这说明干国亡于蹇叔在世之时。

也有人曾提出干（越）国灭亡的准确时间，即干国亡于公元前659年左右，此时蹇叔也逾六十五岁。但这个时间点，是不是仅仅指长江以北时的"干国"，而不包括长江以南的"余邗"或"干越国"呢？

《太平御览·州郡部》云："干越，今余汗（干）县之别名。"干越国逝去两千五百多年，迄今在这片古老的大地上仍留下极其丰富的遗产：干越山，即今怀玉山；干越亭，在余干县东山岭；干越渡，原址在今余干县西南小拦河坝；《干越志》，洪武七年（1374年）章纶奉檄续修《干越志》，计十六卷三十六篇，今已散失，仅有《干越志小序三则》遗世；干越葛帔，《淮南子·原道训》曰："干越生葛帔"；干越剑，《祈序杂子》曰："剑，产于干越"……由此可见，干越的丰厚文化遗产依然在这片土地产生回声。

干越国和许多被遗忘的诸侯国一样，存世时没有惊天动地，后世人更难寻到它们的蛛丝马迹了。后代学者干脆称干越为吴越。荀子著名篇章《劝学》有言："干越夷貉之子，生而同声，长而异俗，教使之然也。"唐代杨倞注释说："干越犹言吴越也。"

唐代陆德明释文："司马云：'干，吴也。吴越出善剑也。'……案：吴有溪名干溪，越有溪名若耶，并出善铁，铸为名剑也。"吴国兼并干越国之后，原先干越国的干溪，加上越国固有的若耶，都盛产铜铁，这些是铸剑的最好原料。干溪，本为干将铸剑之所，后因葛玄至此筑观捣药，又改名为葛溪。

称谓是随着时代变化而变化的。曾经的"干国"，是长江以北定都泗洪、扬州时的称谓；干国迁移到余干后，称"余邗"或"干越"；干越国被吴灭后，属于吴国领地，又称"吴越"。越国灭吴后，越国的版图在原来的基础上又加上了吴国的版图。一些来不及改口的人，称越国时仍称吴国的现象比比皆是。干越国灭之后，干越之地依旧被人称为"余邗""干越"或"吴越"，只是不再以国相称。

虽然干越国已亡，但它代代相传的铸剑技术却为天下人艳羡，干越剑因此名扬四海。

六

在春秋时期，青铜已经成为普及材料，广泛应用为食器、酒器、礼器、农器、兵器等各领域，铁也开始逐步进入人们视野。干越之地诞生了欧冶子、干将和莫邪这些铸剑大师。两千多年来流传世间的名剑多是出自他们之手或由他们的徒子玄孙完成。因为取材于干越，又是干越工匠制造，因此才有了闻名遐迩的"干越剑"。

战国时期，将哲学与文学合为一体的庄周，留下一篇《刻意》，其中特别提到："有干越之剑者，柙而藏之，不敢用也，宝而至也。"庄周所言不虚，干越剑，不是一般的兵器，而是专为王侯将相等身份特殊的人铸造。佩带干越剑，便是一种身份和地位的象征。

据《越绝书·越绝外传记·宝剑·第十三》记载，越王勾践曾拥有欧冶子铸造的五把宝剑，有一次他拿出宝剑请相剑之士薛烛为其相剑。

薛烛一把把细细察看，当看到"纯钧"时，越王说，有人要用"有市之乡二、骏马千匹、千户之都二"作交易，可否？

薛烛答曰："不可。当造此剑之时，赤堇之山，破而出锡；若耶之溪，涸而出铜……造为大刑三、小刑二：一曰湛卢；二曰纯钧；三曰胜邪；四曰鱼肠；五曰巨阙……今赤堇之山已合，若耶之溪深而不测。群神不下，欧冶子即死。虽复倾城量金，珠玉竭河，犹不能得此一物，'有市之乡二、骏马千匹、千户之都二'，何足言哉！"

以上宝剑，材质由铜、锡炼制而成。若耶溪、赤堇山在绍兴南部，属干、越边界地。越国早期疆域，《国语·卷二十一·越语·上》有详细介绍："勾践之地，南至于句无（今浙江诸暨），北至于御儿（浙江嘉兴），东至于鄞（今浙江宁波），西至于姑蔑（今浙江衢州），广运百里。"从地图上看，越国的国土面积极其狭窄，战略空间伸展有限。越国东面濒海，北面与吴国交界，西南为干越国之地。欧冶子选择这里铸造宝剑，就是因为这里有"若耶之溪，涸而出铜"，有"赤堇之山，破而出锡"，正是铸剑的绝佳之地。现在绍兴南有平水铜矿，附近保存有铸铺山和欧冶大井遗址，就是当年欧冶子铸剑之所。

这五枚宝剑当然也不完全出自若耶溪、赤堇山，被称为"天下第一剑"的湛卢剑，便出自湛卢山（今闽北松溪），当时也属干越国境内。

《越绝书》又说，欧冶子曾应楚昭王之邀与干将一起，"凿茨山，泄其溪，取铁英"，铸造铁剑三枚：一曰龙渊、二曰泰阿、三曰工布。楚王曾引泰阿之剑大破晋郑三军。

这三枚宝剑，材料发生了根本变化。铁开始在春秋时得以应用，并成为宝剑铸造的上佳材料。铁百炼后则成钢，杀伤力和抗折性都比青铜剑要优越。铁的应用成为社会进步的标志，奴隶社会开始解体，向封建社会转化。欧冶子和干将乘风气之先，锻造出了中国历史上最早的铁剑。

铁剑的铸造地在干越境内的龙渊（今浙西龙泉），现龙泉城南的秦溪山和剑池湖，就是欧冶子在龙泉铸剑的遗迹。

宝剑铸造来之不易，不仅需要天时地利人和，还需要精湛的铸剑技艺，一柄剑有时需要耗费数月的心血才能铸成。区区一柄剑，融合了铸剑者的智慧、体魄和灵魂。宝剑，主要成分虽是铜和锡，后来以单纯的铁炼成，但那个时代，采集矿石提炼出铜、锡和铁，工程量的巨大和一道道工序的精工细作可想而知……

《越绝书》写的这段话我觉得尤其精彩："雨师扫洒，雷公击橐；蛟龙捧炉，天帝装炭……欧冶子因天之精神，悉其技巧……"一柄剑的炼成，得尽天时地利人和诸多因素，缺一不可。作者神话般地将"雨师""雷公""蛟龙""天帝"统统搬来，与欧冶子共同铸剑，这需要具备多大的能量才能造就此番场景啊！当然，这些天地之精华聚合在一起，靠欧冶子的完美凝结，才能成就一把剑的最后辉煌！

七

剑被世人尊为"百兵之祖"，它伴随着人类整个战争史。即便现代化的战争，新型的现代化武器，也不过是剑的延伸和化身而已。

随着考古的不断挖掘，各地陆续出土了一些宝剑，尤其是春秋、战国时期的宝剑，人们会不自觉地将它们与欧冶子和干将、莫邪这些铸剑师产生联想，这会不会是这些大师的作品呢？

20世纪60年代的一个冬天，湖北荆州市的望山楚墓群中出土了一把篆铭"钺王鸠浅""自乍用鐱"字样的宝剑，鸠浅即勾践。这就是那位因卧薪尝胆而名垂青史的勾践所用剑。

这把青铜剑穿越两千四百多年的历史长河，出土时竟宛若新造，真是一把好剑。越王剑为何出土于楚地？据说，勾践为了与楚王修好，曾将女儿嫁给了楚昭王，她又生了楚惠王，这把剑是以嫁妆的形式来到楚国的。多少年之后，楚王又将这柄剑赐给了固。固死后，随葬入墓。

楚地发现了大量的吴、越青铜器，这与越国后来成为楚国的战败国有关。当年越国灭吴，吴国的宝物归于越国，后来越国战败，吴、越的宝物又尽归楚国。战国时期，灭一国时"毁其宗庙，迁其重器"的现象极其普遍，这也使楚国境内埋藏不少吴、越宝器。

现存文物还有两柄越王州句剑。州句（朱句），乃勾践之曾孙，不寿之子，公元前448年即位，在位长达三十七年之久，是勾践之后越国又一位武功盖世的君主。这两柄越王州句剑，一藏于中国历史博物馆，一藏于台北古越阁，两剑均铸有"余邧工利"等字样。这四字赫然表明，铸剑工匠、剑的产地都指向"余邧"。中国社科院历史研究所所长李学勤先生认为"是余邧一地一名工匠利所铸"。越王州句在位年代为公元前 448 年至前 412 年，这无疑证明了越王州句剑系战国早期产物。当然，制造这两把剑的不是欧冶子和干将了，因为到这时，欧冶子和干将都作古了。

从已经出土的春秋宝剑来看，最终败于越王勾践的吴王夫差，他的铭文剑在山东、河南、湖北、安徽等地相继发现。这些剑之所以认定是吴王夫差所有，因为剑身均有铭文，如河南辉县出土"攻痎王夫差自乍其元用"；山东平度发现"攻吴王夫差自作其元用"剑；湖北襄阳出土"攻吴王夫差自作其元用"；安徽寿县出土"攻吴王夫差自作其元用"，这些宝剑，有的由当地农民整修堤堰或挖水渠时发现，有的在废品收购站发现。夫差率军攻城略地，将自己的战功铭刻在剑上，铭文第一个字就是"攻"，即是进攻、占领之意。

看来夫差让工匠铸造了一大批剑，都铭上自己的名号，最后成为越国的战利品。越国把这些剑分赠给自己的战士，在疆场驰骋，这些剑便撒落在各个战场。

吴王剑目前已发现九柄，另两柄是夫差前任吴王阖闾（光）的剑，一柄是山西峙峪出土的"吴王光剑"；一柄是山西代县蒙王村出土的"吴王光鉴"。

据说，越王勾践剑与吴王夫差剑同时展出时，同样是春秋时代的文物，吴王夫差剑竟无人问津，而越王勾践剑前却人头攒动。这其中的道理，大概就是胜者为王，败者为寇，人们更多的是对卧薪尝胆的勾践精神的颂扬吧！

看来，每一柄剑都有自己的光荣历史。成就一位英雄，需要多少敌人的血来称量，不得而知！

无独有偶，20 世纪 80 年代初，余干县东山百货公司改建时出土的"圆茎青铜剑"，经专家考证为"干越青铜剑"，铸造时间亦系战国早期。

欧冶子、干将作为"余邗工利"的祖师爷，将随着历史的久远而越擦越亮！

在各地出土的剑上依然能看见当年的凛然寒光，有的还刻写着当年使用者的名字，不得不令世人折服，发出品哑、玩味后的慨叹……

欧冶子、干将铸造铜、锡复合剑的技术早已失传，也可以说青铜铸造技术到春秋战国登峰造极之后，便辉煌不再。

在实地走访中，余干人告诉我，诞生干越剑的干越故都余干在近代史上还出现过"天下第一剪"。这个说法，后来在翻阅《余干县志》时得到印证：

> 余干人傅福安在清光绪十年，开设一家"傅福安铜剪老铺"，专营"铜柄剪刀""铜枝剪刀"。这两种规格的剪刀，各有五个系列型号，其结构是白铜为柄，剪口为钢，剪腹为铁，剪嘴背亦为白铜，加工精细，铜铁钢三者混合焊接天衣无缝。产品外形美观，经久耐用，刀口钢火锋利无比，能剪白铁皮不缺口。不仅畅销本地，而且远销黎巴嫩、巴拿马、法国、美国、俄国等国家。民国五年（1916年）参加巴拿马国际博览会，荣获特等金质奖章一枚。民国二十四年（1935年）参加赣、浙两省五金产品展览，名列前茅，获甲级奖。民国后期，由于官府刁难，苛捐杂税日甚一日，经营难以维持，逐渐衰落。建国后，力图恢复生产，终因制作方法失传，未能继续生产。

从这段文字，我似乎看到了"余邗工利"的影子。不过，由于失传，想要再图恢复，也不是一件易事。

八

铸剑师的工匠精神，让人联想到剑文化的精髓——剑侠精神。中国历史上出现过无数的剑侠、义士和为民族大义而献身的"真的勇士"。

在我的词典中，勇毅果敢，行侠仗义，为人正直，舍生取义，视死如归，为正义而赴汤蹈火，这便是侠客，或者更确切地说是大侠、英雄。

对于侠客，我一直便抱有羡慕、景仰和尊敬之情。而现在，对于侠客的理解，我似乎更多了一种立体感。

越女是中国古代第一位剑侠，不仅剑术超群，而且精通剑术之道。《吴越春秋·勾践阴谋外传》记载了有关越女的故事："越有处女，出于南林，越王乃使使聘之，问以剑就之术。"越王召见处女，请教击剑之道。处女气定神闲地说："内实精神，外示安佚。见之如妇，夺之似虎。布形候气，与神俱往。捷若腾兔，追形还影，纵横往来，目不及瞬……"处女论剑术，从理论到技击、战术及心理等方面论述击剑要领，阐明了剑艺中动与静、攻与防、虚与实、先与后、内与外、形与神等辩证关系。越王勾践领略了处女的剑术后，并与处女谈论了一番剑道，深为折服，越王给这位女侠加封"越女"尊号。

荆轲刺秦王是侠客中最著名的例子。"燕赵多慷慨之士"，当年荆轲受燕太子丹委托，被派往秦国刺杀秦王。太子丹在易水河畔安排了一场隆重悲壮的送别仪式。大家身穿白衣，头戴白帽来到易水河边，祭祀完路神，高渐离又击起了筑乐，荆轲和着曲调唱起了歌："风萧萧兮易水寒，壮士一去兮不复还！"歌声未绝，唱歌的人却已绝尘而去。

这一段场面的悲壮很能打动人。即便后来的刺秦王计划失败，但这次壮行给后人营造了无限悲壮的诗意空间。

但通过荆轲刺秦王失败这件事，我觉得侠客光有勇气还不够，还应具备足够的专业精神。荆轲虽然没有像秦舞阳那样在见到秦王时瑟瑟发抖，但可以看出，他在事前缺乏专业的训练。

太子丹将一个国家的大事托付给荆轲，而荆轲做得却有些草率了！我肯定荆轲的献身精神，但他的草率行事令我对他的评价大打折扣。

我们来看另一个成功的刺客事件，它发生的时间比荆轲刺秦要早得多——

吴国公子光登台前，也请专诸上演了一出刺吴王僚的好戏。专诸在行事前精心制作了一把可以隐藏在鱼腹中的剑。公子光按预谋的那样，请来吴王僚进餐。酒喝到三分醉的时候，公子光假意有疾，退场。这时，专诸扮演成大厨，端上一盘鱼，放在吴王僚的面前请他享用。专诸假装献殷勤，为吴王僚夹菜。他突然扳开鱼腹，从中抽出鱼肠剑，迅速刺入王僚的咽喉。这个细节，是专诸演练了千百遍，觉得万无一失才开始登台上戏的。

专诸为一代霸主吴王阖闾扫清了前进的障碍，一击而成。虽然专诸献出了生命，但这是他预演中的情节。专诸被吴王僚的武士杀死，然后公子光预先埋伏的第二批杀手将吴王僚的亲近全部杀死。这时，公子光粉墨登场收拾残局，登上了吴王的宝座。专诸"士为知己者死"的精神，令人掩卷长叹。

历史上，剑侠精神代代相传。历史步入风起云涌的近现代，还有另一种侠客，为了国家和民族利益，表现出舍生忘死的情怀。近代民主斗士、有着"鉴湖女侠"之称的秋瑾，在轩亭口从容就义，用纯洁的血唤起中国民众的觉醒，为中国妇女解放画出了一条鲜明的路线。

踏着秋瑾的足迹前行的还有刘和珍，这位"始终微笑的和蔼"的南昌女子，她娇弱的躯体里藏有钢铁的勇毅，或者说，她就是一柄令反动政府惧怕的剑。她是北京学生运动领袖，那个年月，日本军舰驶入中国大沽口挑衅，继而纠集列强向中国政府发出最后通牒。北京各界无比愤慨，刘和珍说："外抗强权，内除国贼，非有枪不可"，"军阀不倒，教育事业就搞不好，打倒军阀后，我再当教师不迟"。她带领同学们向封建势力、反动军阀宣战。明知反动军警的枪口对准了她的胸膛，她毅然冲在最前面，献出了年轻的生命。鲁迅写下《记念刘和珍君》一文，痛悼"为中国而死的中国的青年"，赞扬她是一位"真的猛士"。我至今还记得课本中的那句话："沉默啊，沉默啊！不在沉默中爆发，就在沉默中灭亡。"这句话点燃了无数中国青年的热血，既是用以悼念不幸身亡的刘和珍等人，也唤醒无数沉睡中的中国人！

民国初期，江西宜丰蔡锐霆、蔡突灵、蔡蕙三兄妹，变卖家产，一同参加辛亥革命，后来又参加李烈钧领导的"二次革命"。他们身上有一股凛凛剑气，行走在民国初年混沌一片的中国大地上。蔡锐霆在"二次革命"中担任江西水巡总监，兼节制湖口、马垱要塞，为李烈钧的左膀右臂。蔡突灵先是"充当"袁世凯的说客从北京来到湖口，袁世凯许以高官厚禄，但蔡突灵毅然投身革命。"二次革命"失败后，蔡突灵收拾旧部，成立了一个新的革命团体——新华社，以图积聚革命力量。蔡锐霆后来为叛徒告密而被俘，袁世凯用一百万银圆将他从法租界引渡，后枪杀于九江。蔡蕙不顾危险，设计锄奸，手刃了告密的叛徒，震动当时，被同盟会同人称为"民国花木兰"。蔡锐霆长子蔡炳闾，继承父志，参加了蔡锷、李烈钧等领导的护国讨袁起义。由于作战勇敢，很快升任营长。后赴广东，在一次战斗中英勇牺牲，年仅十八岁。孙中山听闻，手书"一门义烈"，以表追念。

鄱阳湖流域覆盖的江西，是一个有着侠肝义胆传统的省份，就拿土地革命来说，仅兴国一县，为国捐躯的烈士就有五万多名，其中有姓名可考的烈士就达两万三千一百七十九名，居全国各县烈士之首，占全国烈士总数的六十分之一，全省烈士的十分之一，赣南烈士的五分之一。有人统计，仅牺牲在长征路上的烈士就达一万二千零三十八名，几乎每一公里就有一名兴国籍将士倒下……如果拿整个江西省来说呢，数字将是更惊人的。

为了中国革命的成功，江西人民付出过巨大的牺牲，这种群体性的侠义精神是罕见的，它除了来源于革命理想与主义，也来源于根深蒂固的儒家思想的浸染。

踏行在这片被红色文化浸染的土地上，多少可歌可泣的剑气精神，用任何一种定义来诠释，似乎都不足以归纳。

九

自从人类发明了剑，战争就没有断过。人类历史上，大大小小的战争数以万计。战争与和平是一对孪生姐妹，也是永远无法结束的话题。

我们在讨论战争与和平时，常常引用希腊神话"达摩克利斯之剑"这个经典故事来诠释主题。在纪念中国人民抗日战争暨世界反法西斯战争胜利七十周年大会上，习近平警醒世人，身居和平环境，要时刻不忘战争，他说："今天，和平与发展已成为时代主题，但世界仍很不太平，战争的达摩克利斯之剑依然悬在人类头上。"

我还在鄱阳湖流域不停顿地奔跑，荡漾的湖面上形成的纹理，或多或少会让人联想到青铜时代最为著名的那些宝剑的华光。这些光泽闪烁在历史深处，为后世提供了星星点点神秘而扑朔迷离的久远记忆。

今天的我们，似乎离战争并不遥远。20 世纪 60 年代出生的我，呱呱落地时，朝鲜战争过去十多年；抗日战争也过去二十多年了。但从懵懂记事起，就知道祖国南方正在抗美援越、北方正在进行珍宝岛之战。世界在前进，战争并没有停息，看看阿富汗战争、海湾战争、美伊战争、利比亚战争，以及正在进行的叙利亚内战……

谁在主导着战争与和平、正义与邪恶？难道是历史，或者历史上的英雄与枭雄？但正、邪双方的手中都握着一把剑。希特勒和斯大林手中握着的剑，谁的威力更大？历史给出了最好的证明。

日本军国主义者也挥舞着一柄剑，手里握着枪炮和毒气，嚣张地冲进中国人民的家园，魔鬼般地实施着侵略行径。中国军民手握一把复仇之剑，让出一大块土地，在自己的园子里与日寇进行了殊死搏斗。

剑有双刃，其属性就决定了它的威力，要么伤人，要么伤己。军国主义者像喝醉酒的莽汉，仗着自己手中有剑，就耍起了酒疯，对周围的人群进行疯狂砍杀，他们强加给世界人民的痛苦，最终使自己得了两颗核弹的教训。

君子手中的剑是厚重而轻灵的，不会轻易抽出自己的剑，更不会拔剑伤及无辜。只有那些人类的败类，才会肆无忌惮地拔剑乱舞，做出反人类的罪恶行径，当然他们的结局是可想而知的。

战争的达摩克利斯之剑悬在人类头上，它时刻提醒着人类，灾难和血腥的战争时刻都会出现。只有人类都站起来承担和平的重担，才有可能化险为夷，走出战争的泥淖。

对于爱好和平的人来说，我们必须拥有一把如欧冶子、干将打造的宝剑，并时时打磨它，习练它，当强盗闯进家门的时候，则勇敢地亮剑，而不是束手无策！

20 世纪 60 年代，我国研制的原子弹、氢弹爆炸成功；70 年代初将东方红一号送入太空，航天科技取得了令世人瞩目的成绩……中国向世界成功亮出了自鸦片战争以来最惊艳的"宝剑"，成为维护世界和平的一支重要力量。邓稼先、钱三强、钱学森、于敏等科学家不正是当代欧冶子、干将这样的铸剑大师吗？

只有不断磨砺自己的宝剑，悬在头顶上的达摩克利斯之剑才不会轻易落下，这也是实现"不战而屈人之兵"的最佳途径。

在这片产生干越剑的土地上，我沉思良久，脑海里闪现有关剑，有关战争与和平的永恒话题……

桑落洲

一

　　未去桑落洲时，我想象，那里一定有一片桑园，或者一片桃林，或者五棵柳树，抑或有一个周瑜点兵的高台，随便往地下一刨，就能刨出一把剑戟来。

　　这是一处闻名遐迩的古战场，也是一方灿若桃花的文化圣洲。远及汉武帝射蛟豪饮桑落酒，近至民国往事，历历在目。

　　我们一行四人，开车从九江二桥越过长江，对岸就是湖北省地界。从《德化县志》可知，德化县疆域："北渡江行四十里至傅公渡与黄梅孔垄镇连界"；"北渡江行八十里至横垱头与黄梅县、宿松县连界。"依此，今天湖北黄梅县小池镇、刘佐乡以及安徽省宿松县汇口镇、洲头乡属地属于当时的江西德化县（今九江市柴桑区）管辖。

　　民国二十五年（1936 年），国民政府行政院院长孔祥熙来浔阳江视察灾情，鉴于三省联合护堤弊端，特地下发了一道行政文件，把长江以北原属江西德化县的土地划入了安徽省宿松县和湖北省黄梅县管辖。

　　孔祥熙的到来，将桑落洲一切为三：安徽省宿松县切得了汇口、洲头；湖北省黄梅县捧得了刘佐；江西省九江县只保留下一座长江之中的洲垸——江洲。

093
赣鄱书

桑落洲地处长江与鄱阳湖口交汇要冲，是长江流域地理位置极其重要的一环。从军事意义来说，它扼守长江中段，既可阻击长江东、西往来舰船，也可封堵鄱阳湖的进出口，形成巨大的战略威慑力。历史上，有不少关乎中国命运的大战在这里展开。

从江北小池镇沿长江左岸一直东行，进入桑落洲地界。桑落洲土地像被刮板刮过一样平整，上面种植了好多农作物，西瓜躺了一地，再卖不出去，就要烂在地里；好多玉米，没有人收获，在干枯的玉米秆上糜烂，让我们心生痛惜！

一千多年前的遗迹自然难以寻见，史料已然变成文化躺在故纸堆里，供后人寻觅。

今夕往昔，真是天壤之别！

如今，仍有一些地名应是一千多年前的遗产，如巢湖、程营、牧鹅林、归林，与三国时周瑜、程普，东晋卫夫人、王羲之、陶渊明有关。现实中的桑落洲，不如史料文字中的桑落洲经得起品味。

不过两相对比，现实中的桑落洲有瓜果散发着香甜，而文字中的桑落洲有纷纭故事沁入心扉……

二

公元前106年，汉武帝南巡，自江陵乘船由西而东。"浮江，自寻阳出枞阳，过彭蠡，礼其名山川。"《史记·封禅书》上的这段文字，记述了汉武帝在长江巡游的整个过程。汉武帝率舰浩荡"过彭蠡"时，史官司马迁随行。作为亲历者的秉笔书写，自然来得更加逼真。舰队从江陵出发，顺江而下，其目的是登礼有南岳之称的天柱山。中间经过寻阳，穿越彭蠡湖，到枞阳登岸，礼拜一路上的名山大川。

《汉书·武帝纪》则在记载同一件事时，补记了汉武帝浮江射蛟的事："自寻阳浮江，亲射蛟江中，获之。"这件具有象征意味的事，司马

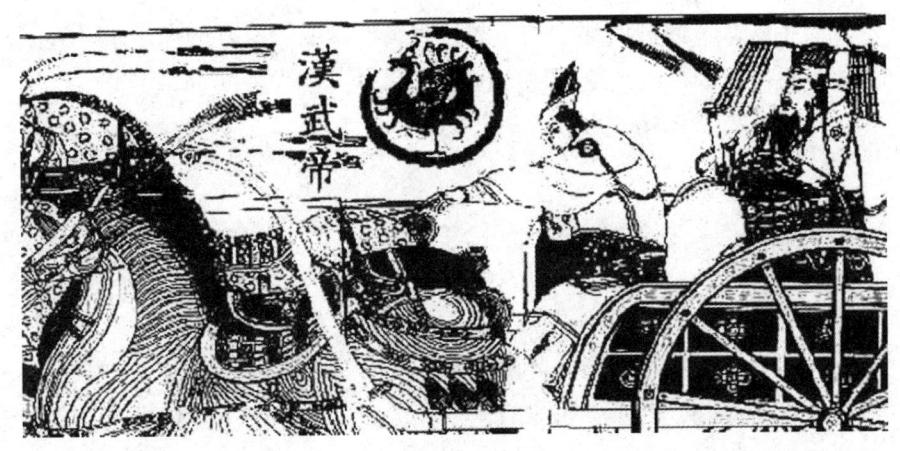

汉武帝出巡图

迁却漏记了，让人不得其解！

射蛟地点，当在长江与彭蠡湖交融的桑落洲附近。彭蠡湖自然是藏龙纳蛟的好地方，汉武帝的巡视舰队经过时，湖中的蛟龙自然也不安分，也来凑热闹，它们环绕追逐汉武帝的旗舰，欢腾跳跃。汉武帝出巡，狩猎也是其目的之一。山中麋鹿，水中鱼龙，自然都是他的射猎对象。那些跃身而出的蛟，成为汉武帝的靶子。

汉武帝龙颜大悦，浩浩荡荡的舰队停靠在桑落洲，随行的厨子们开始忙碌起来，架起大锅，将蛟烹饪出一道美味来。上千人的队伍，文臣、武将、妃子们每人得一份蛟肉与汤。

据说，当时宫廷带来的酒水不够喝，汉武帝只好命人将酒倾入一个水池中，妃子们在洲上采摘青翠的冬桑叶掷入池中，使这池酒水博得"桑落酒"的美名。此名一出，所有人都舀池中水（酒）就蛟肉大快朵颐起来。

自从汉武帝在彭蠡湖畔的这座无名洲上打了牙祭后，这个洲就有了极好听的名字——桑落洲，也有了一个极好听的酒名——桑落酒。

"对桑落而饮古人之酒，击中流而闻夜觉之鸡，至今使人意气激昂，借力下风，饱我满腹。"曾经意气风发的文天祥，途经桑落洲，击水中流的他，虽说灌了一肚子江风，但想到桑落美酒，便有些似醉非醉了。

当年汉武帝倾酒的那个池子呢？酒香早已散入岁月的风烟中，有一则故事留传至今，这已经是时光的恩宠了！

三

我们的车子在桑落洲的阡陌间穿行，一望无际的沙洲上栽种着名目繁多的经济作物，西瓜、玉米、芝麻、大豆、花生……应有尽有。我的眼前闪回到一千八百多年前的三国时代，这里曾是东吴都督周瑜的军事基地。

路上，看见程营村和巢湖村的路牌。程营是东吴大将程普当年扎营的地方。可以想见，桑落洲在长江和彭蠡湖之间，有天然的芦苇荡做掩护，进可攻退可守，是最好的战场，也是最好的营地。

桑落洲是一个镶嵌于彭蠡湖、长江主泓与附泓之间的沙洲，处在赣江水系与长江的接口，是一个天然的战略要冲。

首先开发桑落洲的是三国时期东吴都督周瑜，他在桑落洲修筑巢湖城，按照桑落洲的地理形态，结合八卦原理，打造了一座九洲八卦阵。他将洲与洲进行有机联动，设九洲，通九渠，与大江巨泽相连，用八卦来周旋洲渠，操练水军。

这支在桑落洲受过严格训练的军队，后来在赤壁之战中大败曹操，从而奠定了三国鼎立的基础。周瑜病逝后，就葬在自己一手经营的巢湖城中。隋唐时期，因桑落洲崩岸，在此守墓的周氏后裔把周瑜墓搬迁到宿松圭山。

桑落洲自周瑜开发后，成为历代战争的焦点，朝代更替的兴亡之地。历史上无数王侯将相都在这里折戟沉沙，永不复再；也有不计其数的英雄人物在此建功立业，成就一代霸业。

常常听到"不越雷池一步"这个成语，原来就发生在桑落洲北侧的雷池（今龙感湖）。雷池只是古代彭蠡湖的一个局部名称，就像扬澜湖、宫亭湖、左蠡湖一样，都是彭蠡湖这个大湖泊中的某一区域而已。

公元 327 年，苏峻叛乱，攻打建康。庾亮守南京，江州刺史温峤要领兵救援。庾亮担心驻守荆州的陶侃，特地修书一封道：

> 吾忧西陲，过于历阳，足下无过雷池一步也。

不足二十个字，内涵很丰富。西陲，是江州以西的荆州，暗指陶侃。历阳（今安徽和县），暗指苏峻，他为历阳内史。"无过雷池一步"，一句轻描淡写的话，透露出庾亮的疏忽大意：苏峻并没有什么可以担心的，你只要好好守住自己的一亩三分地江州就足够了。

庾亮的妹妹庾太后执掌朝政，他是国舅。他强行剥夺苏峻的兵权，导致苏峻反叛。逼反苏峻后，庾亮却又没有后手制约他，最后自己一跑了之，结果使建康沦陷叛军手中。

庾亮跑到江州，与温峤商量对策。温峤提议请老将陶侃做盟主，这样既不用防范他，还能借他的力量平息叛乱。

陶侃毕竟宝刀不老，他率平叛大军，与温峤、庾亮一道，越过雷池，兵临建康。经过一番苦斗，最终平息了苏峻之乱，使晋室度过了一场危机。

看来越雷池与不越雷池是两种结局。如果当时温峤一边安抚陶侃，一边向建康佯动，那历阳苏峻就不会这么猖狂，他总得防备一下后背的偷袭吧。这件事，也可以看出庾亮谋略上的缺陷。温峤本来想主动出击的，但被庾亮的一纸书信给拦截了。

事情总是需要见分晓后才知道厉害。区区的一纸书信二十个字，耽误了多少家国大事，也无端使晋室江山多遭一次劫难。

不过，"不越雷池一步"也是令行禁止的最好体现。如果所有的命令都能做到令行禁止、不越雷池一步的程度，那国家大政方针就能够贯彻到底，很多事情就好办了。但现实生活中往往是上有政策，下有对策，根本不把上级指令当一回事。比如，中央三令五申，严防各种腐败，但还是有不少官员屡禁不止，别说越雷池，就是越雷区，粉身碎骨，也大有人在。

东晋的后戏是由刘裕主导的。当初桓玄篡位，龙椅还没有坐热，刘裕便领着讨伐军要将他从皇帝宝座上拉下来。桓玄只好逃到江州。战场从首都建康转移到桑落洲，桓玄并没有改变失败的命运。在桑落洲，桓玄与刘裕发生了一场决定性的水战。桓玄命何澹之、胡藩统水军阻击，刘裕派出将领刘毅、何无忌、刘道规迎战。桓玄的水军训练有素，船舰也要优越得多，但决定战争胜负的是人，而不是物。刘裕军在战术上机动灵活，而桓玄的部下是一帮酒囊饭袋，军事斗争的胜负便可想而知。

桓玄已灭，卢循又来作乱。好高骛远的刘毅与卢循在桑落洲摆开战场，结果刘毅大败而归。战将最怕遇见自己的克星，卢循最怕的人就是刘裕。卢循之所以领兵从广东攻入江西，一路势如破竹，正是因为他的死对头刘裕去北方打仗了，才趁机来抢东晋的地盘。刘裕从北伐战场归来，在桑落洲之北的雷池与卢循重开战场。卢循过去是刘裕的手下败将，这次也改变不了败局。卢循逃到左蠡修筑栅栏防守，但想不战也难，此间一仗，卢循丢盔弃甲，独自乘一艘小船奔走，悲惨兮兮地逃回岭南。

我站在桑落洲上，面对龙感湖，想象当年雷池的样子。雷池是当年彭蠡湖的中心，长江从雷池穿过，脚下的桑落洲，就像喉骨一样镶嵌在长江咽喉上。

四

在孔祥熙将桑落洲碎片化之前，江洲是桑落洲的一部分。江洲的对岸是石钟山。石钟山是桑落洲在长江对岸的一个制高点。

登临石钟山，看现实中的江湖交汇，观水色的清与浊，常常会有一种梦幻般的感觉。令人神思与江湖水色一起荡漾，时清，时浊。清浊有时混成一色，汹涌东去……

这里是历代兵家必争之地，凭高望远，滚滚长江和滔滔鄱阳湖交相激越，耳边似乎传来一阵阵战鼓和刀剑的铿锵与呐喊。

向西瞭望，越过湖口是梅家洲。从地图上看，梅家洲就像一把锋利的匕首插入长江和鄱阳湖两水之间。这里几千年来是一个古战场，无数英雄和枭雄们都将这里当作磨剑和缠斗的场所。

向北瞭望，一片大洲被长江钳住，航拍可看到这片大洲如一艘不沉的航空母舰一样漂浮在长江之中——这就是江洲。越过江洲，长江北面就是桑落洲地域。古代江洲是桑落洲地盘，为德化县所辖。

江洲下游北岸被长江剜成一把直尺般的陆地就是汇口，也是九江口的所在。因为这里兜揽了长江之水和鄱阳湖之水，为九江的出水口无疑。

目光越过古老的桑落洲，距长江北岸十多公里之外有一片湖泊，这就是著名的龙感湖——古人称为雷池的地方。

在南北朝以前，长江主泓道从现有位置的北面十余公里之外，由西向东从古彭蠡湖腹地穿过。由于人类在长江流域活动频繁，水土流失现象加剧，长江来沙量剧增，彭蠡湖淤积严重，导致水位抬升，从而出现以下几种现象：

其一，彭蠡湖解体。原来连成一片的水域，分裂成无数个小湖泊，即现在我们看到的太白湖、龙感湖、大官湖、黄湖、泊湖、武昌湖、安庆七里湖等湖泊。这些湖泊的排列还真像"羊肉串"，只是缺少了一根竹扦将它们穿起来。过去长江充当了这根"竹扦"，后来长江南移，"羊肉串"只能散落在大地上。

其二，长江改道。北面是大别山余脉，行不通；南面本来就有彭蠡湖和长江早先开辟的副泓道，现在主泓被阻，副泓在长江汹涌的浪涛下，逐渐扩宽，开拓出现在大家所见到的长江形态。

其三，赣江水系出口抬升。因为彭蠡湖水位抬升，长江南移后，导致长江与赣江接口水位上升。赣江吸纳的五河来水也不能及时排入长江，只能向两岸扩张而形成新的湖泊。

今天的长江大堤筑得十分牢固，长江在人类为它修筑的大堤内约束前行。在大堤保护下，两岸人民安居乐业。试想，如果没有这样牢固的堤坝，长江洪峰来临，会是什么景象——那将是一片汪洋，成片的村庄和城镇被淹没。

我们以此想象一下：假如拆除长江北岸的堤坝，长江洪峰来临时，北岸一片汪洋，长江水将与龙感湖、大官湖、黄湖、泊湖等湖泊连成一片，加上南岸的鄱阳湖水，大海汪洋般的景象一定令你脑洞大开——这，或许就是古代彭蠡湖的模样吧！当然，也不排除大水汤汤的湖泊中冒出几个如古桑落洲这样的洲岛来……

我站在石钟山，望见西面梅家洲和北面江洲、桑落洲以及汇口镇一片平坦。据说当年石达开与曾国藩开战，石达开就是占据了石钟山和梅家洲、江洲、汇口这些战略要地。石达开用铁链将江面锁住，铁链上铺上木板，石钟山和江洲两地铁链架起的浮桥还能跑马呢。两军在江湖上较量，年轻英豪的石达开将老谋深算的曾国藩打得落花流水。曾国藩眼看自己精心打造的水师转瞬化为乌有，万念俱灰，竟然产生了轻生念头，纵身跳入江里。手下卫队七手八脚将他打捞上来，曾国藩才捡了一条命。

民国时期，李烈钧在这里发动了讨伐袁世凯的二次革命；

抗战时期，日寇气势汹汹地从马垱一路杀来，沿长江和鄱阳湖内陆纵深，全民抗战形成新高潮；

解放战争，人民解放军在东起江阴、西至湖口的千里战线上强渡长江，给予国民党军队最后一击……

追溯历史，无论是彭蠡湖时代还是鄱阳湖时代，湖口及桑落洲这块方圆不足十里的地方都是军事战略重地，一个天造地设的战场，哪路英雄来了，都要干上一仗，分出个子丑寅卯来。

五

九江县文友送我一本同治十一年《德化县志》的翻印本，其卷二《地理·疆域·桑落洲》载：

在大江之北，封郭洲之东，地势卑下，若雨水过多，江水泛涨，最易被淹，内多湖地，日久渐淤。其近江洲地，坍涨无常，或数十年间，沧桑互异……

读到此处，才知"桑落洲"之来历，与大江大湖的涨落有关。一场洪水过后，桑田顿变沧海。昨天还是丽日下的故乡，今天可能就成了烟雨中的江湖，能不令人感慨吗？

桑落洲是古代大江大湖之中的一片绿洲，由于处在长江、彭蠡湖、赣江的交汇处，形成战略要冲，兵家必争。东出西进，南来北往，都要在桑落洲卸下疲惫和劳顿，重新上船时，已是另一个飓风而行的新人。

写到桑落洲，必涉及卫夫人——这位中国书法史上不可或缺的著名书法家、教育家，就是在桑落洲度过大半生，培养出了李式、李充、王羲之等中国书法史上的巨匠。

卫夫人，本名卫铄，河东安邑（今山西夏县）人，出生在一个书法世家，是江州刺史李矩之妻。后人评价她的书法："如插花舞女，低昂美容；又如美女登台，仙娥弄影，红莲映水，碧沼浮霞。"她还撰写过一部书法论著《笔阵图》，言笔法云：横如千里阵云，隐隐然其实有形；点如

卫夫人

高峰坠石，磕磕然实如崩也；撇则陆断犀象；折乃百钩弩发；竖似万岁枯藤；捺是崩浪雷奔；横折钩劲弩筋节……

卫夫人不仅对王羲之有造育之功，也为夫家李氏一门培养了几个了不起的书法家。除了儿子李充外，还有李充的堂兄李式、李廞。王羲之评价李式的书法说："李式平南之流，亦可比庾翼。"到唐代，江夏李氏竟出现了李邕那样的书法大家。

当年，李矩来到寻阳担任江州刺史，拖家带口自不必说。当时的江州府在古寻阳城，不在现在的九江城，而是在长江故道以南（今黄梅县西南）。长江在东晋后期逐渐改道，使古寻阳由江南变成江北了。长江南移后，府治所在地也随之南移。这是后话。

李矩任职江州时期，发生了八王之乱，荆州蛮民首领张昌率部起义，部将石冰攻破江州，李矩战死。卫夫人的哥哥卫展负责处理江州善后事宜，卫夫人一家早在战前即被安置在桑落洲。

卫夫人一女流之辈，拉扯着李充等几个孩子，除了牧放自己驯服的野雁、天鹅外，就是教孩子习练祖传书法。其间发生了儿子李充刺杀盗贼一事。李矩坟后柏树苍郁，有人欺负她家孤儿寡母，竟然偷砍这株柏树。这年，李充已长大成人，为捍卫自家尊严，与偷砍柏树的人发生争执，不意竟将偷树人杀死了。这件命案，导致在江州担任最高行政长官的卫展，引咎辞职。

江州刺史易手华轶，这个人对前任长官卫展极不友好，处处挑刺。在那个动乱的时代，官员站错了队，随时都有掉脑袋的危险。华轶就是一个站错队的人，因不服司马睿的指挥而被讨伐，卫展联络周访、陶侃，将华轶一举剪除。

东晋初，弱冠之年的王羲之随叔父王彬来到江州。此时，王彬由豫章太守调任江州刺史。王羲之小时候就跟随叔伯们习练过书法，此时，趁着叔父王彬在江州当一把手的机会，听从父亲的建议跟姨母卫夫人学书法。王羲之从卫夫人所牧天鹅的仪态中，感悟行云流水的书法真谛，书艺大有长进。至今，桑落洲仍有牧鹅林这个地名，成为历代书法爱好者神往之地。

王羲之在桑落洲度过了一段不短的时间，这里有卫夫人教导书法，又有李充一班书法哥们，可以切磋书艺。据说，王羲之的第五子王子猷就是在桑落洲出生的。李白后来在桑落洲写了一首《浔阳送弟昌峒鄱阳司马作》的诗，其中有句"忽见子猷船"，就是写王子猷一生中最风雅的事——雪夜访戴。这件事说起来还真有趣，话说王子猷突然想起了一个朋友戴安道，连夜乘船拜访，船在雪夜中行了一宿，到了朋友门口，却不上前叩门，而是当即返回。这一古怪行径，王子猷自有一番说辞，他是乘兴而去，兴尽而归，又何必见戴安道呢？一语道出了名士潇洒自适的真性情。

在桑落洲，九江口聚结之所，长江、彭蠡、赣江水系交汇于此，南倚庐山钟灵毓秀，造就大气磅礴的气象，王羲之除了习练书法，就是游山玩水。他在庐山金轮峰下择风水宝地建别墅，可见那时的贵族就有在庐山建宅避暑的风气。

当时的东晋，"王与马，共天下"，王家几乎占有了天下一半的权势，作为富二代的王羲之，在庐山置那么点产业不过是九牛一毛的事情。后来王羲之将这栋宅子舍给了西域高僧耶舍，便有了著名的佛教场所——归宗寺。而今，寺无存，但基座仍存，当年王羲之开凿的洗墨池样貌还在，只是四周长满了杂草。

凡王羲之住过的地方，他都要开凿一个洗墨池，既放牧天鹅，也备洗笔砚用。天鹅的仪态带给王羲之灵感，清澈的池水令其书法日新月异。

墨池缘于卫夫人给王羲之讲述的一个故事——

有一次，王羲之临帖，可能是心急，将字写得潦草了。卫夫人循循善诱地说："孩子，你知道东汉有个'草圣'张芝吗？他为了练好字，天天在自家门前的池塘边，舀池水研墨练字，从太阳出山练到太阳落山，字写完了，就在池塘里洗笔刷砚，日积月累，池塘水就染成黑色了。你想呀，池塘的水都变黑了，他的字能不越练越好吗？"

这个故事对王羲之起到了醍醐灌顶的作用，后来，他每到一地建宅久居，必先凿一个墨池才能安定心神。最著名的墨池，应是王羲之任临川内史时习字洗刷笔砚的那个墨池了。那个墨池被北宋文学家曾巩写成了一篇《墨池记》而名传四海。

王羲之曾有过江州刺史的任命，但在权力斗争中上任不足两个月便被挤下台来。他浑身渗透魏晋名士风范，对当官没有多大的兴趣。但这不影响他在彭蠡湖之滨的桑落洲及庐山建别墅隐居、牧鹅、习练书法……

王羲之在江州任上，做了一件与书法有关的奇事，他铸造了一个"书鼎"，高五尺，四面周匝用真隶书写刻在鼎上，鼎铸成后，沉入桑落洲的江水中。古人逢事有铸鼎习惯，但以书法铸鼎，却只有王羲之一人。后人以书圣称呼王羲之，他当然有这个资格。王羲之诞辰一千年之际，元代著名书画家赵孟頫、高克恭同彭泽令石岩来到桑落洲寻宝，期望找到王羲之书鼎。但这似乎只是一个由头，两位大师级的人物在当年王羲之习练书法的地方，拉开架势，眺望庐山，水墨丹青，挥洒在雪白的宣纸上，染就一幅"桑落洲望庐山图"。据说，"元诗四大家"之一的虞集也赶来凑热闹，捧着《鼎录》所记片言，来此寻找书鼎。往事越千年，书鼎究竟在什么地方？也许只有天知地知，唯独人不知。

我们在桑落洲纵横奔跑了几圈，此时距王羲之铸鼎之时已经一千六百七十余年，寻找书鼎更是难上加难。我想，书鼎定是铜所铸，不是埋在当年他从师卫夫人学书处，就是沉入彭蠡湖与长江的交叠处，世人恐怕再也难见其真面目了。

不过，站在桑落洲眺望庐山，倒确实是好景致。我久久凝望，庐山像一尊匍匐在大地上的神兽，沉睡着，呼噜出一串串的云雾缭绕在山体的四周。如果从空中俯瞰，庐山、长江、鄱阳湖、桑落洲尽收眼底，那是一幅怎样壮美的图景呢？

只可惜没有赵孟頫、高克恭的丹青妙手，但眺望着，遐想着……从卫夫人、王羲之到赵孟頫、高克恭、虞集，一代代的书画诗歌艺术大师，在长江上往返时，一定也在这个角度眺望过，也在我站立的这块土地上遐思过……

六

我行走在桑落洲，寻找五柳，不见；寻找桃林，不见；寻找归林，倒是有一片现代乡村建筑……问上了年纪的人，没有一个人知道一千多年前的事情。

五柳是周瑜栽种的，后为陶渊明所用，载入诗句，世人称其为五柳先生。既是周瑜所植，那一定是在巢湖城中。现在的归（规）林村离巢湖村不远，只是桃林不知在哪里？

当年周瑜在此建巢湖城，归林是点将台，洲上植桃树、九柳，是按八卦的形态而布局。到了陶渊明时代，九棵柳树只剩下五棵。陶渊明任参军时，受桓玄之命到建康递送奏折，返回时遇长江大风，只好登桑落洲规林避风。陶渊明栖身五棵柳树下，被其风姿形貌深深吸引，便有了在此筑庐隐居的想法。

陶渊明始家宜丰，后徙柴桑，又环绕庐山辗转于寻阳、星子等处，挂印彭泽，落脚桑落洲，足迹不可谓不广。他所处的时代正是东晋向南北朝转折的变革时代，也是长江主泓南移，副泓逐渐转化为主泓（浔阳江）、彭蠡湖隐退、鄱阳湖兴起的地理大变革时代，因此，他的住处多变也在情理之中。

当年陶渊明写的《庚子岁阻风规林二首》，其中句子可复现陶渊明在桑落洲的心境——

陶渊明像

崩浪聒天响，长风无息时。

久游恋所生，如何淹在兹。

静念园林好，人间良可辞。

崩浪，是桑落洲的一道景观。仅凭此句，就足以认定诗歌产自桑落洲。

桑落洲上没有桑落酒，有些遗憾，但有雷池之鱼——实在说来是龙感湖的鱼。喝着啤酒，吃着味道鲜美的龙感湖鱼，我给同伴们讲述一段与陶渊明和《桃花源记》有关的故事——

东晋末年，政权交替，战争频繁。统治集团内部互相倾轧，军阀连年混战，赋税徭役繁重，人民处在水深火热之中……这时涌现的诗人陶渊明，深切体会到社会的黑暗，生民的艰辛，才有了"世外桃源"的构想。

陶渊明所处时代，由于自己没有可靠的政治后台，进入上层的通道并不朝他开放。他从军（参军）、从政（彭泽令）、从隐的履历大多是在彭蠡湖周围的寻阳、桑落洲、彭泽县（今湖口县柳德昭村）、柴桑以及"始家"宜丰秀溪度过的。后来看透官场与社会的险恶，隐而不仕，成为中国隐逸诗人的代表人物。

当年的桑落洲是长江中下游最为著名的洲岛，它的四周江河湖汊纵横，北面是长江主泓与彭蠡湖结合的长江主航道，东面是豫章郡内赣江的出水口，与长江和彭蠡湖交接……

桑落洲是陶渊明经常登临的宝地，当年从宜丰来到寻阳，经过赣江的航行，桑落洲是到达寻阳的停靠站；他任彭泽令时，从寻阳到彭泽县治（今湖口县柳德昭村）必须经过桑落洲……桑落洲与陶渊明结下了不解之缘，但最大的缘分却不是这些，而是他提笔写下了旷世绝作《桃花源记》。

《桃花源记》涉及的时间晋太元中，是一个实际时间，最末一年为公元396年，此时陶渊明三十二岁，也是长江和彭蠡湖加剧演变的时期。

《桃花源记》文中涉及两个人物——秦人、武陵人，均有其原型。

"秦人"原型——一说是前秦太子苻宏。晋太元三年（378年），前秦苻坚执意挑动与东晋的战争，结果在淝水之战中大败而归。因为战败，导致国内分崩离析，苻坚最终亦遭羌人姚苌杀害。前秦太子苻宏走投无路，只好投靠东晋。东晋孝武帝将他安置在桑落洲，桑落洲四周皆水，是软禁的好地方。

"秦人"苻宏虽说是软禁，但却在这里度过了一段"桃花源"式的生活。当初他从危机重重的前秦跑出来，投靠东晋，东晋把他安置在这个"良田、美池、桑竹之属。阡陌交通，鸡犬相闻"的梦幻世界。苻宏一家人，妻子、儿女、仆人几十口人，过着自食其力的田园生活。他们穿着前秦人的衣服，说着前秦的话语，春天可以看桃花盛开，秋天能够收获硕果累累，在当时混乱的东晋时局，"秦人"生活的这个世界真正是一个世外桃源！

"武陵人"其实是当时彭泽人的代称，因彭泽为武陵王司马遵的封地。司马遵为彭泽侯，故彭泽人称武陵人。陶渊明也可称武陵人，因其曾在彭泽当过县令，故而称武陵人至为恰当。桑落洲是陶渊明经常落脚和生活的地方，前秦太子住在这个不大的洲岛上，是人人知道的事。陶渊明眼见"秦人"将异乡桑落洲当作自己的家乡，勤恳劳作，过着幸福美满的生活。东晋王朝安排前秦太子在这里生活，自然享受了东晋人们得不到的优惠，比如，不用缴各种苛捐杂税，不用服兵役等。

而对照东晋人们的生活，却那样悲苦，人们的劳作除去上缴各种捐税，自己所剩无几。此外，还要付出各种劳役、兵役……

如此看来，"秦人"过的生活，不是"世外桃源"是什么？

文学作品是需要生活的。陶渊明的旷世之作，自然也与生活密切相关。

故事有了转折。因为桓玄来了。桓玄是当时势力最大的造反派。此时的东晋朝廷，朝政败坏，民怨沸腾，地方诸侯群起造反。桓玄是造反派中闹得最凶的一个，朝廷为了笼络他，只好任命他为江州刺史。江州是一块肥肉，人人都想得到的一个战略要冲。得江州几乎得半壁东晋天下。为何这么说呢？江州进可顺江而下取东晋首都建康（今南京），退可从长江溯流而上取荆州或溯赣江入豫章。

如此一块宝地，给了野心家桓玄，桓玄还不闹出点儿动静来。

桓玄到江州后，广罗地方人才，他收编了两个人：一个是陶渊明，一个是苻宏。

桓玄命陶渊明为军府参军，就是军政参谋，这是一个要职，掌管着军府首脑的机密文件。这个要职没有文化不行，有文化，没有机断谋略也不行。很多人说陶渊明没有做过什么大官，但做桓玄这样一方诸侯的参谋，本身就是身居要职，而且升迁的机会很多。要知道，在东晋朝，有很多地方诸侯最初都是通过参军一职爬到显赫位置的。

陶渊明饱读诗书，要是能放下身段，好好经营"厚黑学"那一套，他要当个大官，也是绝无问题的。但陶渊明知书达礼，明是非，有良知，其诗文处处显示怜悯心怀，这样一个人，你指望他为了权势打打杀杀吗？桓玄需要陶渊明这样的人为他掌管档案、起草文件什么的，人尽其用嘛。至于"秦人"苻宏嘛，这人不是书呆子，怎么用都可以。你只要给他一个官职，叫他杀人放火，他也能干得出来。桓玄看人，大体如此。

跟着桓玄混日子不错，桓玄官越做越大，自然手下人活得也滋润。不过陶渊明也算幸运，正当桓玄再次造反篡夺帝位时，陶渊明母亲去世，他得在家守孝。

假如不是因为母亲去世，陶渊明仍旧跟着桓玄，为其篡位跟班，那也许就没有诗人陶渊明了。

跟错了人不要紧，要紧的是急流勇退。

只可惜，前秦太子苻宏却没有这么好的命。本来在桑落洲一亩三分地上待着，日子过得神仙一般，却因为野心家桓玄的忽悠，又萌发了高官厚禄、荣华富贵的美梦。他跟着桓玄，着实风光了一时。桓玄篡位当了皇帝，他受封梁州刺史。但好景不长，不多久桓玄被刘裕攻灭，苻宏因为是桓玄同党而被晋军追杀，一命呜呼……

时光荏苒，陶渊明卸去彭泽令一职归隐。此时长江主泓南移，地理格局发生重大变化，寻阳的行政机构南移至柴桑，寻阳的祖居日渐衰败，他栖身于南岳庐山（庐山居长江之南，故称南岳、南山），有时寄居于桑落洲。

看着眼前的景象与七八年前大不一样，秦人苻宏曾经耕作的"桃花源"成了一片废墟，苻宏也因为贪图名利而卧尸异土，其妻子、儿女、仆人也分崩离析，过着凄惨的生活……看到眼前的这幅情景，陶渊明浮想联翩，思绪万千，经过一番构思，笔底流泻出了千古名作《桃花源记》。

看来，真正的"世外桃源"，不是有没有，而是你要不要的问题。苻宏本来拥有"世外桃源"，但却因为心猿意马而失去了一切。这是内心没有恒定守持的结果。

也许我们看不出《桃花源记》中隐藏的痛苦，因为文字中充满了对一个理想世界的企盼。但陶渊明写作《桃花源记》时是心怀巨大悲痛的，将巨大悲痛建立在理想境界，这才是经历苦难之后的大悲欢。这正是陶渊明的伟大之处！

彭蠡湖上一个小小洲岛上发生的故事，诞生了这样一篇旷世奇文，是彭蠡湖的收获，还是人世间的收获？陶渊明写作这篇文章时，正值彭蠡湖发生剧烈变化之时，《桃花源记》或许就是彭蠡湖的收官之作吧！

我从古人的诗文中也找到蛛丝马迹，言及桃花源时明确指向桑落洲，如元代诗人虞集的诗句，"泛舟桑落浦……桃源携客觅"，将桑落洲与桃花源联系在一起；明代诗人张郭诗句"宛若渊明桑落洲"，将渊明与桑落洲画等号；清代彭玉麟"桃花岭旧飞红雨，桑落洲新长绿芜"，更将桃花源与桑落洲连为一体……

七

站在桑落洲上，我联想到鄱阳湖的前世、今生，这是个复杂多变、让人敬畏的话题。

但不管怎样，从发展的眼光来看，任何事物都是在不断发生变化的。上古人类，就已经教会我们看待事物的方法了。比如《周易》，就告诉我们一个道理，事物由阴阳组成，由生克制化的细微物质构成。我们看到的事物，每分每秒都在发生变化……没有一成不变的事物，包括生命。生，由胚胎发育；成长，生命光华的展现；衰落，生命的终止。死并不是事物的完结，而是另一种形式的开始。灵魂的升华超越物质世界，肉体的腐败，变成别一物质的滋养……正如彭蠡湖的消失，迎来了鄱阳湖的新生！

桑落洲一侧就是浔阳江，是长江中下游的一段。今天的浔阳江，在公元 420 年以前，是一条小江——长江的分支或称副泓。慧远在《庐山记》中写道："九江之南为小江，山去小江三十里余。"

《庐山记》写于一千六百多年前，慧远写作之时，长江主泓尚未南移。慧远是长江主泓南移前的见证人，他的文字将那个时候的地理剖析得清清楚楚：庐山在浔阳以南，南面靠着宫亭湖（星子附近的湖泊），北面对着九江。"九江之南为小江"，说明当时江州也称"九江"，当时的"九江"仍然在长江主泓以南，长江副泓"小江"以北的地方。

古人分左右，是以背北面南为视角，左为东，右为西。那么"左挟彭蠡，右傍通川"就好解释了，站在庐山山顶，左边自然就是星子至湖口这一段水域，称"彭蠡"；右边则依傍长江大川。"引三江之流而据其会"，这是指九江口，湖口下游汇口，当时是长江主泓和副泓小江以及赣江多条江的汇合之所。

所谓"彭蠡"，古人给出了最好的解释："彭者大也，蠡者，瓠瓢也。"

瘦死的骆驼比马大，彭蠡湖隐退后，龙感湖、大官湖、黄湖、泊湖，至今还手牵着手，就像天上的云朵笼罩在大地上一样。

彭蠡湖与鄱阳湖要说也有重叠部分，那就是今天都昌的老爷庙至湖口一段水道及其湖汊。幸亏有了这部分重叠，彭蠡湖和鄱阳湖才有了继承关系。如果没有这部分重叠的话，那彭蠡湖与鄱阳湖就风马牛不相及了。彭蠡湖在寿终正寝之后有了鄱阳湖这个接班人，使其命脉得以更替和延续，彭蠡湖也该"含笑九泉"了。

如果将消失的彭蠡湖和崛起的鄱阳湖比喻为一个哑铃，那么入江水道部分就是哑铃的杠杆。正是因为有入江水道这根杠杆串联起北部消失的彭蠡湖和南部崛起的鄱阳湖，才使"过去完成时"的彭蠡湖和"现在进行时"的鄱阳湖形成一个哑铃。

以现在入江水道为杠杆的南、北哑铃出现此消彼长，北哑铃因沙石堰塞逐步抬升，导致长江南移，形成今天的浔阳江；南哑铃由于长江主泓南移，与赣江水系产生顶托，水位抬升，南哑铃由过去的小面积湖泊逐渐增容下沉，导致湖泊面积扩大，从而使名声显赫的鄡阳与海昏二城相继沉没，成为新生鄱阳湖开疆拓土的殉葬品。

在历史上，随着鄡阳、海昏两座城池的沉没，鄱阳湖才逐渐演变成今天的面目。鄡阳县沉没于公元420年，海昏县沉没于425年。可以肯定，在沉没前，鄡阳和海昏，一东一西，分割着这片广阔平原。

这期间，雷池与彭蠡也处于隐退之中，就像鄡阳、海昏一样，成为古代典籍中的地理名词、后代人们口口相传的一个故事、一道逝去的闪电……

足踏桑落洲，似乎是思考彭蠡湖和鄱阳湖历史变迁的最佳位置，这里能听见古彭蠡湖浪涛相击的声音，也能听见鄱阳湖涌向长江的不歇喧哗……

八

桑落洲见证了明朝的奠基之战，也见证了明朝最后衰亡的悲剧一幕。

当年鄱阳湖大战，陈友谅突围到桑落洲的泾江口时，一支乱箭飞来，正中他的左眼，贯穿脑颅，一命呜呼。一箭定乾坤，由此奠定朱元璋建立大明江山的基业。

明朝江山维持了二百八十多年又分崩离析。清军入关，南方的弘光政权由福王朱由崧充当傀儡。在各军阀集团扳手腕之后，南明政权只是一棵即将倾倒的枯树，而各军阀集团不过是即将散伙的猢狲罢了。

年迈的左良玉是北京明廷灭亡后转入南明政权时的最大军阀，他在武昌屯兵八十万，想坐山观虎斗，已是不可能。此时，清廷入主北京、南明弘光政权在南京称帝、李自成在西安建大顺国、张献忠在成都立大西国。中国大地处于外族入侵、内部政权林立的乱象之中，是有史以来不多见的乱世之一。

左良玉手握重兵，想左右南明弘光政权的政治走向，但无奈自己年迈，重病缠身，受黄澍蛊惑，打着"清君侧"的旗号率军东进。一个政权的失败，不是败在外敌，多半是内部不睦所致。此时，清军入关，虎视眈眈，大顺国、大西国也不想让南明弘光政权安稳，而弘光政权内部却派系林立，内斗不休，这样的政权焉能久存？

左良玉东进，基于两个因素：一是迫于清军的压迫，如不东进，就要与清廷虎狼之师直接对抗；二是认为自家人好打，如能夺得弘光政权，就能挟天子以令诸侯。他和弘光政权的人一样目光短浅，都认为清军只会驻马长江，不会挥师过长江，这不是天大的笑话吗？

左良玉一把火将自己盘踞已久的武昌城烧毁，倾巢东下。他岂能不知，留下来的寸土尺瓦都是大清的，他再也回不来了。

左良玉四月初到九江，裹挟九江都督袁继咸共同去南京兵谏。袁继咸宁死不从，左良玉索性将九江城也点上一把大火，烈焰灼天。

也该左良玉命绝桑落洲，他看着火光中的九江城，对始终不肯屈从的袁继咸说了一句"我有负袁公"，就口吐鲜血而亡。左良玉的兵谏梦就此断送在了桑落洲。

左良玉的儿子左梦庚继任主帅，部队东进，连战不利，只好退保九江。此时，清阿济格追逐李自成来到九江，左梦庚进退两难，最后在黄澍的鼓捣下率二十余万兵丁投靠清廷。日后，这支部队成为攻打南明政权的急先锋，南明想像南宋一样偏安一隅，也只是一场白日梦了。

明朝的掘墓者李自成，他的葬身之地至今是个谜。据《清实录》载："靖远大将军和硕英亲王阿济格等疏报，流贼李自成，亲率西安府马步贼兵十三万并湖广襄阳、承天、荆州、德安，四府所属各州县原设守御贼兵七万，共计二十万。声言欲取南京，水陆并进。我兵亦分水陆两路蹑其后。追及于邓州、承天、德安、武昌、富池口、桑家口、九江口等七处。"

清军一路追剿李自成，追到桑家口（桑落洲头）、九江口（桑落洲尾），也就是追到桑落洲时，李自成便神秘失踪了。

据《九江府志》记载："桑落洲岸崩十余里，坏民居无数，迁移不定，民苦之。"桑落洲的崩岸，似乎让我听见了大明王朝的崩裂之声。

朱元璋的头号敌手陈友谅在桑落洲泾江口败亡，才有了大明王朝的奠基；谁能想到，二百八十多年后，毁灭大明王朝的李自成与南明政权的头号劲敌左良玉、左梦庚，或败、或亡、或降，都在桑落洲折戟沉沙。

历史不加雕琢，自然成为一部精心勾画的戏剧杰作。明朝因桑落洲而兴，也因桑落洲而亡。桑落洲的崩岸，也是明朝覆亡的兆示。

九

桑落洲除了村落，就是一望无际的瓜果玉米大豆桑麻。很多瓜果大概是主人来不及处置，都烂在地里了，我们的惋惜声撒了一路。

在一望无际的机耕道上迷失了方向，看见一群男女正在瓜田里往农用车上搬运西瓜，我跑过去问路。一个农民兄弟详细地给我指引方向。

我看见满地的西瓜，问多少钱一个。农民兄弟说五块。

我说我搬两个吧，一摸口袋没带钱。

农民兄弟说，不要钱，送给你了。

桑落洲的农民兄弟如此慷慨，我当然不能推却他们的这番情义。

纵观桑落洲的历史，给我的印象就是沧海桑田、变幻无常。从彭蠡湖到鄱阳湖的演变，可知地球内部也在不停地运动，地壳有时上升，有时下降，所谓"沧海桑田"也就不足为奇了。

让我借用晚唐一位叫胡玢的庐山隐士写的一首诗，来解读桑落洲和人世间的沧桑变幻吧——

> 莫问桑田事，但看桑落洲。
>
> 数家新住处，昔日大江流。
>
> 古岸崩欲尽，平沙涨未休。
>
> 想应百年后，人世更悠悠。

诗人发出了时过境迁、沧海桑田的感慨。唐朝时的桑落洲、浔阳江和鄱阳湖等地理与今天大略是相同的，只是那个时候人们的耳朵里经常会听到一个词——"崩岸"。

因为那个时候的长江大堤不是十分牢固，长江终年累月的洗刷，岸基掏空后，就会产生崩岸的情形。崩岸可能是几年，也可能是十几年，或者几十年来一次。只要不崩岸，人们又会在岸上筑屋而居。一旦发生崩岸，居民的生命和房屋财产就会被卷入长江之中，造成无可挽回的灾难。

待洪水退却后，江滩上又变成了人们种植桑麻的最好场地。

而朝代变化，江岸崩塌，江涛掩盖了哭号，擦干眼泪的人们又开始在退水后的陆地上种植新的桑麻……

如此循环，年复一年，人们与大自然一道，造就着沧海桑田的欢欣和疼痛！

沉浮之间

一

在鄱阳湖行走的途中，我不断思索这样一些问题：从彭蠡湖过渡到鄱阳湖到底经历了一番怎样的疼痛？其间又发生了哪些惊心动魄的事件？

带着这些问题，我走进了历史文献，思绪在鄱阳湖深处荡漾。

公元420年，注定是一个多事之秋——

东晋最后一任皇帝司马德文，将晋室江山禅让给刘裕；刘裕即皇帝位，建国号大宋，改元永初，后代史家称其王朝为"刘宋朝"。

是年，在彭蠡湖畔和庐山脚下成长为田园诗鼻祖的隐逸诗人陶渊明，年届五十六岁，更名"潜"，以示对刘裕称帝之不满；在彭蠡湖畔矶山筑"石壁精舍"创山水诗派的谢灵运，也达三十六岁，他的世袭爵位由康乐县公降为康乐县侯。

这年，长江以南的古老县治——鄡阳突然遭遇不测，地块沉陷，为湖水所侵，一个存世六百多年的县治就这样烟消云散了。

不幸的是，鄡阳的沉没并没有换来这块土地的安宁。五年后的公元425年，原鄡阳县治西北约四十公里的另一座县城——海昏，也遭遇湖水入侵，演绎鄡阳故事，沉没湖底，至今寻不到一丝踪迹……

与此同时，北面的彭蠡湖逐渐消失，一个新型湖泊——鄱阳湖展开了它的辽阔襟怀……

鄱阳湖的盛大降临，以两座古老县治的沉没为代价，这或许是古今中外湖泊史上的奇迹。

鄡阳和海昏被湖水吞没后，给鄱阳湖地区留下了两则民谣："沉鄡阳，浮都昌"；"沉海昏，起吴城"。

一面是东晋的灭亡，南北朝刘宋的崛起；一面是彭蠡湖的消失，新型湖泊鄱阳湖的诞生，这其中蕴含着怎样的偶然，或者必然？

谁能给出合理的答案？我陷入一片冥思苦想之中……

二

我曾在一个风雪之日，从九江城区驱车一百余公里，来到都昌县周溪镇勘踏古鄡阳遗址城头山。眼前的城头山便是一千五百九十多年前鄡阳城沉没的遗骸。一半在水中，一半在陆地，鄡阳并非虚构，而是真实的梦境。

有关鄡阳，其设置、撤销，后复置都昌县的时间节点大体如下：汉高祖六年（前201年），析番县地立鄡阳县，治所四望山（今周溪乡泗山），隶淮南国豫章郡；南朝宋永初二年（421年），鄡阳县大部分沉入湖中，鄡阳县撤销，境域入彭泽县，隶江州；从建县到沉湖撤县，鄡阳县存世六百二十二年。"沉鄡阳"二百零一年之后，即唐武德五年（622年），复置都昌县。

认定鄡阳立县于汉高祖六年的主要依据——《史记·黥布列传》记载：汉高祖六年，英布受封为淮南王，建都六安，九江、庐江、衡山、豫章郡皆属英布管辖。历代史志书籍的编纂者认为，既然豫章郡为汉高祖六年设立，其所属之鄡阳等县亦应于同年设置，这个结论未免武断。设置行政机构是根据治理过程的需要而定，不可能一刀切。

或许，用一段故事来论证鄡阳置县来历，更能令人信服——

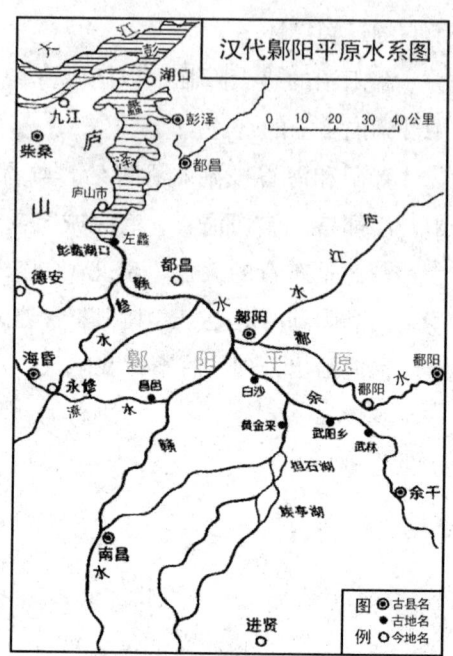

汉代鄱阳平原水系图

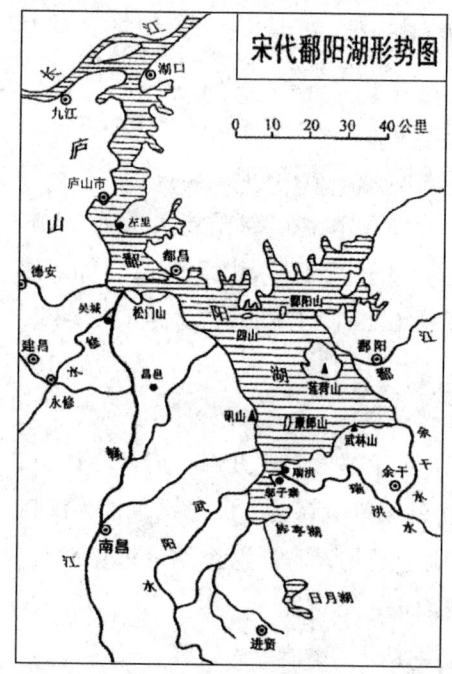

宋代鄱阳湖形势图

"飞鸟尽，良弓藏；狡兔死，走狗烹。"汉高祖取得天下后，用了近十年的时间，将异姓王逐个剪除。韩信、彭越与英布是同一根绳子上的蚂蚱，他两人被诛，使英布大为恐慌，不得不举兵反叛。刘邦领兵亲征，英布与百余人败走江南。

顺便交代一下，刘邦在这次亲征中，被流矢所伤，导致感染，于次年不治身亡。这也从侧面说明英布的能量，当年攻灭强秦，英布每战均为先锋，攻城拔寨，何其英勇。有道是，杀敌一千自损八百，刘邦擒杀这样一位英雄，当然自己得付出代价。

《史记·黥布列传》记载："番阳人杀布兹乡民田舍，遂灭黥布。"司马迁的一句话，埋没了多少细枝末节——

当英布兵败，逃奔江南时，吴芮之子、英布的妻弟长沙成王吴臣，在刘邦授意下，假意要和英布亡走东越。英布没有怀疑吴臣相助的动机，假如他设问：此刻自己败逃之时，已袭爵长沙王的吴臣，会为了自己而丢失王位、亡命天涯吗？

不会！

英布就这样亡于自己信任的人手里！

汉将灌婴于高祖十二年（前196年）追灭英布后，从鄱阳和彭泽两县划出部分土地，置鄡阳县，以志英布枭首之事。

英布的一生可谓奇诡多姿，他由一个秦朝的刑犯，带领义军投奔吴芮反秦，又成为项羽帐下的五员猛将之一，后来与项羽分道扬镳，与韩信、彭越成为汉初三大猛将，最后被刘邦逼而造反。真是潮起潮落，造反似宿命羁绊英布的一生。

英布死后，尸身被大卸八块，分别埋葬。英布首葬六安祖茔，身葬大别山主峰天堂寨南麓的英山。鄱阳除了鄡阳城附近住民所说的"英王坟"外，《波阳县志》（注：1957年鄱阳县改名为波阳县，2003年恢复原名为鄱阳县）还记载了另外一处："淮南王英布墓，在县城北一百五十二里，即今肖家岭大岩山龙圹石屋柱间。"我想大概是其分尸之后，有的就地埋葬，有的被准许亲近族人运走埋葬。

当初英布率七千义军投番令，吴芮建英布城（今鄱阳县莲山英村），供英布及其义军驻扎。刘邦追剿英布时，英布率一百多名亲近从安徽六安逃到鄱阳，径奔当年练兵的英布城而来。《波阳县志》记载的"英布墓"，当在此地。

秦汉易代，是波澜壮阔的伟大历史事件，是由无数英布这样的英雄奋斗而成。英布是反秦斗争中的杰出英雄，被项羽封为九江王，后又被刘邦功封淮南王，为汉高祖刘邦一统天下做出了不朽贡献。

从上述履历来看，英布是一代英豪。

刘邦出于维护王朝统治的目的，戮杀功臣，将异姓王逐一剪除，错不在英布，而在刘邦。后人说英布为枭雄，也是基于维护刘邦正统地位的说法，对英布来说并不公正。

英雄也罢，枭雄也罢，英布随吴芮起事于鄱阳，最后殒命于鄱阳，也当死得其所！

后来，为了纪念英布反叛被斩首这件事，就在他斩首之地设立了鄡阳县。

鄡，枭也；阳，首也。鄡阳——枭首也。

当然，这个首，绝不是乌合之首，定是一代枭雄之首！

三

鄡阳县存世六百多年后被湖水侵占，这件事本身成为鄱阳湖历史基因的一部分，咏唱在人们的口齿间。

既然鄡阳的兴建与一代"枭雄"英布有关，那鄡阳的沉没又与什么事件有关呢？

魏晋时期，也是谶纬学说盛行之时，彭蠡湖的消失、长江的改道，乃至鄡阳县、海昏县的沉没，这些地理事件，牵一发而动全身，是不是隐藏着某些不可言传的秘密。

传说鄡阳沉没前夕，暴雨如注，达数月之久。人们议论纷纷，"鳌鱼翻身"的传说在民间流布。在古代社会，人们对地震发生的原因，常常借助神灵的力量来解释。发生地震等灾害，表示上天不高兴，要给人类以惩罚。汉族民间流传一种说法，说地底下住着一只大鳌鱼，大鳌鱼到一定时候总要挪动身子，一个侧身或翻身，就会令大地摇晃震颤、天翻地覆。

人们在惶惶不可终日的心境下度过每一天，知道灾难就要降临，但又不知如何躲避这场灾难。这时，有一个跛足道人，手持一只半边瓷盘挨家挨户游走，有的人家没开门，他就上前敲开，嘴里喊："边盘，边盘，边盘啰！"很多人一看是个癫子，迟疑一阵就不理睬他了。但毕竟有人还是从中悟出了玄机，"边盘，不就是边搬吗？"在都昌、鄱阳一带，盘，就是搬的意思，至今民间口语中还经常用到这个词。

原来这个跛足道人是叫搬家呀，这里看来一定有大灾难要来！有了这种警觉的人，在街坊一传扬，所有人都开始慌神了。是啊，这不是一件寻常事！

他们看着赣江的水不停地涨上来，说不准哪天就淹进鄱阳城了。住在低洼处的几户人家早搬光了，房子的屋顶都快淹没了。

在外地有亲友的，赶紧收拾细软投亲友去了；有一些人结伴跑到高处去，在那里搭建茅棚，暂以栖身，希望能躲过这场劫难。

也有一些不愿动弹的，他们说，城没了，家没了，活着还有什么意义，干脆与鄱阳城共存亡吧！这类人大多是一些上了年纪的人，他们觉得活到这个岁数，也不算冤枉。阎王要他们去报到，他们二话不说。

终于，鄱阳城的末日来临了。那是一个夜晚，地动山摇，雷雨交加，似乎是天庭震怒。人们从睡梦中惊醒，吓得哇哇大哭、神魂颠倒的人不在少数。而鄱阳城，如一座沙塔，瞬间卷入巨浪之中，没有了踪影……

从劫难中逃出来的人们，这时对那个跛足道人有了感激之意，要不是那个跛足道人拿着个半边的盘子在全城喊了个遍，鄱阳城内的居民难免葬身巨浪的危险。

如果说"沉鄱阳"硬要与当时的时事扯上关系，我以为东晋末年混乱的时局还真是令人咏叹——

桓玄叛乱，将东晋皇权体系彻底摧毁，晋安帝虽然重新坐上了皇帝之位，但朝廷国事一概由刘裕决断。刘裕利用手中大权，平定卢循叛乱，剪除异己，北伐中原，取得山东、河南中原之地……一时功炽勋烈，东晋百余年来无人与之匹敌。

人走到权力的顶峰，就更容易权欲熏心，刘裕也不能免除。这位晋室江山的再造者，也是晋室王朝的终结者。刘裕令心腹毒杀安帝司马德宗，立司马德文为傀儡皇帝。

本来刘裕杀安帝，直接即皇帝位就得了，何必再立司马德文为帝，多杀一个君主呢？刘裕从图谶中见"昌明（晋孝武帝）之后有二帝"，于是只好耐着性子再立司马德文为帝，象征性地过渡了一年余。刘裕觉得瓜熟蒂落，命人草拟禅让诏书，逼司马德文誊抄。司马德文拿起笔一边抄写一边对左右说："晋室江山早已被桓玄篡去了，正是因为有刘公（刘裕），才又延长了近二十年的国运。"何其聪明的言论，但也保不了自己的性命无虞。

刘裕坐上了皇帝宝座，为免桓玄故事再演，一不做，二不休，将司马德文之妻生下的一个男婴害死了，之后派人伺机将已降为零陵王的司马德文用被子捂死。这缘于刘裕当初对他的承诺，见天不杀、见地不杀、见铁不杀，司马德文以为这样就能安全。杀手自有杀手的办法，他将司马德文推到床上，用被子蒙着，不见天，不见地，不见刀剑铁器，同样毙命。

司马德文年幼时，曾命弓箭手射杀马匹为乐。当时有人说："马是国姓，而你作为皇子却射杀它，这是很不祥的兆头啊！"果不其然，晋朝司马家族的江山传至他手，即告终结，自己的性命也像他早年射杀的马匹一样，死于非命！

这样一个乱世，上苍又怎么忍心不出来主持公道，警醒世人的胡作非为呢？世人怎么读，怎么想，那是世人的事，但老天有自己的方式警醒世人。长江的改道，彭蠡湖主体的萎缩南迁，鄱阳、海昏接连的陷落，难道不是上苍的警示吗？

一个旧世界的最终沉沦，必然伴随着一个新世界的诞生。

刘裕开辟了南朝刘宋政权，倒是一个精明强干的皇帝，他一方面整顿吏治，吸取前朝士族豪强挟主专横的教训，抑制豪强兼并，吸取寒门子弟进入领导阶层，另一方面施行仁政，轻徭薄赋，废除苛法，改善政治和社会状况，使人们得到休养生息。

可以说，刘裕结束了二百年来的南北分裂格局，开创了一个全新的时代。

彭蠡湖与鄱阳湖彼消此长的临界点也正好是这个时期。东晋时代的乱世，伴生了彭蠡湖的萎缩、长江的改道、鄡阳城的沉没等地理现象发生。而刘裕开风气之先，开启南北朝的新局面，迎来了鄱阳湖时代的降临！

四

"沉鄡阳"之后，确实"浮"起了都昌。这与都昌旧县治的地理传说有关——

我与都昌本地诗人徐勇华来到北炎乡洞门口村，这里便是都昌旧县治所在。

一座有些年代的桥给了我们惊喜，桥下的水十分清澈。这座桥叫寡妇桥，缘于捐建者是一个寡妇。原先还有牌楼，现已不见。

我们从西北方位进入村口，杂草植被覆盖着当年的城门所在。旧县治已经被一座村庄占据，旧城的遗迹似乎潜伏在杂草植被丛中。

据载，唐武德五年（622年），洪州都督安抚使李大亮来故鄡阳县地界视察，看见这里土地肥沃、人口繁多、百业兴旺，但水路阻隔和道路遥远，管理起来十分不便，就上奏割彭泽、鄱阳部分土地设置都昌县——这一割，大体还是原鄡阳县的那些土地和水域。县治就设在这个叫王街市的地方。考古调查时，发现有过"王街市"字样的砖块。

至于都昌名字的由来，《今县释名》载："唐置，地名都村，远与建昌（今永修）相望，近与南昌相接，故名都昌。"

我们在村中遇见一个叫黄友柱的老人，他告诉我们，这里以前叫鄡阳。老人大概把鄡阳和都昌弄混淆了，毕竟鄡阳像家谱中久远的老祖宗一样，在村民的记忆中如一道闪电划过黑夜，知道它的存在，但又不知其来由。

黄友柱老人告诉我们，洞门口村处在一座排形山上，不管涨多大水，四周各地都淹了，但这里不会淹。1998年发大水，到处渺渺茫茫，唯独洞门口村没淹。

木排是漂浮物，水涨排高，自然淹不到水。老人说得有板有眼，我自然想起了"沉鄡阳，浮都昌"民谣中的这个"浮"字，是不是因为都昌县建在排形山的缘故呢？鄡阳沉没了，是个历史教训，所以后来的人就把县治建在这排形山上了，也算得上是吃一堑长一智。

来到一个河湾，黄友柱老人说，这里是十八节重桥的位置。桥不见了，水还是那么清澈。"十八重桥"是一座有十八孔的石桥，在这一片荒野，应该十分壮观。可惜这座古桥毁于20世纪70年代的大修水利年份。当年修水库，能拆的石桥都拆了，能拆的坟墓都拆了。

旧县治遗址被村民的房舍占据，一代代的村民改造着这片旧县治所在。历史总是被刷新，后人只是读到一些蛛丝马迹，因为真正的历史已经被风化剥落和摧毁了。

我从地图上查知，当年的都昌旧县治离彭泽旧县治（今湖口县柳德昭村）直线距离仅十四五公里。在如此短距离内设立另一县治，显然未做长远考虑。从交通来说，都昌旧县治离鄱阳湖也较远，不像彭泽旧县治柳德昭那样靠近鄱阳湖的湖汊。作为湖泊周边的县治，一般从交通角度考虑会紧挨湖泊，都昌旧治择地明显远离了鄱阳湖。

当然，都昌故县也并非完全与世隔绝，它也有水运条件，河流可与徐埠、新妙湖相连通进入鄱阳湖，但毕竟绕了几个弯子。失去交通优势，等于自我封闭，决定了它不能长治久安。据《都昌县志》载：都昌县治唐武德五年（622年）始设于此，至大历年间（766～779年）迁至彭蠡湖东（今县城所在地）。算来，旧县治在此经历约一百五十年光景。

都昌县迁移至松门山对岸的南山、矶（鸡）山之间，地理位置比旧县治要好百倍千倍。如果将鄱阳湖比作一只葫芦的话，那都昌县新址正好介于葫芦肚和脖颈之间，处于整个县域交通的核心。这里向南可达南昌、鄱阳，向西可达永修、德安，向北则通长江，向东则达景德镇……

况且，都昌县有大矶（鸡）山、小矶（鸡）山扼守着鄱阳湖水道，对岸的松门山状如一条蜈蚣，大矶（鸡）山啄着蜈蚣头，小矶（鸡）山啄着蜈蚣尾，吃食无忧啊！

我循着苏东坡的诗句来到都昌："鄱阳湖上都昌县，灯火楼台一万家。水隔南山人不渡，东风吹老碧桃花。"这首《过都昌》，可谓脍炙人口，也将都昌的状貌做了精确的描绘。

九百多年前，东坡先生描绘的都昌与今天的都昌比照，似乎没有什么大变化。诗中描绘都昌县处于鄱阳湖上，当时城市极为繁华，灯火楼台很是壮观——这在今天看来，站在南山看都昌夜景与苏轼笔下的都昌完全合拍。至于后两句，东坡写到个人心境：南山被湖水阻隔只能远远地眺望，此刻站在东风里遥想当年的碧桃模样是否已老……今天的南山不再被水阻隔，修起了宽阔的堤坝，成为人来车往的通道；东风或许还是九百年前的模样，但东坡先生状写的碧桃却已随岁月的风烟消逝不见……

打开都昌版图，都昌县东北山势蜿蜒，由高而低向西南蔓延，逐渐低到被鄱阳湖水面覆盖。俯瞰之下，都昌像八大山人笔下的一片墨荷铺陈在鄱阳湖上，既存诗意，又蕴古韵，苍郁青翠并蓄。画家的水墨挥洒处，就是都昌。有墨处是陆地或者岛屿，无墨处则是鄱阳湖浩瀚水面。

车子越过东湖，直抵南山脚下。都昌文脉，全凭南山枕笔之力，更赖灵运塔神来之韵。鄱阳湖有如一个巨砚，谁敢笔蘸鄱阳湖墨，一定是胸中酝酿了一篇大文章。

浩荡鄱阳湖如巨幅画作，只等钤上一枚恰如其分的印。就这样，印山巧夺天工般地出现在画作落款处，能说鄱阳湖不是一幅天然的画作？画中的山水是天然的，画中的钤印也是天然的。站在南山上瞭望着这幅雄伟的画作，心旷神怡，竟不知身处何年何月……

千百年来，都昌文采风流，人才辈出，涌现了陶侃、江万里、陈澔这些不落的星辰。

都昌人三句话不离本行，他们见到我都重复这样的话：都昌的版图有一半在鄱阳湖里。我知道他们话里的意思，就是说整个鄱阳湖水面有三分之一属于都昌县。但水面汤汤，具体的界线在哪儿呢？真是一场无厘头官司呢。

这或许是一千五百九十多年前"沉鄡阳"事件的遗留问题。因为鄡阳城连同大片土地沉入湖底后，作为鄡阳的继承者都昌，理论上当然要把沉入湖底的面积算作都昌的领地……

一沉一浮，跨越了多少时代，留下了多少故事！

五

我来到庐山东林寺虎溪前，不禁思索起儒释道的融合为何在彭蠡湖畔的庐山完成；也到庐山南麓栗里陶村、柴桑等地瞻仰陶渊明曾经生活过的影迹，感悟诗人漂泊的人生履历；还到鄱阳湖东岸的都昌矶山寻访谢灵运筑造的石壁精舍遗迹；当然也不忘去庐山金鸡峰下踏访陆修静建立的简寂观……

彭蠡湖，是一个伟大的湖泊，它孕育了中国文化的一段辉煌。

东晋没落迈向南北朝之时，也是彭蠡湖消退、鄱阳湖新生的时期。这一时期，在庐山、彭蠡湖、都昌矶山同时活跃着中国文化史上的三位巨星，他们是陶渊明、慧远、谢灵运。

在东晋——南北朝时期，彭蠡湖西岸的庐山形成了以陶渊明、慧远、陆修静为代表的儒释道三教合一的名山格局。坊间一直流传儒、释、道大满贯的"虎溪三笑"，宋代画家李公麟还首作《三笑图》，成为脍炙人口的美谈。

这个故事的有趣在于，故事的编造者有意忽略了三者的年龄，以年长者去世之年计算，慧远八十三岁，陶渊明五十二岁，而陆修静才十一岁。陆修静显然处在蒙童求学阶段，何来游方庐山与两位前辈谈经论道呢？要是他们真能汇聚在一起，倒也是件趣事。正因为他们不能聚，故事作者将他们强行拉扯到一起，这才具高超艺术性。

故事无非要告诉人们，儒释道三教在中国大地亲和圆融，体现三教合一的至高境界。这与虚构小说有异曲同工之妙。

现实中，陆修静是无缘与慧远、陶渊明同时汇聚了。但有一个人却可以，他就是谢灵运。只不过，谢灵运不是道教人士，他不具备陆修静的教派身份，要算起来，他只能算儒家。而在儒家要争地位，他又比不过陶渊明。没有办法，只有把十一岁的陆修静拉进来。

在东晋末年，彭蠡湖畔东西两岸及庐山，同时出现慧远、陶渊明、谢灵运这样的超级文化巨星，也不能不说是旷古未有。

慧远德高望重，不仅在当时佛教界是一面旗帜，在文学造诣方面也独树一帜。陶渊明与慧远气味相投，两个人有过一段较早的交往史。慧远与陶渊明可能还有过一段师徒关系，他们共同修建过一座寺庙。陶渊明二十九岁前的经历少见文字记载，仅凭片言只字，不足以认定一个人的生活轨迹。据《秀溪陶氏族谱·靖节公胜迹并诗》中载："潜慧寺，晋太元壬辰年春，靖节公与禅师慧远所建，故以'潜慧'名寺。"在陶渊明故里秀溪，出现了一座寺庙，而这座寺庙竟然是陶渊明与慧远共同建造的，这不啻是个惊天消息。这件事似乎并不是无中生有，还有徐应龙的碑铭为证，可惜在北宋末年遭兵乱，寺毁碑废，只存遗址。宋观文阁大学士曾渊子有诗记述这件事："秀水山清又一天，连名结社乐蹁跹。地盘龙势分庐宇，江喉龟声拥寺前。蒲座开函风满径，花池洗钵石流泉。至今遗址依然在，可并虎溪三笑传。"慧远是陶渊明人生的重要领航者，两人合建寺庙后，第二年陶渊明出山，从偏僻之地宜丰秀溪走向祖居地寻阳。

对于陶渊明故里问题，历来嘴皮文墨官司不断，但我采信《太平寰宇记·卷一百六》所载："渊明故里：《图经》云：'渊明始家宜丰，后徙柴桑。'宜丰，今新昌也。"这与国志《元一统志》《大明一统志》《大清一统志》以及地方志《江西通志》《瑞州府志》《上高县志》《新昌县志》等形成完整的证据链，均指向"渊明始家宜丰，后徙柴桑"这一说法。

陶渊明居无定所，至少在九江他就有多处痕迹可寻，但似乎又不着边际。他的曾祖父陶侃权柄极盛时，所置产业广有，由于儿子多，出现争夺财产互相残杀现象，致使陶渊明祖父陶茂连武昌太守也不做了，归隐寻阳。陶渊明晚年的归隐是否深受祖父的影响？陶渊明父亲陶敏任安成太守时与功封康乐伯的族祖陶回来往，遂在康乐伯的封地（今宜丰县澄塘镇一带）置产居住。陶渊明即出生于此。

我多次到宜丰秀溪、故村一带寻找陶渊明年轻时生活的痕迹，那里至今存有南山、柳斋、菊轩、东篱、洗墨池、藏书礅、故里桥、靖节桥、我公桥、舒啸台、赋诗湾、顾渊石、醉卧石、渊明洞、读书堂、靖节祠等陶渊明遗迹及纪念建筑。

有趣的是，谢灵运祖父谢玄因淝水之战也功封康乐县公，与陶敏置产住地挨着。谢玄借皇封之威侵夺了陶敏所置产业——因陶敏岳父孟嘉曾为桓温幕僚，桓温欲杀谢安，故谢家将孟嘉视为仇人，古人喜欢株连九族，谢家将仇恨也捎带记在孟嘉女婿陶敏身上。陶敏已死，陶渊明便"父债子偿"成了谢家侵夺的对象。这年谢灵运刚出生，陶渊明正处弱冠之年，陶敏已作古十二年。君子报仇十年不晚，不幸言中于陶、谢两家。

十八年后，谢灵运袭爵康乐县公（刘宋朝初年降为康乐县侯），此时陶渊明已居寻阳。

谢灵运二十三岁出任刘毅参军，二十六岁随都督刘毅来到江州（今九江），后移镇豫章（今南昌），在江西时间长达两年。喜欢游山玩水的谢灵运，选择松门山对岸的矶山建"石壁精舍"，成为读书、写作的一方净土。

陶渊明与谢灵运同处彭蠡湖的东西两岸，至今没有发现他们把酒言欢、诗句酬唱的证据，只能解释为"世仇"的作祟。如果没有世仇，两位诗人

谢灵运像

之间的交往一定会给中国文坛带来斑斓多姿的色彩。因为世仇，他们没有握手言和，中国文坛便少了精彩的一幕，实在是千古遗憾！

他们共同的朋友慧远，既与陶渊明交往密切，也与谢灵运长相往来；还有颜延之，与谢灵运并称"颜谢"，既是谢灵运的同事，又是陶渊明的粉丝。这样两位重量级的中间人，也没能化解陶、谢两家的冤仇，可想仇恨有多么深刻！

如果没有世仇，谢灵运去拜访慧远，而独不去认识陶渊明，就是件奇怪事。颜延之远赴广西去做始安（今桂林）太守，途经九江，还特意探望已经隐居的陶渊明。

谢灵运与颜延之是好朋友，他们的举止还真有相同之处。他们在自己心中的偶像逝世后，分别写了一篇"诔"文存世。

谢灵运给慧远写的《庐山慧远法师诔》，追述慧远一生事迹及贡献，也提到自己与逝者的情谊。一代大师逝世，悲恸的不仅是谢灵运一人，天地也将哀伤；颜延之为陶渊明写的《陶征士诔》，除盛赞陶渊明的高风亮节之外，还叙写了其弃官、隐居、拒聘等事迹，表现其宁静淡远、不慕荣利的高尚志趣。

谢灵运与陶渊明一样，都是诗歌流派的创立者。置身大江、巨湖、名山构造的山水之中，作为一个诗人，若不能创作出绝世诗章，那就可惜了诗人这尊称号。

迎着风浪，谢灵运进入了神话般的湖泊。此时的彭蠡湖，正是暗流涌动、沙石潜行、江湖置换的时代，他的诗作《入彭蠡湖》或许记录下了这些影子："客游倦水宿，风潮难具论。洲岛骤回合，圻岸屡崩奔……"

谢灵运与陶渊明，虽然上苍没有安排他们握手言欢，但诗心是相通的。他们同处东晋和刘宋政权时期，面对官场的黑暗，都选择了退隐。谢灵运虽然身在官场，但心在林野，他自制谢公屐，见到好山好水就拔腿攀登。他是中国历史上第一个耽于山水而误了仕途、也丢了性命的诗人。在临川内史位置上，他终日游于山水，被督察官检举降罪，发配岭南，成了一个囚徒。

陶渊明与谢灵运不一样，陶渊明挂印而归，将束缚之身变为自由之身。而谢灵运头顶上还有一个康乐县侯的爵位，有这个爵位，他就不可能自由，就得终身受制于朝廷。

在"石壁精舍"，谢灵运坐在岩石上，双足垂入彭蠡湖中濯洗，看湖面上渔帆点点，越过湖面眺望庐山之高。他知道那里有慧远，还有陶渊明。

陶渊明也知道，隔着彭蠡湖，那里住着年轻诗人谢灵运。彼此都是才华盖世的人，他们在心底或许有过暗暗较劲的时候。写好诗！一定要写得比他更好！

两个有着世仇的诗人，就这样相隔着一个湖泊，各自勉励自己要超越对方。这也是文坛中罕见的趣事。是啊，没有一股子干劲，日后，他们怎么能在中国文坛上超尘脱俗，成为诗派鼻祖呢？

同治版《都昌县志》载，明代李梦阳免职赋闲，就曾登临谢址，观石壁，见谢灵运书刻"石壁精舍"四字冻裂模糊，于是填墨使之一新。"石壁精舍"四字有一丈见方，船在大湖行走，远远就能看见。如此胜景，可惜在抗战时期遭到日军摧毁。贪婪的日军看见石壁的摩崖石刻实在太精美，欲将整个石壁完整地搬回日本，但又无法切削，于是就用舰炮轰炸……

近年，谢灵运食邑地万载县（古康乐县）传来喜讯：谢灵运墓及其夫人高氏墓，其子凤及后裔均在其封地万载县发现。可以肯定，谢灵运晚年已将家眷迁移到封地，从心灵上皈依江西这片土地，也将这里作为终老之地。

万载茭湖谢氏存有《万载南源谢氏族谱》，从始祖谢衷往下代代延续，谱主的字、号和生殁日期、归葬地点都记载得清清楚楚。

我翻出谢灵运在彭蠡湖写的《石壁精舍还湖中作》读了三遍，"石壁精舍"石刻被毁，但诗歌还在——

　　　　昏旦变气候，山水含清晖。
　　　　清晖能娱人，游子憺忘归。
　　　　出谷日尚早，入舟阳已微。
　　　　林壑敛暝色，云霞收夕霏。

诗歌被一代代人翻刻、传承、吟诵，成为人类精神财富的一部分。

这个世界似乎没有什么是永恒的，就像彭蠡湖，曾经博大无边，但在时光的悠远中消失得不知所终。

而诗歌呢，当年谢灵运吟咏的时候是这样，今天，我吟诵它的时候，还是这样，韵节婉转，境界悠远……

六

在彭蠡湖向鄱阳湖过渡的岁月里，鄡阳城的沉没成为人们心头一道暗影，挥之不去。正在人们准备睡个安稳觉的时候，有人惊呼："水——"

是的，水来了，如猛兽般一点点地从地底下冒出来，来到村庄，来到围城之中；从繁华的闹市冒出来，进入酒肆、盐店、药店……从打金街街头，到银器巷巷尾涌出，漫入屠夫肉案底下、宗庙神像底座；一个浪头打在县太爷的公堂上，溅到乞丐的褴褛衣裳上……

水，不可阻挡地来了！

城里跑得快的朝艾城飞奔，跑得慢的上了吴山，来不及跑的就随着摇晃的城池一起沉入了湖底。

有这样一首民谣，至今在民间传播："血洗基子殿，火烧泽泉街；沉掉海昏县，立起吴城来。"这是一场怎样的灾难啊！"血洗""火烧""沉"，这些字眼中包含着人祸，也包含着天灾。没有人记录下来海昏沉沦的情景，只留下了这一首民谣。

那个跛足道人在海昏沉没前夕也到过海昏城，重复了卖"边盘"的谶纬故事。他的出现就是灾难来临。

地震前夕，海昏县城热闹非凡，像过年节一样，搭起了几个戏台子，全城的人挤成几堆在看戏。有一只乌龟精变成人形，但脱不了一身腥味。他挤在人群中间看戏，害得其他看戏的男女都来赶他。但一位有涵养的老者看不过去，就招手让乌龟精坐在自己身边。乌龟精拍了拍老人的肩膀说："老丈，别看了，大风大雨要洗劫城池，快去盘家吧。"

老人将信将疑，但也不敢不信，回到家中领着一家人带上细软什物，搬到吴城去了。他刚爬到吴城高地，海昏县城"轰隆"一声就消失了……

根据地方志记载，汉海昏县包括今天的永修、武宁、靖安、安义和奉新等县。那时候郡县设置以地域人口为基础，县域面积越大，人口的密度越小。

近年，南昌县青云谱八大山人梅湖景区出土不少的汉、晋古墓，墓砖上铭文清晰地刻写着"豫章郡海昏县""豫章国海昏县"字样。豫章郡属汉，豫章国属南朝。这似乎在证实海昏县的属地已经延伸到了今天南昌县青云谱八大山人梅湖景区等地，不然，海昏的墓葬怎么能出现在这里呢？

据康熙年间《建昌县志》载：故海昏县城在芦潭东北二里许。按图索骥，海昏县的沉没地应在修河与赣江汇合处的西北蚌湖之中，也就是今天从望湖亭越过修河所看到的那片湖泊，埋葬着一个关于"沉海昏"的秘密。

令我感到困惑的是，海昏城的沉没还未有着落，又跳出了一个鱼门县来。据同治版的《星子县志》记载："旧鱼门县基，在郡西五十里走马湖中，今石街尚存。西南路通建昌，西通德安。"民间有"沉掉鱼门县，浮起吴城来"的广泛传播。鱼门县，是何年建，何年消亡的？史书却找不到相关记载。

站在高高的望湖亭，可以看见修河北岸一片水域，就是芦潭。与《星子县志》所载走马湖位置重叠，那这里就是鱼门县基所在了。

但鱼门与海昏的沉没地竟然都指向"芦潭"，那鱼门与海昏是不是同一个县城的两种叫法？不得而知。

芦潭依然存在着一个小村子，住着六七户人家。好奇的是，村民们祖宗十八代就在这里居住，那按照每代二十五年计算，也达四百五十余年了。村民说，有人在草洲上放牛，看见过古城墙，但再次带人去找时，又不见了。村民的讲述听起来像玄幻小说——

村民亲眼见到一座古城，有熙熙攘攘的街道，有叫卖声，小孩哭喊声，马蹄嘚嘚声……他描述的是一座海市蜃楼。还有村民说，在静夜深沉时，他听见地震的声响，整座城池在毁灭，房屋摇晃，江河巨浪呼啸

永修吴城望湖亭

狂卷，人群惊慌惨叫声不绝……

海昏城埋没得太深，目前还没有考古上的任何数据来支撑这座城市沉没的信息。

海昏永远地消失了，吴城却真的热闹红火了一千多年！

当鄱阳湖时代鼎盛之际，吴城以其独特的地理优势，获得过"装不尽的吴城、卸不尽的汉口"之美誉，鄱阳湖流域四面八方的货物都汇集到吴城，无论外地来多少商船，都无法将吴城的货物装完。

吴城还是江南最大的木材集散地，在长江中下游有着举足轻重的商业地位，与景德镇、樟树镇、河口镇合称江西四大名镇。

"沉海昏，起吴城"，前半句是悲惨之至，后半句却荣耀非凡！

七

近年来，随着西汉海昏侯墓的发现，"海昏"这个古老的名词一下子轰动海内，并传扬国际。

海昏侯墓主是西汉废帝、海昏侯刘贺。刘贺五岁嗣位昌邑王，十八岁被立为皇帝，二十七天后被废。十一年后再封为海昏侯，在海昏侯国生活了不到四年的时间，因为议论朝政，受到削邑处分，郁郁而终。

刘贺进入江西，还是公元前的事，那个时候鄱阳湖地区河汉纵横，虽然还未形成现代的鄱阳湖，但湖泊的基础还是存在的。因为"海昏"这一名字，也透露出了当时的地理状况，"海"就是指湖泊，"昏"就是西边，太阳落山的地方。"海昏"合起来，就是湖泊西边的意思。这也不难理解，上游的五条江河交汇于三江口、饶河口这些地方，必然形成天然的湖泊。只是在鄡阳、海昏沉没前，湖泊的面积要小得多罢了。

刘贺从长江由东而西进入浩渺无边的彭蠡湖，然后进入赣江，来到属于他的封地——海昏。他一到封地，就大兴土木，在赣江的右岸建了一座昌邑城，今天的游塘村仍有昌邑古城遗址。他常常到昌邑城东十三里的江湖交汇处慨叹，这个地方便命名为"慨口"。

不久，他又在赣江左岸建了一座都城，并修建了自己的墓室。

刘贺从中原来到海昏，潜移默化中也将皇族的气息和文化传播到了鄱阳湖、海昏这片土地。就拿"南昌"这个名字来说，就带有鲜明的刘贺基因。刘贺搬迁到南方后，为了区别他曾经的北方居住地，因此称山东昌邑为"北昌邑"，称现住地海昏称为"南昌邑"。久而久之，就演变成"南昌"了。

由于东晋、南北朝时期鄱阳湖的地理演变，海昏城的沉没，水位的抬升和地震等因素，他的墓室也受到不同程度的破坏，比如随葬的丝绸等物就腐化不见了。

海昏侯墓出土了很多价值连城的青铜器、编钟、马蹄金、五铢钱等，还有孔子屏风、木牍及竹简，上面记载着《论语》《易经》《礼记》《医书》《五色食胜》《悼亡赋》等多部典籍。这些应是中原文化对鄱阳湖区域最直接的灌输……

我想，既然两千多年的海昏侯墓都有重见天日的一天，沉没的海昏城也一定会给世人一个交代。

是让人们等两千年，或者三千年，都无关紧要，人类有的是耐心。

算来，海昏城在湖底已经沉睡了一千五百九十多年，什么时候醒来，冒个头，让人类也能看看你沧桑斑驳的模样！

八

郳阳和海昏城都已经沉没了，这就是鄱阳湖形成的代价。也许大家想知道郳阳和海昏城沉没之前，这片土地是什么模样吧？

还是让我来描述一下：郳阳县沉没之前，在余干、鄱阳、都昌（郳阳）、永修（海昏）、南昌、进贤这些城池包围的这片土地，应该是河汉纵横、湖泊遍布之地。只是那个时候湖泊的水位比较低，威胁不到郳阳、海昏这些城市。再说这个湖泊与北面的彭蠡湖比，是小巫见大巫，因此在史册上籍籍无名。只有等到彭蠡湖从历史的长河中消失，这个湖泊才以改天换地的姿态傲立于世。

公元 420 年前后，北面有彭蠡湖和长江的顶托、倒灌，南有赣江、抚河、信江、饶河、修河等汹涌汇入，这片原本面积不大的湖泊才开始以前所未有的气势，开疆拓土，甚至不惜将两座城池毁尸灭迹，沦入湖底……

鄱阳湖已经成长了，但人们习惯上仍改不过来，还称呼它为"彭蠡湖"——在没有新的名字之前，旧的名字死而不僵，这是很正常的。

直到一个新的伟大时代来临——隋朝！对，隋朝！这是自汉末以来，中国四分五裂达三百六十余年之后的又一个统一王朝！

我们铭记这个王朝，因为这个湖泊的得名就来自这个王朝的一位高人隋炀帝。据说，他在这片广阔的湖泊巡游，问左右这个湖泊的名字，回答却莫衷一是。他手臂一挥，指问湖中凸起的那座山叫什么名字，在得到"鄱阳山"之名的回答后，他以王者的气度脱口而出："鄱阳湖！就叫鄱阳湖吧！"

一锤定音！鄱阳湖！

后人渐渐醒悟过来，淡忘了彭蠡湖，开始称这个湖叫"鄱阳湖"！

我的思绪跑到不着边际的地方，似乎想起遥远的彭蠡湖来了。看着眼前荡起荡落的鄱阳湖，谁能保证它将不会再有一次地壳的起落，像一千五百九十多年前的彭蠡湖一样消失，那时谁能掌握撬动地球的杠杆，使它朝着更生态、更文明的方向转动？

滕王阁

一

"南昌有滕王阁，乃一省之徽；犹如北京有天安门，为一国之徽。"这句话高度概括了滕王阁在江西版图的地位。说这话的人，已经不知道是谁了，但这句话被人记住了。

作为鄱阳湖水系的一座闻名遐迩的名阁，同样可以称得上是中国最大淡水湖的湖徽，它与洞庭湖的岳阳楼、江汉大平原的黄鹤楼形成三足鼎立的宏大局面。

一座楼阁能够一而再，再而三，甚至历经千年，经过第二十九次重修，再次崛起于南昌城的赣江东岸，成为一道过客不能不登临的胜景，这座楼阁为何拥有如此魅力？它的兴废盛衰，又有着怎样的传奇？这需要慢慢道来——

如果没有王勃的出场，滕王阁就可能不被外人所知，也不会屡毁屡建。

滕王阁是滕王李元婴的生命符号，就如他的画作被称为"滕派蝶画"一样，李元婴因造楼阁成瘾，成为当然的"滕王阁主"。

因在滕州大兴土木造亭台楼阁，李元婴被贬至苏州，仍旧习不改，大造楼阁；再贬洪州（今南昌），仍我行我素，又在赣江边打造重阁一座，高插云天，这就是王勃笔下的滕王阁。有趣的是，这位顽劣到家的滕王，因造楼阁，又被贬到四川阆中，在嘉陵江畔的玉台山腰上，再次盖了一座规模宏大的行宫，这便是杜甫诗篇中的阆中滕王阁。

李元婴之所以不听警告，一路遭贬，却仍然一路执拗地盖滕王阁，这其实有他的政治考量。作为皇室成员，他的兴趣在于盖楼阁、画蝴蝶，至于皇权，丝毫也没有兴致。他一路犯傻，从而躲过了太宗李世民、高宗李治鹰隼般的眼睛，成功地保护了自己。

李元婴盖了这么多滕王阁，唯独南昌的这座名声最响，只因王勃到此一游，写下了一篇《滕王阁序》，从此这座楼阁便与王勃的序一道名垂青史。

王勃作为当时唐王朝最负盛名的才子，年纪轻轻就做了朝中沛王的侍读，因沛王与英王斗鸡，王勃戏作《檄英王鸡》赋，触怒高宗，被赶出京城而出游巴蜀。自此，王勃的霉运接踵而至。在巴蜀悠游赋闲，诗歌倒是写了不少，终来还是需要到朝廷谋一只饭碗。虽然朝廷的饭碗也是易碎的，但那个时代，读书人没有第二条道路可走。王勃再次辗转到京城，遇见一个凌姓好友。好友仗义，将落魄的王勃介绍到虢州谋了一份参军的职位。结果倒好，王勃出于同情私藏一个犯罪的官奴。由于官府追查得紧，王勃的下人将这名官奴勒死在他府中，从而惹来一场杀身之祸。看来才子也有糊涂的时候，官奴犯罪了，你藏他干吗？即便藏了，想个办法放他走就是。即便不能放走，你再报官，写个检讨，大不了开除公职，也不至于取人家性命而贻误自家性命。在等待问斩的过程中得到大赦，王勃躲过一劫，但父亲却因教子无方受到牵连，被发配到帝国版图最南端的交趾（今越南）当县令。王勃出狱后，感觉仕途已经无望，决定先去交趾跟受牵连的父亲道歉，然后再决定今后的人生计划。

虽然人生蹉跎，才情却丝毫没有因此减少半分。王勃一路走，一路诗赋满怀。

王勃前往交趾，行进路线必须由长江进入鄱阳湖，溯赣江而章江翻越大庾岭，经过广东、广西防城港乘船再至交趾。王勃出发前，做了细致的攻略，他决定沿途观光、考察，储备写作素材。

在王勃到来之前，滕王李元婴已经建好了一座楼阁等他。虽然有些年月，已显露出了陈旧之色，但洪州都督阎伯屿又对滕王阁进行了一次翻新，这一切，似乎都是为了等待大才子王勃的到来。

二

王勃在写《滕王阁序》之前，先预演了一篇《采莲赋》——

> 非登高可以赋者，唯采莲而已矣。况洞庭兮紫波，复潇湘兮绿水。或暑雨兮朝霁，乍凉飙兮暮起。黛叶青跗，烟周五湖。

王勃的才情是第一流的，后人将他列为"初唐四杰"之首，便是基于他磅礴如江涛的才情。这篇《采莲赋》写在进入鄱阳湖之前，也就是写作《滕王阁序》之前。他在雷池被随波荡漾的莲花所迷，流连忘返，想起了鲍照等名人的佳句，也动起写《采莲赋》的念头。桑落洲上，远近湖泊一派碧波如毯，莲花丛中人们喜气洋洋地采摘着莲子，偶尔有歌声与鸟鸣一道拂过湖面。王勃看着这番景象，受到强烈感染，胸中顿时涌起一股不抒不快的汪洋诗情。

一路行来，王勃翻阅了不少地理经注，这在赋作中的推敲用典可知一二。这些典故后来又在《滕王阁序》中再现，可见沿途的学习与吟诵，为《滕王阁序》的一气呵成积累了厚重的底蕴。

墨落纸上，《采莲赋》已完稿。对于思绪如喷泉的王勃来说，他收起笔墨，又要赶下一段行程。

他最终的目的地是交趾。按说，处在人生的逆境当中，多数人会郁闷难以排解，写出的作品也难免愤世嫉俗。但王勃一反常态，在逆境当中也葆有春风得意之状，笔下诗赋毫无消极厌世之情。

宋代宫廷画《滕王阁图》

王勃塑像

此刻，吟唱过"海内存知己，天涯若比邻"的天才诗人，乘船从长江进入鄱阳湖。他放眼眺望庐山，五老峰、庐山瀑布、香炉峰像画屏一样闪过眼帘。由于行程紧迫，他急切想早日见到父亲，计划从交趾返回时再登庐山。不知是不是真的天妒英才，许多天赋早秉的人都在生命最为耀眼的时节如流星一般消逝。不承想，登庐山这一愿景成为一场空梦，也给庐山留下了遗憾，在厚厚的《历代庐山诗选》中独独缺少了大才子王勃的诗，令人惋惜。

溯赣江而上，来到南昌，这里正举行一场文化盛事，王勃可谓是不期而遇。这位天才诗人躬逢其盛，断少不了要跻身其间。洪州都督阎伯屿新修滕王阁成，重阳日在滕王阁大宴宾客。王勃的到来，早已在文化圈中传扬开，阎都督也早闻他的名气，以主人身份邀请他参加宴会。

其实，阎都督此番宴饮，本意是向大家夸耀女婿孟学士的才学。孟学士早已准备好一篇序文，欲在众多宾客面前当作即兴之作书写出来，以博得赞叹。阎都督让人拿出纸笔，假意请参加宴会的文人学士为这次盛会作序。本地文人都知道阎都督的用意，都夸孟学士的文采好，自己不能胜任。王勃不知底细，加上满肚子的文采正等待井喷，所以丝毫不加谦让，接过纸笔，当众挥毫命笔。

一开始，阎都督脸上挂不住，借故起身，转入帐后，吩咐下人去看王勃写些什么。当王勃开篇写道"南昌故郡，洪都新府"，都督便说："不过是老生常谈。"又闻"星分翼轸，地接衡庐"，阎都督沉吟不语。当听到"落霞与孤鹜齐飞，秋水共长天一色"时，都督不得不叹服道："此真天才，当垂不朽！"

《唐才子传》记述了王勃笔下绝作诞生的情景："勃欣然对客操觚，顷刻而就，文不加点，满座大惊。"

一篇旷世之作就这样面对"胜友如云"的惊艳、赞叹，面对滕王阁的庄重典雅、赣江滔滔不息的江水以及南浦云霞和西山烟雨……在江山与众人的瞩目中隆重诞生了。

它来得那么酣畅淋漓，那么风驰电掣，又那么出人意外。才华人人都想拥有，古今中外，莫不如此，但如王勃这样手到擒来的高手，并不算多。

我思忖，王勃的《滕王阁序》也不是完全没有酝酿的时间，进入宴会前，他肯定也捕捉到了一定的信息，宴会展开后，又有孟学士在前面表演性地默写自己的序作……这些都给王勃形成腹稿争取了时间。当然，没有足够的才气，是无法援笔而就的。

《新唐书》说王勃在写作文章前有个习惯：先磨墨数升，然后酣畅淋漓地饮酒，之后躺在床上睡一觉。等到睡醒，提笔开写，一气呵成，不改一字。这种写作习性，似有神助。《滕王阁序》一挥而就，临场发挥到了极致，也是他以往写作才思敏捷的写照。

三

《滕王阁序》的完成，有一个人表现得极度戏剧化，这个人自然是阎都督。他开始是想让自己的女婿在这样的场合露一手，说白了就是今天常用的那个词——暗箱操作。他先泄题，让女婿先做好文章，临场时默写在纸幅上。如果没有王勃的出现，他与女婿唱了一场完美的双簧，结局肯定天衣无缝。观众默许，大家哈哈一乐，也是寻常之事。

但事与愿违，才子王勃在现场。他浑身的诗赋细胞，自然不会顾忌这场双簧戏。何况他是过路才神，得罪了阎都督拍拍屁股一走了之，也未尝不可。按照才子的套路，他胸中酝酿的佳酿，亟须倾倒出来，让大家咂巴咂巴嘴舌，然后醉倒。事实上的效果，有过之无不及。暗箱操作者，开始见王勃接受纸笔，满脸不高兴，退避场外。但不断传来的诵读声和赞叹声，又使他不得不心服口服，脸色自然由猪肝色变为杜鹃花——这座阁楼终于有了属于自己的名篇！他作为统领一方的诸侯，也该为这座楼阁喝彩，他主持的这次文化盛典，迎来了王勃，迎来了真正的《滕王阁序》，他演的双簧砸了值，太值了！

王勃落下最后一个字，与围观的"高朋"拱手，又踏上了通往交趾的路途。等候在赣江边的船只，载着他溯江南去。

阎都督拿起散发着新墨余香的纸幅，越读越喜欢，也忘记了对女婿的承诺。读到最后一行诗时，他发现王勃留了个空当，少写了一个字，不知何意？于是向茫茫人群中寻找王勃，有人禀报，王勃已经走了。

他命人快马加鞭追赶，终于在长风拂柳的岸边追到了王勃溯江而上的船只。船工正挥汗划动着桨板，王勃正举目观望两岸的风光。

岸上的快马嘚嘚有声。官差一边打马，一边高呼，且不停地朝他招手。王勃知道这是阎都督的官差，自然知道所为何事。船未及靠岸，官差问，大人何故在最末一句落下一个字未写？

王勃回答，你回去禀告阎都督，就说那里本来为空，并未落字。

船没有停歇，逆水行舟，不进则退，王勃要赶尚在远方的路程。岸上的人掉转马头，赶紧回去复命。

阎都督和众人等到日落，马蹄声终于踏入他们的耳鼓。官差向阎都督报告空字缘故，再读这行诗时，恍然大悟——槛外长江（空）自流。

绝！妙！众人一齐喝彩。

这道喝彩声，为赣江上的一艘帆船鼓了一道劲风，王勃感觉到航速加快了。

阎都督吩咐属下，赶紧安排工匠打磨碑石，将《滕王阁序》刻写在碑石上，置于阁中最耀目处。他管辖的洪州大地，有滕王阁，又有天下第一才子的《滕王阁序》，谁人能够藐视？

他耳目中，似乎充盈了接踵而至的来客，在观瞻滕王阁和诵读《滕王阁序》后的赞赏与诵读声，经久不绝……

四

建造滕王阁的"帝子"李元婴和写《滕王阁序》的天才诗人王勃，都已经不在世上了。

史书将李元婴描绘成一个"骄奢淫逸"之徒，但李元婴却给历史留下了两项创造性的遗产，一是滕王阁，一是"滕派蝶画"。

李元婴以建滕王阁而一再遭贬，也因此得以善终。李治知道他无心皇权，除了建个楼阁、画个蝴蝶，就是爱点儿钱财，于他的皇权没有丝毫影响，自然不用防备这个皇叔。一次，高宗李治赏赐众亲王彩锦五百匹，给李元婴赏赐的却是两车麻绳，干什么用？李治的诏书说，滕叔有的是钱财，这两车麻绳就赏赐给你穿钱用吧。李治对这样一位毫无进取之志的叔叔哪用得着防备呢？李元婴没有政治上的进取，造造楼阁，是让皇帝省心，皇帝贬他，不过是做给人看看而已，不会要他命。

李元婴虽然政治上毫无作为，但他对中国的艺术还是有独到贡献的。李元婴有的是精力，便将兴趣转移到绘画上，虽然是雕虫小技，却画出了大名堂，他成了"滕派蝶画"的祖师爷。滕派蝶画一经问世，在坊间就有"滕王蛱蝶江都马，一纸千金不当价"的美誉。滕派蝶画历经唐、宋、元、明、清一千多年，一直作为最高统治者的宫廷画派而存在。它以独特的技法和特殊的颜料取胜，用佛赤、泥银表现蝴蝶翅上的鳞片，用各种名贵宝石粉着色，用檀、沉、芸、降香等为颜料，使蝶画富丽华贵、光耀夺目。试想，在暮气沉沉的宫廷之中，安放一幅色彩缤纷、生动欲飞的蝴蝶画，或于屏风，或于墙壁，后宫佳丽自然十分喜爱。因此，蝶画被历朝历代上层社会视为珍品，传承千年而不衰。

滕派蝶画后来流落民间，其传人佟冠亚与鲁迅先生还是世交。鲁迅先生怜惜民族瑰宝，希望后继有人，常常催促年轻的佟冠亚，要将这门被称为"独门""缺门""冷门""绝门"的艺术钻研下去。有幸的是，佟冠亚不负众望，将这门绝技发扬光大，就在滕王阁第二十九次重建落成之后，千里寻根，携蝶画投奔南昌滕王阁，举行了一次别开生面的蝶画展——滕派蝶画鼻祖李元婴创建的滕王阁，在一千三百多年后，迎来了他独创画派传人的蝶画展，这是一个多么瑰丽的阁与画的传奇！一头是李元婴，一头是他的画派传人佟冠亚，中间是一千三百个春秋的蝶画故事，在滕王阁上续写着绚丽的篇章！

《滕王阁序》的作者王勃，自从完成有生以来的最得意之作后，情绪进入一个低谷阶段。一路上，他观景、读书，也偶有诗作。船到大庾岭下，他翻越梅岭，开始了下一段路程的跋涉……

《滕王阁序》像一阵轻风，四处传扬，很快传到高宗皇帝的眼目，他读着读着不禁龙颜大悦，当读到"落霞与孤鹜齐飞，秋水共长天一色"时，拍案叫绝："此乃千古绝唱，真天才也！"

读至最后，一首四韵八句诗，将滔滔才情打了一个漂亮的结："滕王高阁临江渚，佩玉鸣鸾罢歌舞。画栋朝飞南浦云，珠帘暮卷西山雨。闲云潭影日悠悠，物换星移几度秋。阁中帝子今何在？槛外长江空自流。"高宗皇帝连声赞叹："好诗！好诗！做了一篇长赋，还能有如此好诗作结，真乃罕世之才，罕世之才！"

此时，他为当初少年戏耍的斗鸡文逐斥了王勃，感到懊悔不已。高宗朗声问道："现今，王勃在何处，朕要召他入朝！"

一道圣旨，急忙四处查找王勃下落，后来反馈上来的信息说，王勃在南海见父亲的途中，因风浪骤起，掉入大海，幸被船工救起，但因受风寒，不治身亡。

高宗喟然长叹："可惜，可惜！"

我也不禁慨叹，如果王勃能够再长寿一些，中国文学的篇幅之中一定会有他更多的名篇佳构。可惜，可惜！

五

无论前人有过多么神奇的伟绩，历史总是在不断刷新中前行。李元婴和王勃远去了，滕王阁的记忆在不断更新着。人们不停地慨叹历史变迁的同时，又在不停顿地创造着历史。

在一千三百多年的时间段里，滕王阁被毁了二十八次之多，平均每隔四十五年便被毁坏一次。火给人类带来了光明和温暖，但也给人类带来了恐惧。

一座富丽堂皇的建筑物，设计者的精心营造，工匠们一砖一石的垒砌，耗费的材料和工费不知几何，而破坏者只需一把火便可让这一切烟消云散。留下的，便是人们长久的扼腕叹息。火，真是一只贪婪的怪兽，永无止境地吞噬着人类珍贵的杰作。

说到底，火不过是一种物质，真正掌握火的是人。而人在制造冲突与争端时，便无所顾忌地毁灭着一切。试想，滕王阁还能屡毁屡建，而阿房宫、圆明园这样的建筑奇观却无重现的可能，而纵火者却以反叛或侵略者的面目逍遥法外。

滕王阁的劫难是一种循环，据说康熙年间，就曾四次遭到火劫，至乾隆年间又毁三次，康乾盛世，天下太平，毁了再修也等同寻常。

最后一次毁灭，是在民国时期的北伐战争中，驻守南昌城的军阀为了抗拒北伐军的进攻，疯狂烧毁了民房店铺万余间，位于章江门外的滕王阁也没能幸免。虽然纵火者——几个军阀头目都被一一捉拿，最后也宣判了他们的罪行。主持宣判大会的是当时的大才子郭沫若先生，这也许是一个历史的巧合吧。郭沫若是现代诗的开创者，他的《女神》曾广为人知，其历史地位不言而喻。

纵火者得到了应有的惩办，但江南名楼滕王阁却不复存在了。这一巨大损失，人们扼腕叹息之余，开始奔走筹集重修之事。

第二十九次重修，延续时间达六十余年，其间经历的风雨是常人难以想象的。这次重修，有四个人对重建有莫大功劳，即杨卓庵首倡重建、梁思成设计草图、邵式平奔走筹备经费、胡耀邦真抓实干，终于使滕王阁再度崛起。

杨绰庵，民国政府江西省建设厅厅长。他身处民国乱世，念念不忘古阁重建之事。抗战爆发，日寇进犯江西，省会从南昌撤至泰和，杨绰庵就任江西省政府委员兼建设厅厅长及省战时贸易部总经理，为江西工商业发展和全国抗战做出了重大贡献。作为建设厅厅长，他曾规划了两大宏伟计划：其一是勘查大庾岭，开凿贯通珠江和长江水系的运河；其二便是重建江南名楼滕王阁。当时南昌尚在日军占领之下，杨绰庵便思考起了抗战胜利后滕王阁的重建之事，不得不说，他是一位有远见卓识的人。在极端艰苦的环境里，他为滕王阁重建做了许多务实工作。

抗战正酣的 1942 年初夏之际，中国营造学社主持人、古建筑大师梁思成先生偕助手莫宗江考察南方古建筑来到泰和，杨绰庵借此机会，延请梁先生为重建滕王阁绘制设计蓝图。梁思成此时才过"不惑"之年，办事雷厉风行，说干就干，查阅文献，反复思量，在不到一个月的时间里，与弟子莫宗江一道完成了《重建南昌滕王阁计划草图》。

遗憾的是，抗战胜利后，杨绰庵调离了江西，重建滕王阁的愿望成为空梦，梁思成的图稿也被闲置。

新中国成立后，百废待兴，重建滕王阁的呼声日高，当时的省长邵式平觉得重任在肩，为此奔走呼吁。邵式平既是一省之长，又兼任南昌市城市建设委员会主任，他是个有远见卓识和宏伟气魄的领导者，他主持修建的八一大道成为全国著名的三条半马路之一——北京的长安大道、南昌的八一大道、武汉的中山大道为三条，上海的闵行路为半条。邵式平亲自奔走、多方筹措，与文化部商议，并征得同意，后又经省委、省人委同意，决定将建阁计划列入当年国民经济计划，同时致函梁思成先生征求设计图纸的意见。后来因"大跃进"等一连串政治运动接踵而至，重建工作又被束之高阁。

1984 年 12 月，滕王阁重建一筹莫展之际，南昌市迎来了一位巨人——胡耀邦的到来，给滕王阁重建打开了一扇光明之窗。他在视察南昌时谈道："滕王阁是要修的。在旅游上，它可以与庐山联合起来。要修就修好，修高一点，地基搞高一点，要有长远的眼光。"

1985 年重阳节，滕王阁工程开工典礼奏响了乐章，自 1926 年滕王阁焚于大火，整整跨越六十年，一个甲子！

滕王阁，凝结了多少人的辛勤汗水和期盼的目光，终于等来一砖一石垒砌增高的这一天，一层一层地攀爬，似乎要摘取天上的星月……

它再次屹立于赣水之滨，崛起于江南群楼之中，与岳阳楼、黄鹤楼并称为"江南三大名楼"。

它一次次在劫难中倒下又站立起来，历劫不灭，可谓浴火重生，是真正的火凤凰！

六

在历史时空坐标之中，文字的叙述却可以让人看到开弓之后的回头箭。折回历史，探寻一千多年来滕王阁上演绎的文采风流。

"天下好山水，必有楼阁收。山水与楼台，又须文字留。"清代诗人尚镕的这首诗作，道尽自然景观与人文景观之间的微妙关系，它们是相生相济，共生共荣的。山水、楼阁、诗赋三者的巧妙结合，构成了东方古典园林文化特有的审美情趣。

南昌作为江右首府，自古便为南方昌盛之地。滕王李元婴选择在赣水之滨建筑"上出云霄"的楼阁，就像在江右大地栽种了一棵梧桐树，引来了四面八方的金凤凰。首先是王勃乘风而来，参加重九盛会，挥笔写下了不朽名篇《滕王阁序》。自此，滕王阁便声名鹊起。一时间，慕名而来的文人雅士、词客骚人、达官大儒竞相登临，吟咏不绝，形成一道绚丽多姿的风景。

王勃谢世八年之后，滕王阁主李元婴也告别了人世。物是人非，滕王阁在风雨中斑驳，时跨近一百一十年之久，唐人爱惜文物，对滕王阁进行了一次彻底的重修。中书舍人王仲舒来到南昌，正逢新修落成，命笔写下《滕王阁记》，还有一个叫王绪的文人作了一篇《滕王阁赋》，这两篇文章连同王勃的《滕王阁序》，被大文豪韩愈合称于"三王所为序、赋、记"。

又过了三十年，当年写《滕王阁记》的王仲舒，奉旨以御史中丞的身份，任江南西道观察使，再度来到南昌。此时的滕王阁又变得陈旧不堪，木质的栋楹、梁角、挡板门槛都腐烂翘折，屋瓦和地砖也残破不全，当年彩绘一新的图画也洇湿漶漫，不忍卒看。王仲舒看见自己当年写就的《滕王阁记》镌刻在照壁上，字迹斑驳得也快难辨认了。昔日辉煌的

苏轼题匾"滕王阁"

怀素题匾"瑰伟绝特"

苏轼手书《滕王阁序》碑

建筑，几乎成为一座危楼，在众人的呼声中，他当即承诺重修滕王阁。

这次重修非常快，九月动工，十月就修葺一新。看来是局部修缮，将旧貌还之以新。当时有人提出："立功者必待立言以传，此次重修之盛事，该请哪位大手笔作记呢？"

王仲舒也捻着白胡须思忖，该请何人来作这篇记呢？前次虽然自己勉为其难地写了一篇记，但与王勃的序比起来，自己的分量似乎实在是轻了些。好在这次自己主持重修大事，弥补了过去自己不知深浅的鲁莽之举，这次的记，不能马虎了事，得请一位重量级文豪来作。眼下就有一位再合适不过的人选，有"文章巨公"之称的韩愈，正在江西袁州任刺史，何不请他援手相助呢！

韩愈这个刺史，从职位上来说，是受王仲舒这个江南西道观察使管辖的。王仲舒驰书求文，言辞恳切，韩愈哪有推辞之理。何况自己能够载名其上，与三王之名同列楼阁，实乃荣幸之至！

韩愈赴任袁州途中，不是沿赣江而途经南昌走袁水去袁州的。昔日到岭南任职官员多半是从赣江溯江而上，翻越大庾岭到广东的。而韩愈去揭阳却是因为有便船，得以从海上到达揭阳，因此错过了登临滕王阁的机会。

就事论事，一篇文章已然如春笋般破土而出。他欣然命笔，一气呵成，写成一篇《新修滕王阁记》。

韩愈作记后不久，又奉命离任赴京，这回应该是取道赣江北上最为便捷，可惜查阅他的遗留文稿，未曾着一字于滕王阁。大概是他对滕王阁想说的话，都已经在那篇《新修滕王阁记》里全部说完了。

韩愈是唐代古文运动的推手，为"唐宋八大家"之首。后人对他写的《新修滕王阁记》评价颇高，甚至有人认为应列在王勃《滕王阁序》之前。但就文辞本身来说，王勃的《滕王阁序》气势开阔，词藻瑰伟，意境悠远，后人无论怎么写，都很难超越。即便是文章圣手韩愈，留下的这篇《新修滕王阁记》，也难敌王勃那篇才华绝世的《滕王阁序》，这或许是韩愈途经滕王阁而未著一字的真实原因。

七

文化的魅力，就像一支强力黏合剂，将民族大家庭之中的人民凝聚在一起。

一个民族无论多么古老或年轻，都在始终不渝地做着一件事，那就是创造自己的文化。

文化发达的民族，也是世界上最优秀的民族。

我此刻想起了农民用稻草搓绳子的场景，只要不断地给搓动的手掌中添加稻草，身后的绳子便越搓越长。文化的源远流长，就是靠我们不断地给搓动的手掌中添加稻草，使文化这根绳子越来越长。

中华民族一以贯之地创造着神奇的东方文化，而文化这根缆绳串联起了漫长的中华文明史。在这漫长的文明史中，留下了许许多多的文化胜地，供人们瞻仰和拜谒。如荒漠之中的敦煌石窟，齐鲁大地上的泰山、孔庙，无不令人心驰神往。国人对文化的崇拜，似乎比宗教更深入人心。

滕王阁，在气势磅礴的赣江岸边昂然伫立，如一位久历风雨的老者，有着还魂草般的魔力，越千年而不衰。一次次重建，挺立，遭遇劫难，又一次次重建，挺立，周而复始……

让它死而复生的，不是砖瓦建筑得如何美轮美奂，而是它焕发出的文化魅力。

是的，从观瞻本身来说，它耸立于赣江边，层台叠翠，飞阁流丹，画栋雕梁，高接云天。登阁远眺，可见西山迤逦横翠、南浦风轻云浮、鸥鹭翱翔翩飞。凭栏俯望，江水浩荡，舟楫点点，洲渚片片，灯火万家，一派壮美景色！

然而，光有自然的美还不够，只有等到王勃吟出"落霞与孤鹜齐飞，秋水共长天一色"，自然美才注入了灵魂，滕王阁才具有了还魂草般的神奇魅力。它不死，即便倒下了，多少次已成废墟的它，还是被一代代的后来人扶起。

八

耳畔传来"读你千遍，也不厌倦"的歌声，读《滕王阁序》，真正可以做到读千遍而不厌倦。滕王阁不朽，因为有《滕王阁序》的存在而不朽。

今天我们随口而出的一些词语，恰恰就源自《滕王阁序》。王勃骈词俪句的美学魅力，让历代文人为之倾倒。他制造了一种繁复错落、悠远瑰丽的意境，升华出"物华天宝""人杰地灵""渔舟唱晚"这些标示江西地理文化的成语，而"老当益壮""穷且益坚"则成为后人励志的常用语，什么"高朋满座""钟鸣鼎食""逸兴遄飞"则成为宾客聚会的美好词汇……一篇《滕王阁序》，词汇之丰富，用意之精深，后人应用之广，在历代文人的名篇中并不多见。如此，《滕王阁序》当仁不让地成为民族语言艺术宝库中的瑰宝，王勃也当仁不让地成为汉语言文学的杰出大师。

> 神童一诗序，惊起千秋风雨；
> 杰阁频兴废，引来百代才人。

历朝历代，仰慕王勃才名的后来者，脚步踏入江右大地，必然要去登临滕王阁，一览《滕王阁序》描绘的壮美风光。多数文人墨客，都会将登临的感受酝酿成诗篇，传之后世。

从这支登阁题诗作赋的诗人队伍中，我挑选出一批耳熟能详的名字，其中有白居易、杜牧、欧阳修、王安石、苏辙、朱熹、辛弃疾、文天祥、解缙、唐伯虎、汤显祖……登临滕王阁的人以千万计，而题诗作赋的人又有多少呢？谁也说不清，仅元明清三代，可资考证的诗文就有近两千首（篇）之多。此外，还有散曲、杂剧、楹联、匾额及话本等作品，也是洋洋大观，卷帙浩繁。

滕王阁是一座文化大熔炉，它首创"诗文传阁"的先河，并融自然风物、建筑艺术、书画艺术、诗词歌赋和历史人文于一炉，真可谓是一座承载千年中华文化的大殿堂。

　　再次登临滕王阁，我有幸成为这支浩荡文人队伍中的一员。透过尘烟霞光，眺望四面八方，东北面是烟波浩渺的鄱阳湖；南面赣江和抚河双双携手奔来，从东西两侧擦肩而过；越过赣江是瑰伟奇特的西山。而今，赣江两岸有八一大桥、英雄大桥、南昌大桥等飞虹跨越；西岸的红谷滩，一座座现代高楼大厦拔地而起，展现今人豪迈的宏伟蓝图……

　　王勃序诗中最末一句"槛外长江空自流"的景象似乎一去不返，我分明看见每一朵浪花里既荡漾着历史光泽，也闪现今天时代的光彩！

朝士半江西

一

鄱阳湖流域覆盖的江西，是才子的故乡。

明末清初散文家、诗人钱谦益在《列朝诗集小传·乙集》称："国初馆阁，莫盛于江右，故有'翰林多吉水，朝士半江西'之语。"

一代饱学之士，如此推崇江右，绝非偶然。

明朝开国第一考，是洪武四年的事，状元花落谁家，令人翘首以待。这时，一个叫吴伯宗的江西人，进入了那个时代全中国人的视野。他在洪武三年（1370 年）乡试中举，名列第一，为解元；洪武四年会试列二十四；接着在廷试中钦点为状元。吴伯宗渴望的"三元及第"没有实现，但终归是抱得状元归。

"连中三元"的人更是凤毛麟角。明朝宣宗年间，还真有一位叫易智超的江西人，连中武科三元。易智超参加武科考试，力举三千斤巨石，无人能敌。后凭战功官至兵部尚书，为明、清两代唯一以武人出身而升迁为六部官长的官员。其人丰身玉硕，神采照人，且精通诸子百家、诗词歌赋、琴棋书画，时人赞其为"儒将一枝花"。

大明王朝，科班出身，显赫于朝野的江西人有如过江之鲫。纵观整个大明王朝，自洪武四年（1371 年）至天启二年（1622 年）的八十二科中，江西举子共得状元十八名、榜眼十五名、探花二十一名、会元二十一名，约占全国五分之一。洪武朝所录六科的八百八十一名进士中，江西占一百四十七席。而随后建文至天顺六朝年间的二十二科中，江西占五千零九十名进士中的一千零一名，几近全国的五分之一。尤其是朱棣初得天下的永乐二年，江西士子甚至包揽全科的前七名：状元曾棨、榜眼周述、探花周孟简、第四名杨相、第五名王环、第六名王训、第七名王直。有人戏称，全国性的殿试几乎成了江西人的乡试。再有天顺四年到成化五年间，江西实现了科举考试状元"四连冠"，其他省区望尘莫及。

吉安府在科举中扮演了举足轻重的角色。建文二年（1400 年）庚辰科，状元胡广、榜眼王艮、探花李贯都是江西省吉安府人。二甲第一名吴溥，第三名朱培也是江西人，前六名中，江西占了五名。到永乐三年（1405 年）甲申科，鼎甲三人均为江西人，一省连续两科包揽前三名的现象在科举史上绝无仅有。

这些科举成就，当之无愧地形成了当时所谓的"朝士半江西"现象。

在江西，市井中手工匠人、田野中农夫都可能是通文墨、能诗文之士。南昌府"市井多儒雅之风"，吉安府"环吉水百里之疆多业儒"，广信府"下逮田野小民生理裁足，皆知以课子孙读书为事"。

二

在鄱阳湖流域的赣江中段，有个叫吉安的地方。它诞生过一串耳熟能详的人物：欧阳修、杨万里、文天祥、解缙等；它有一座很有名的山——井冈山。它也曾有一个十分响亮的地名，叫庐陵——元朝时改为吉安，取其下辖吉水、安福两县名，合起来便叫吉安。

从地图上可以看出，吉安可以说是水系纵横，以赣江为轴心，赣江以东有恩江（乌江）、泷江（孤江）自东而西汇入赣江；赣江以西有泸水河、禾水自西而东汇入赣江，形似"吉"字的上半部分"士"，由井冈山和遂川出发的龙江、遂川江曲折东流，如"口"字的写意，整个吉安大地，川河在大地上写意成一个大"吉"字。再仔细看，这些河流与赣江的组合，又像一只直冲云霄的仙鹤，也是吉祥如意的象征。

吉安的人文成就，累积起来有其他地方难以企及的高度：

体现在科举成就上：中国一千三百年科举史上，这里取了两千七百多名进士，与排名第二的苏州进士人数一千七百七十一人比，多出近千名，位居全国第一。

要知道，在一千三百年的科举制度下，湖南一共才考了两千四百三十二人，而吉安作为一个地级市，已远远超过一个科举成绩不算差的省份了。拿清代来说，整个大清王朝共举办一百一十二科（届）全国性科举考试，取士两万六千八百四十六人。道光以后，中国人口四亿，平均每年才取一百个进士，四百万比一的概率，可见中进士之难。

吉安人常常拿《明史》说事，因为在那些故纸堆里，吉安的历史被一次次刷新。就拿内阁成员来说，扳着指头数，似乎没有个完。我们也来盘点一下：永乐元年（1403年），明成祖从翰林院选拔能臣入内阁，七名内阁成员江西占了五个名额——解缙、胡广、杨士奇、胡俨、金幼孜。这五人当中除胡俨为南昌人外，其余四人都属吉安府人。永乐三年（1405年）选翰林院庶吉士二十八人入文渊阁，江西吉安府人占十名。景泰年间（1450～1457年），两位泰和人参与军机，陈循以太子少保身份加内阁首辅，萧镃以太子少师位第四。成化初年，陈文、彭时以太子少保，刘定以工部侍郎位列大学士进入内阁，这三人都是吉安人；彭华以太子少傅、尹直以太子少保身份位列大学士进入内阁，这二位也是吉安人……吉安府，似乎是一个盛产大学士与内阁的宝库，随时都能提拔一茬才俊进入内阁，掌管帝国中枢。

史官不得不赞叹曰："一朝之中，首辅、少师、太宰、少傅、尚书等极位之人臣，皆是赣人，江西人之盛，可见一斑。"

吉安有一个"一门九进士，隔河两宰相，五里三状元，九子十知州"的说法，让吉安人感到脸上光彩照人。其实，这一人文盛况，在享有

"吉水人文甲天下"的吉安下辖吉水一县就能全部找到例证——

一门九进士。一般一个家族出一名进士就是光宗耀祖的事，何况一门出多个进士呢。在吉水，"一门三进士"的例子比比皆是。吉水县城原有一座"三曾祠"，是族人为纪念明代曾存仁与子曾同亨、曾乾亨父子三人中进士而修建的。吉水还有"一门同科五进士"，董源坑的董诛、董思德、董思道、董订、董仪父子兄弟叔侄五人，于宋景祐元年（1034年）同中进士，连文天祥也称道"吉水一门而五董，世羡其荣"。至于"一门同科九进士"的例子，举世罕见。宋朝咸谆元年（1265年），吉水却真发生了这样的事，当时赵诸、赵必堂、赵崇煜、赵崇彤等父子兄弟叔侄九人，同中进士，名震京师、誉满天下。在吉水还有一个家族，这个家族出了大才子解缙。解缙与兄解纶、妹夫黄金华一同赴京赶考，三人同登进士第，被誉为"一门三进士"。解族祖上"一门三进士"的事例可查的还不少，如唐天复元年（901年），开基祖解世隆和族人解从龙、解争盛同中进士；南唐升元三年（939年），解稷谟、解醇谟、解益谟等兄弟同中进士；六年后的南唐保大三年（945年），解契谟、解皋谟、解圩谟等兄弟同中进士，说解族是进士世家，一点不为过。

隔河两宰相。自南唐以来，曾任正、副宰相职务的庐陵籍人士有二十四人之多。隔河两宰相，有说是泷江两岸的欧阳修和文天祥。欧阳修是沙溪人，任参知政事，相当于副宰相；文天祥为南宋末年丞相，为吉水县永昌乡富川村人。沙溪和富川隔河相望，故称"隔河两宰相"。还有说是恩江两岸的解缙和胡广，两人先后担任明永乐年间的内阁首辅。解缙与胡广有着非同一般的关系，可谓同庚、同乡、同学、同僚、儿女亲家，演绎了许许多多是是非非的故事，至今为吉水人津津乐道。

五里三状元。王艮是邱陂带原村人，建文二年（1400年）殿试第一，建文帝以其貌不扬将胡广点为状元；刘俨家居水南夏朗村，在正统七年（1442年）中状元；彭教是水南泷头村人，在天顺八年（1464年）中状元。这三个村位居泷江南北两岸，隔约五里路，故曰"五里三状元"。

九子十知州。洪武年间，同水乡银厦村李德裕的儿子、孙子、曾孙以及侄儿、侄孙等九人和一个女婿，先后分别任知州、知府。李常，湖广宝庆知府；李庸修，重庆府知府；李逻，重庆州知州；李适，云南和曲州知州；李昂，广德州知州；李山，深州知州；李琏，坝州知州；李辐，腾越州知州；李献，石屏州知州；玉凤为德裕女婿，知州。婿称"半子"，所以世传吉水有"九子十知州"。

这仅是吉水一县的情况，吉安府其他县，如安福、泰和都是人才济济的地方，也有不少类似的科举成就，在此不再一一列举。

吉安是湘军发迹之地。当年曾国藩的湘军与石达开的太平军打得难分难解，湖口、九江之战，湘军差点全军覆灭，曾国藩连死的心都有了。曾国藩的弟弟曾国荃攻打吉安后组织了一支吉字营，攻城拔寨，湘军才开始扭转败局。吉字营先后攻取景德镇、安庆，最后一举夺得太平天国的国都南京，可谓居功至伟。曾国荃是当时湘军第一悍将，吉字营也成了湘军的主力军，与后来李鸿章的淮军、左宗棠的楚军，形成曾国藩麾下三大主力。而这一切，都始于曾国荃在吉安建军，才有了后来的发展局面。

1927年秋，又一个湖南人毛泽东带着中国工农红军第一军第一师从湘赣边界的浏阳文家市来到吉安的井冈山，开辟了第一个农村革命根据地。后来，朱德、陈毅和彭德怀先后率部会师于此，中国工农红军以此为根据地，星星之火，最后燎原全中国。有人说，湖南是革命的母亲，生育了革命；江西是革命的摇篮，养育了革命。

不少现代中国领袖人物的祖籍地可以追溯到江西。新中国第四任国家主席杨尚昆的祖籍也是吉安，《杨尚昆回忆录》中讲得很清楚，他写道："我们这一族的远祖杨文秀，原籍江西吉安府泰和县，南宋末年曾在湖南永州府零陵县当县令。第二年，宋亡，不能归籍，就在湖南辰溪县定居。清康熙三十五年（1696年），杨文秀的后裔光字辈的堂兄弟三人，先后来到四川，沿涪江北上，分别在蓬溪、遂宁、江油三县落户。"杨尚昆主席的记述，明确了四川潼南县双江镇杨氏家族是从江西省泰和县迁徙的。然而，泰和杨氏的始祖是出自吉水泸塘杨辂的后裔。

邓小平之女毛毛（邓榕）在《我的父亲邓小平》一书中写道："《邓氏家谱》从明时始，记至民国初年。上面写明：一世祖为邓鹤轩，原籍江西吉安庐陵人，明洪武十二年，以兵部员外郎入蜀，遂家广安。"很显然，邓鹤轩是以兵部员外郎的身份奉诏由庐陵（今吉安市）去四川戍边的，并在广安定居。

吉安素称"文章节义之邦，人文渊源之地"。千百年来，这块古老富庶的土地养育了欧阳修、文天祥、杨万里、解缙、罗洪先、邹元标、周必大等一大批名人学士，为中国乃至世界贡献了众多彪炳史册的人文盛事。毫无疑问，这是鄱阳湖水系的骄傲！

三

朱元璋建立明朝初期，满朝文武多是淮西和浙东两地人。淮西党与浙东党斗争激烈，造成两派俱伤。刘基被淮西党胡惟庸以奉旨探病为由阴谋毒害致死。淮西党一党独大，危及朱元璋的执政地位，最后，朱元璋以胡惟庸谋反、蓝玉谋反先后铲除淮西党，解决心腹大患。浙东党和淮西党被清除出权力中心，朝廷亟须新鲜血液。这时，江西士子便当仁不让地站到了时代前沿，成为大明帝国统治集团的中坚力量。

朱元璋为什么将目光盯上了江西士子？江西士子在朝中没有显赫背景，多半以读书上进求取功名。背景单纯的江西士子，可免去建朝之初淮西党与浙东党文臣武将们错综复杂的利益纠葛。同时，江西秉承宋代遗风，素有"文章节义之邦"的美誉，是宋代以来儒家精神传承最好的省区。

文章节义，是江西士子的精神引领。江西多著名文人，不乏开创文体及流派的文学大家和整齐的文学阵容。以诗而言，陶渊明开创田园诗派，黄庭坚创立江西诗派，杨万里创造诚斋诗体，文天祥、刘辰翁等兴起爱国诗体；以文而言，唐宋八大家江西有欧阳修、曾巩、王安石三家……这些文化人为国家、民族丰富了可贵的精神内涵。和平时期，很多人以陶渊明为鉴，不为五斗米而折腰；国破家亡，也有文天祥那样坚贞不渝、不屈不挠的爱国志士擎起一方天宇，堪称民族之脊梁。

在已经翻过的中国历史册页，朱元璋清晰地洞见了儒释道在江西风生水起的过程。江西是培植理学的肥沃之地。且不说湖南人周敦颐，借重江西而使学养器识超拔尘嚣，江西本土的朱熹、陆九渊等人，更是主宰理学玄奥的灵魂人物。在封建时代治国理政，尤其是宋代，已经烙上了深深的理学印记，朱元璋也跳不出其藩篱。囿于时代的局限，没有更好的创新，只有照搬朱熹的理论作为官方哲学。

江西是个有着特殊磁场的省份，对于宗教更是如此，禅宗的中国化，就是在江西得以完成；江西还是道教的发源地和传播地。对于这样一个有着儒释道深厚文化蕴含的省份，朱元璋统领起来，更是驾轻就熟。在夺取政权的道路上，他也曾倚重佛道利器为自己服务。如鄱阳湖大战，他在与陈友谅进行的决定性征战中，就得到了庐山道士周颠的襄助。加之，明朝开国之初，江西的人口规模和经济实力更成为大明王朝这架国家机器的引擎。有证据显示，当时江西一省人口就占全国人口的五分之一。这样的人口规模，使百废待兴的大明王朝有了人力保障。朱元璋将江西人口向因战乱大量减员的省份进行填充输送，开启了"江西填湖广"的雄浑乐章。一个有着广大人口的省份，又有着纵横交错的水运交通体系，自然成为经济和贸易的头号强省。江西生产的粮食、茶叶、纸张、瓷器等重要商品成为这个新兴政权蒸蒸日上的源泉。

江西士子作为一种新鲜血液，也当仁不让地进入大明王朝的中枢，成为帝国这架大机器运转的操盘手。

四

明代三大才子，江西占一个半。

解缙、杨慎及徐渭是明代近三百年历史公认的"三大才子"。明朝三大才子评选标准是博览群书、博学多才。《永乐大典》总编纂解缙被公推为博学第一；超级才子杨慎祖籍江西庐陵，因元末战乱迁徙湖北麻城，后又迁徙四川新都，因此算半个江西人；艺术界名声极其响亮的徐渭，是浙江人。

解缙是明代"三大才子"之首，曾官至内阁首辅、右春坊大学士，参与机要事务，也是大明朝第一任内阁首辅。

解缙生于江西吉水，传说他小时候聪颖绝伦，有"神童"之称。七岁能文，十岁背诵千言文章而终生不忘，十二岁读尽"四书五经"，解缙十九岁参加江西乡试，名列榜首，为解元。

洪武二十一年（1388年），二十岁的解缙与兄解纶、妹夫黄金华同登进士第，授庶吉士。解缙的进士试卷，气势磅礴、文笔犀利，本来主考官拟选为"状元"人选。但其他考官认为，解缙文章中的言论过于尖锐，怕招惹是非，便有意将他往后排。

机会总是给有准备的人留的。由于解缙才学超群，朱元璋十分喜欢他，常常命他随侍左右。一天，朱元璋在大庖西室对解缙说："我和你，道义上是君臣，而情义上如同父子，你应当知无不言。"

解缙止不住心潮澎湃，第二天便递上来洋洋洒洒的万言书。解缙主张政令要稳定，刑罚要简省，要整理经史，制定礼乐，表彰贤士，崇祀先哲，禁绝娼优，易置寺庵，薄赋敛，减徭役，焚经咒，绝鬼巫，裁冗员，节流开源，以纾民困。他又指出朝廷用人当择贤者，授职当重德才；应改革时弊，鼓励农耕，实施授田均田之法，兼行常平义仓之举，免去苛捐杂税，使民休养生息；要尚武以固边防，崇文以延人才；治罪不株连妻子，捶楚不加于属官……

奏疏呈上，太祖称赞解缙有安邦济世之奇才，治国平天下之大略。

不久，解缙又献《太平十策》，再次陈述自己的政治见解，从土地和农村基层组织到封建郡县制，从兴礼乐到办学，从精简机构到薄税赋，从重农桑到备武诸多方面，提出了治国良方。二十来岁的年轻人，治国方略一套一套的，让朱元璋击节赞赏。

但解缙毕竟年轻，不知道朝廷就是政治，政治总是充满着斗争。即便他得宠于皇帝，但政治斗争的残酷性无所不在，就连一朝之主的皇帝，也时刻与大臣之间存在着激烈的斗争。解缙初入仕途，就指责兵部僚属玩忽职守，尚书沈潜对此极为恼怒，上疏诬告解缙。明太祖由此也责备解缙"散自怨"，并贬他为江西道监察御史。

解缙是才子，自有才子的种种优点；当然，更有才子的诸多缺点。优点就是才高八斗，看问题一针见血，令人拍案叫绝；缺点则是傲视群伦，不分场合，出口就显示自己技高一筹。解缙还有一个毛病，就是看不得歪风邪气，一旦被他揪住，连皇帝也敢顶撞。韩国公李善长因罪被朱元璋处死，解缙代虞部郎中王国用上疏为李善长辩冤，他又代御史夏长文草疏《论袁泰奸黠状》，历陈御史袁泰蔑视朝纲，贪赃枉法，陷害忠良之罪。袁泰受到处罚，从此怀恨在心……

真是初生牛犊不畏虎，一副封建帝制时代的"小将"派头。

朱元璋对解缙既爱又恨，爱是因为其才华灼灼，恨是因为其锋芒太露，不知深浅，缺乏涵养。朱元璋的确把解缙看作自己的孩子一样，为了栽培这个青年才俊，他决定挫挫他的锐气，以免他成为众臣攻击的对象。朱元璋召解缙父亲进京，对他说道："解缙需要大器晚成，如果你现在将儿子带回去，将来会更加出众。过十年再来，大用不为晚也。"朱元璋有自己的考量，解缙是个大才，他要为后世之君储备栋梁之材。朝廷险恶，以解缙眼下的脾性，很可能成为众矢之的。将解缙放回家修炼，十年之后，一定是块好钢。朱元璋用心良苦啊！

解缙回到老家，一住就是八年。这八年，他没有闲着，日夜磨砺，校改《元史》，补写《宋书》，删定《礼记》。

洪武三十一年（1398年），朱元璋失信，没有等到将解缙召回朝廷，就驾崩了。解缙没有忘记明太祖所说的话，于是以吊孝之名急急赶回京城。

惠帝朱允炆临朝，袁泰乘机进谗言，将解缙打发到边远的兰州当一个小小的卫吏。无论你有多高才学，多高品性，但一定得有耐性，要熬。善于熬的人，总有一天能熬出头。

建文四年（1402年），时年八十的礼部侍郎董伦，爱惜解缙的才学，替他在朱允炆面前说了不少好话。解缙这才被召回京师，任翰林待诏。

这时，燕军进入南京城，靖难之役以燕王胜利而告终。燕王朱棣即

解缙画像

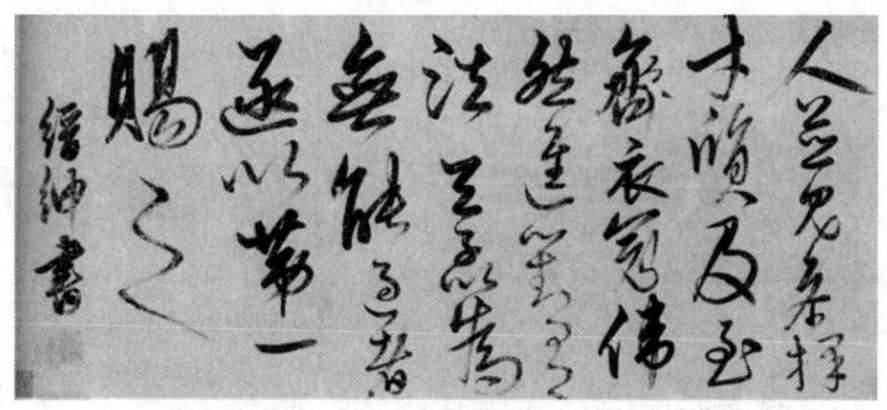

解缙书法

皇帝位，是为明成祖文皇帝。随后成祖建立文渊阁，解缙与黄淮、杨士奇、胡广、金幼孜、杨荣、胡俨等进文渊阁参与机务，明朝内阁制度由此开始。

不久，解缙又迁为翰林侍读学士，奉命总裁《太祖实录》《列女传》。书出版后，朱棣赏赐银币。朱棣是个雄心勃勃的皇帝，他交给解缙一项重要任务，由他主编《永乐大典》。从人生价值来说，这是他人生的顶峰，也是他为世界贡献的最宝贵财富。《永乐大典》是当时倾全国之力打造的一项顶级文化工程。历时六年，动用两万余人搜集整理，其规模远远超过前代编纂的所有类书，为后世留下许多丰富的故事和难解之谜。因此，《永乐大典》被吉尼斯世界纪录称为"世界最大百科全书"。

朱棣对解缙钟爱有加，他对群臣说："天下不可一日无君，我不可一日无解学士。"

春风得意马蹄疾。永乐二年（1404 年），解缙晋升为翰林学士兼右春坊大学士，为内阁首辅。朱棣曾经召见解缙等人说："你们七人朝夕相处，我经常在宫中称赞你们的勤勉谨慎。往往最初容易谨慎，而最终仍然能保持下去的则很难，希望你们能够共勉。"于是各赐五品官服等。立春时，朱棣赐解缙等内阁成员金绮衣，与尚书地位相同。此后内阁进言，朱棣均虚心采纳。

俗话说，伴君如伴虎。永乐三年（1405 年），朱棣召解缙入宫，磋商立太子之事。明成祖想立次子朱高煦为太子，解缙不会见风使舵，直言说："立长子，古来如此。皇太子仁孝，天下归附，若弃之立次，必兴争端。先例一开，怕难有宁日，历代事可为前车之鉴。"朱棣听后面有不悦，对此议犹豫不决。解缙从不察言观色，为说服朱棣，说了一句话："好圣孙！"俩人相视而笑。这一笑，表示皇帝被他的说辞打动了。为了下一代接班人"好圣孙"，朱棣同意立长子朱高炽为太子，朱棣偏爱的次子朱高煦只好为汉王，并令解缙撰写立储诏书，以告天下。

但这也将解缙推到朱高煦的对立面，他的人生厄运也从此开始。

在战争年代，朱高煦确实劳苦功高，高到朱棣都以太子之位相激励。到了和平时期，便埋下了祸根。朱高炽是当然的太子，而朱高煦是朱棣许诺过的太子人选，这就为日后太子之争奠定了悲剧色彩。而解缙也不得不卷入这场生死攸关的斗争之中，最后葬送了性命。

朱棣开始有意冷落解缙，赐内阁其他人二品纱罗衣，独不给解缙。朱高煦落井下石，嫁祸解缙，朝中原有结怨的人也撺掇加害于解缙。解缙贬至交趾。

解缙在外四年，没有接到皇帝诏令便入京奏事，逢朱棣北征未归。俗话说，害人之心不可有，防人之心不可无。解缙乃书生意气，恰恰没有防人之心。皇帝不在，他去觐见太子，见完后，没有等到皇帝回京，就走了。这给耳目众多、觊觎太子之位久矣的朱高煦落下口实："伺上出，私现（见）太子，径归，无人臣礼！"这句话很严重，皇上在京的时候，不见解缙来朝，皇帝偏偏不在京的时候，解缙却来了，还私见太子。这是什么意思，不把他这个皇上放在眼中。朱棣震怒。

这边皇上正降罪下诏狱，那边解缙还蒙在鼓里，一路上见旱情，还写奏折递交皇上，建言请凿赣江，引水灌田。朱棣接到奏疏，更加愤怒，诏令锦衣卫从速逮捕解缙入狱。

解缙在狱中五年，到永乐十三年（1415年）正月十三日，锦衣卫都指挥佥事纪纲给皇帝呈阅关押犯人的名册，朱棣见到解缙的名字，顺嘴说了句："解缙还在里面呀？"没有这句话，也许相安无事，解缙坐他的牢，朱棣做他的皇帝。但有了这句话，下面的人就要猜度了。难道皇上觉得解缙多余？既然皇上没有为解缙开脱，那就弄死他得了。锦衣卫弄死个人，那与弄死一只蚂蚁没什么区别？

纪纲一边招待解缙喝酒，一边命人在雪地里挖坑。解缙醉成烂泥，被拖到积雪很深的坑里，纷纷大雪很快将他埋起来。解缙死了，年仅四十七岁。

解缙去世后，家中财产被抄没，妻子、儿女、宗族都流放到辽东。解缙是朝廷权力斗争的牺牲品。二十二年后，正统元年（1436年）八月，明英宗朱祁镇下诏赦还所抄家产。又三十年，成化元年（1465年），明宪宗朱见深下诏为解缙平反昭雪，恢复官职，赠朝议大夫，谥文毅。

解缙死后，朱高煦谋反被诛灭；解缙曾经阻止讨伐的安南，这些年也屡屡叛乱，明朝设置郡县，不久也被迫撤销……这些都如解缙生前所言，一一应验。

五

与解缙同朝的另一名内阁成员杨士奇，吉安府泰和县人。这位阁老不简单，他一无学历、二无文凭，竟然登上了统领天下士子的最高级别。

杨士奇出生在元末明初的战乱年代。和千千万万的家庭一样，杨士奇幼年贫寒。父亲在远离家乡的湖广当差，在战乱造成的贫病中早逝。孤儿寡母雪上加霜，母亲无奈，只好改嫁，杨士奇只好随继父罗性改姓罗。

起初，罗性并未高看这个继子。突然有一天，罗性改变了对杨士奇的看法。罗家举行祭祖活动，八岁的杨士奇看到这个场面，联想到自己的身世，父亲亡故，却不能祭奠，于是，偷偷地用泥巴塑了个神牌，焚上几支香，跪在地上祭拜。这个场面正好被罗性看见了，令他刮目相看——这个继子将来不是一般人物。他走过去，对继子说，你以后不必跟我姓罗了，你改回你亲生父亲的姓氏吧。

当时，杨士奇吓了一跳，以为继父要把自己赶出家门呢。

原来，继父是个通情达理的好人，他说，你将来必成大器，以后还希望你对我那几个不争气的小子多加照顾呢。

自此，罗性着力培养杨士奇，供他上私塾，还尽量搜集一些私塾里没有的书来供他读。杨士奇天资聪慧，读的书融汇在他的脑子里，加上他独特的社会体验，知识就变得十分适用了。

如果能一直这样走下去，他也可以像其他人那样参加乡试，然后会试，中进士，按照正常渠道进入仕途。但上天没有这样安排，而是让他走了一条出乎意料的途径。

好景不长，罗性获罪被贬到远方，杨士奇与母亲的生活又一次陷入绝境。对于有志者来说，困难不过是磨刀石，而自己则是一把宝剑，越磨越锋利。十五岁的他就到乡村私塾当老师，由于从小就根基扎实，教低年级学生对于他来说并不费事。

后来，县里正式征召他做了一名教育训导。官职虽小，但可以领国家工资，这比私塾强多了。

严酷的现实环境造就了他坚忍不拔、勤奋好学、宽容严谨的优秀品格。他在湖广江夏（今武昌）一带授徒自给。转眼到了建文元年（1399年），杨士奇已三十四岁，朝廷因修撰《太祖实录》，在全社会征集文士编撰人员。杨士奇由王叔英引荐，以布衣身份进入翰林院，充当编撰官。是金子总会发光的。他这个布衣编撰官，并不比那些科班出身的进士差。吏部对进入史馆的文臣进行考试，吏部尚书张紞看到杨士奇的答卷后说："这不是一个编撰人的言论。"于是奏请为第一名。

朱棣经过靖难之役，登上了皇帝宝座。朱棣组建翰林院，将一批有才干的大臣揽入自己的智囊团。杨士奇与同朝的解缙、胡广、金幼孜、胡俨等人由翰林院选入内阁，参与制定国家的大政方针，杨士奇被晋升为翰林院侍讲，正式开始从政生涯。

杨士奇与解缙同朝为官，同为内阁成员，解缙因为太子与汉王的宫斗而成为牺牲品，而杨士奇却安全着陆。

永乐六年，明成祖北巡，命杨士奇与蹇义、黄淮一同留守辅佐太子监国。太子朱高炽喜欢文学，杨士奇则称："陛下应当留意学习'六经'，空暇时候则阅读两汉时期的诏令。诗歌乃雕虫小技，不足为学。"太子表示赞同。

当初朱棣起兵，汉王朱高煦力战有功，朱棣许诺成功后立其为太子。靖难之役结束后，却未曾立他，朱高煦于是很怨恨。朱棣又怜悯年幼的赵王朱高燧，并异常宠爱他。于是汉王、赵王联合离间太子，朱棣颇为心痛。

永乐九年，明成祖回到南京，召问杨士奇太子监国的情况。他称太子孝敬，并说：

杨士奇画像

"太子天资高，有过错必知，然后必改。其存有爱人之心，绝对不会辜负陛下重托。"朱棣听后大悦。永乐十二年，朱棣北征，杨士奇仍留任辅佐太子监国，朱高煦不断说太子坏话。朱棣北征归还，太子迎驾迟缓，朱棣气急下把大量东宫大臣下狱问罪。杨士奇之后赶到，被宥免罪。之后召问太子这件事，杨士奇顿首道："太子仍然和以前一样孝敬。凡是这些迟迎的事情，都是臣等的罪过。"朱棣听后稍微平缓。而其他重臣仍然不断上疏弹劾杨士奇不应当独宥，朱棣遂令将其投入锦衣卫诏狱，之后释放。

永乐十四年，朱棣返回京师，听闻汉王夺嫡的打算以及其他不轨行径，于是问杨士奇。他对答道："臣与蹇义都是侍奉东宫的，其他外人不敢对我俩谈论汉王的事情。但是皇帝两次派遣其就藩，都不肯赴任。现在知道陛下要迁都，马上就请留守南京。这些请陛下仔细考察他的本意。"朱棣听闻后默然不语，之后起身回宫。过了几天之后，朱棣了解了所有事情，于是削汉王的两个护卫营，并将汉王安置到乐安（今山东惠民县）就藩。

永乐十五年，杨士奇晋升为翰林学士，兼任旧职。永乐十七年，改为左春坊大学士，兼任翰林学士。永乐十八年，因为辅导太子有失职被连坐，下锦衣卫狱，十天后即被释放。

解缙被贬后，由解缙同乡吉水人胡广接替解缙为首辅，任职十二年，死于任上。在福建人杨荣当了六年首辅后，由杨士奇接任，在太宗、仁宗、宣宗、英宗四朝，即从永乐二十二年八月至正统九年三月（1424～1444年），在首辅之位连续干了二十一年，是整个大明王朝在首辅位子上干得最长的一位。

杨士奇的人生称得上精彩，但晚景却有些黯淡。一代名臣、四朝元老，其人生履历激励着千万草根，却养了个坑爹的儿子杨稷。

杨稷是个恶少，省藩司、臬司、郡守、县令等各级官员，出巡时都曾经听过或见过杨稷之暴横，就对杨士奇实言相告。杨士奇写信给儿子，语气是如此的软弱和偏袒："某官说你做哪些坏事，若有此事应改过。"杨士奇能断一国之事，却断不了一家之事。终究是溺爱害了儿子，也害了自己的名节。

杨稷巧言令色，给父亲回信说："某官在某地如何枉法，儿子看不惯他的所作所为，曾当面指责他，他心怀不满，所以才诬蔑儿子。"

从此，凡说儿子不好的话，杨士奇都不信。

但受杨稷祸害的人，不间断地向官府控告杨稷的恶行。朝廷闻知此事，考虑杨士奇历仕四帝，功在社稷，不忍心治杨稷的罪。杨稷为非作歹，积累人命数十条之多，恶不可言，朝廷不得已，只好将杨稷逮捕归案付之法司。

一世英明的杨士奇，怎么受得了这样的打击。天日昭昭，儿子的罪恶难道不是他溺爱和纵容所积累的吗？给事中廖庄、御史陈员韬等，联名弹劾杨士奇"不能教子齐家，何以服人、事上？"是啊，"齐家治国平天下"，连家都齐不了，何以治国平天下。在朝首辅二十余年，竟然养出了个恶子，是老天对他的惩罚。

杨士奇在儿子的恶行和朝臣们的议论声中去世。

六

庐陵府的确是人才济济。吉水出了解缙、胡广，泰和又出了杨士奇、王直、陈循，峡江出了金幼孜，这些都是谋国重臣。

杨士奇之后，江西在朝中的重臣有王直、陈循等人。这里说说"土木堡之变"后的三位江西人的作为。

明初期的仁、宣之治，后人多将功劳归于三杨之辅政，"是以明称贤相，必首三杨"。所谓"三杨"，是杨士奇与杨荣、杨溥的合称。胡广去世后，大明王朝的内阁便由"三杨"掌控。

英宗朝是明代由前期进入中期的转折时期，正统之初，三杨皆在内阁，一般认为"正统之初，朝政清明，士奇等之力也"。但仔细察来，宦官坏政，土木之祸，皆萌发肇端于此时，三杨有不可推卸的责任。三杨到晚年，赖在位子上不下来，自然阻止了后辈人才的发掘，使明朝这艘大船驶向未知的险地。

三杨去世后，由于朝中没有重量级的大臣制衡内宫，致使宦官王振为所欲为。明朝走向衰败由此发端。

明朝这条大船由朱祁镇掌舵时，开始偏离航道。为什么会这样呢？皆因朱祁镇登基时才九岁，一个娃娃当皇帝，自然没有什么分辨能力。要么听大臣的，要么听太监的，要么听太后的。可是大臣和太后，不会时时刻刻与小皇帝在一起，唯有太监王振时刻不离左右，是对小皇帝影响最大的人。

朱元璋时期规定太监不能识字，意在禁止中官参政。但朱棣发动政变后，破坏了朱元璋制定的一系列政策，包括进入内宫的太监识字与否也一概不问。这样就使太监能够伺察人意，小皇帝的主意大多来自这个太监。久而久之，英宗皇帝变得自己毫无主张，什么都听王振的。甚至到了王振不在身边，就精神彷徨，茶饭不思的地步。王振是个有心机的人，最初朝中有三杨，内宫有贤明的太皇太后张氏视事，王振小心谨慎。但随着张太后去世、三杨步入老境，王振开始有恃无恐。后来三杨举荐的内阁首辅曹鼐，也与王振的参谋有关，是三杨与王振权力平衡的产物。曹鼐首辅期间，王振更加飞扬跋扈，到了无人可以制衡的地步。实际上，此时英宗皇帝的思维基本被王振所控制，皇帝成了太监的傀儡，才闹出史上最大笑话——土木堡之变。

正统十四年（1449 年）七月，蒙古瓦剌部首领也先分兵四路，大举南侵，明军溃败，塞外城池仅剩一座大同（今属山西），也被也先包围。宦官王振鼓动英宗御驾亲征。英宗是个草包皇帝，一切行动听从王振指挥。所率五十万精兵，在王振指挥下，像豆腐块一样，被也先砸个稀烂，最后酿成"土木堡之变"，英宗皇帝竟成了也先的俘虏。

当初，英宗亲征前，担任吏部尚书的江西泰和人王直首先站出来，率群臣上疏说："如今秋暑未退，天气炎热，旱气未回，青草不丰，水泉犹塞，士马之用不甚充足。况且车驾既行，四方若有急奏，哪能尽快抵达？其他不测之祸，难保必无。万望皇帝取消亲征之令，另行选将前往征讨。"英宗对众大臣的谏阻，一句也听不进去，非要亲征不可。

论才学和品格，王直比杨士奇更高一筹。王直与杨士奇既是同乡，又是儿女亲家。杨士奇晚节败于儿子恶贯满盈，而王直年岁越大，名声品德越被推崇。

土木堡之变的坏消息传来，王直作为群臣之首，为稳定政局，坚定支持于谦坚守北京的主张，为北京保卫战的胜利做出了贡献。与此同时，与王直同乡的陈循对稳定时局也起到至关重要的作用。

当时的首辅曹鼐随英宗亲征，内阁由陈循主持工作。在满朝文武大臣人心散乱的情形下，陈循对众臣说："虏寇理屈而情畏，势必不敢久留圣驾，当立皇太子正位东宫，以郕王（朱祁钰）辅佐，再想办法把皇帝迎回来，其他的不用多说了。"宦官金英说："英宗的长子只有两三岁。"陈循回答说："但生一日，即是主人。"于是太皇太后下诏，立英宗仅有两岁的儿子朱见深为皇太子，以郕王朱祁钰监国。

陈循临危不乱，办事章法有度。他力推于谦为兵部尚书，这为即将临近的大战储备了军事将领。不多日，他又荐举商辂、彭时（正统十三年状元及第，庐陵安福人）入内阁，协办机务。

此时，也先率部准备继续南下，一些胆小的官员鼓噪迁都南逃。翰林院修编徐有贞，以星象、历数为依据，说："天命已去，只有南迁才可以纾难。"陈循审时度势，与吏部尚书王直等重臣，坚决反对南迁，主张以保卫京师为根本大计。据户部尚书——当时同为内阁大臣的萧镃（泰和人）为陈循所撰的墓志铭所说："至若徐有贞建言南迁，以淮为界，尤公力诤阻也。"当时的明朝一旦南迁，就可能酿成北宋末的惨剧。在历史的关键时刻，陈循、王直等江西人为保卫国家做出了巨大贡献。

很快，一个以朱祁钰为监国，以陈循、王直为主脑，以于谦为军事指挥的京师保卫集团凝聚起来。眼看要沉沦迷茫的大船，很快修复并调整部署，朝着正确的方向航行。

正统十四年（1449年）十月十日，也先率大军挟持英宗抵北京城下，列阵西直门外，把英宗放置在德胜门外的空房内，并派信使传话："现在把你们的皇帝送回来了，请立即派大臣胡滢、王直、于谦出来接驾。"陈循说："这肯定是诡计，不可派大臣，应先派一般官员前去问安、探望，弄清虚实。如果英宗果然在，而也先诚心送归的话，即去迎接，不可延缓。"探望者回来报告说："看到了太上皇（英宗），敌人无意将他奉还，只是将其作为入侵的筹码罢了。"

陈循足智多谋，临危不乱。他发布命令："这样的话，应当安排大将守城，不得轻易出战。"并密令城外各个马坊焚烧所存积的马草，以困敌方军马。敌人多为骑兵，见积存的马草起火，急得跺脚，惊恐不安。

战马无饲料，也先的骑兵不能久留。

陈循又出计谋，招募五名勇士，潜行去宣府、大同、永平、辽东等边防守军处传令赴京勤王。所派五个人只有二人到达，其余三人被敌截获。也先看到城内的调兵命令，开始惧怕。

陈循又采取攻心战，派人写了大量的鞑靼文和汉文宣传单，趁夜散发到敌人军营，极大地张扬明军威势，涣散敌人军心。以加封"国公"、奖励万金等高官厚禄悬赏也先首级。这招更令也先夜不敢寐，终日惶恐不安。

在战场上，于谦、石亨率军与瓦剌军战于德胜门外，瓦剌军大败。随后瓦剌军转战至西直门，也被明军击退。瓦剌军不甘心失败，又在彰义门组织进攻，明军失利，瓦剌军攻到土城，遇到阻遏，推进无力。因天寒地冻，援兵将至，内外交困的也先不得不率骑脱身逃命……土木堡之变，五十万大军覆没，整个大明帝国处在风雨飘摇之中。而北京保卫战，由于陈循等主心骨思想坚定，智慧超群，内外军民众志成城，最后完胜瓦剌军，使大明王朝转危为安。

这场大战，考验了明王朝的意志，在诞生民族英雄于谦的同时，也诞生了陈循、王直这样的国之柱石。

历史往往是一笔糊涂账，有功于国的人往往成为奸佞小人的死敌。他们可以面对强敌而抗争，但面对奸佞小人的阴谋却束手无策。

当时，也先觉得俘虏的英宗皇帝朱祁镇毫无价值，于是释放他回京。这一招不能不说是一个诡计。朱祁镇回来时，朱祁钰已经坐在皇帝位子上，而且有了一番大作为，平定了朱祁镇惹下的祸端不说，国家大局比朱祁镇在位时更加稳固。朱祁镇无奈，只好委屈地做了太上皇。

不安心做太上皇的朱祁镇，终于等到了朱祁钰重病的一天。朝廷内的异己分子开始蠢蠢欲动。在石亨、徐有贞等人的谋划下，明朝的历史有了"夺门之变"，英宗复辟被载入史册。

明英宗对夺门之变的功臣大加封赏。徐有贞兼任翰林学士，进内阁参与机枢政务，又加兵部尚书。因平素求陈循推荐自己而落空的徐有贞，恃势诽谤陈循，胁迫六科弹劾陈循，但英宗没有追究。第三天，徐有贞再发动六科十三道进行弹劾，可怜当年北京保卫战的功臣于谦、王文被逮捕下狱，诬以"更立东宫""谋迎立襄王子"等罪名，定为谋反，处极刑。英宗认为于谦曾有大功，不忍将其杀害，但徐有贞却进言道："不杀于谦，复辟之事师出无名。"英宗这才将于谦、王文处斩。可惜一代英雄，死于奸佞小人的舌剑之下。

当时，在内阁主事的陈循与萧镃，也因"知情与谋"，陈循被刑杖一百并流放铁岭卫（今辽宁铁岭），萧镃被逮捕下狱。至此，一批拥戴景泰皇帝的文武大臣被撤职、充军和杀害。

真是一波三折，朝廷内总是险象环生。一会儿上演忠臣良将保家卫国的大戏；一会儿又上演奸佞小人得志猖狂的闹心剧目，看得人惊心动魄，切齿痛恨奸佞小人的同时，也为正直忠臣和民族英雄蒙受不白之冤而鸣不平。

值得一提的是，当明英宗被掳，身边的众多侍从抛下英宗争相逃命时，唯有一个新昌（今江西宜丰）籍锦衣卫袁彬，寸步不离。英宗的吃喝拉撒等生活琐事以及与瓦剌首领的交涉等事宜，全由袁彬承担。每当入夜，北风刺骨，袁彬解开衣服将英宗冻僵的脚裹入怀中取暖；每逢转移，车马不能行，袁彬便背着英宗行走；特别是英宗丧失信心仰天长叹时，袁彬总是反复开导，坚定英宗回国的信念。最终，英宗安全归国，袁彬用赤胆忠心完成了保卫英宗的重任。

七

在明朝中叶，发生了影响深远的大礼仪之争。明世宗以藩王身份即皇帝位，因其生父的称号问题而引起一场规模巨大、旷日持久的皇统之争。

大礼仪之争，是由大臣议决皇帝的礼仪之事而引出的一个历史事件。大礼仪之争，开始是以杨廷和为首辅的朝中大臣与皇帝之间的争论，随着事态发展，一些臣子开始站在皇帝的立场，与杨廷和等分庭抗礼。争论的结果，当然是皇帝赢了。而杨廷和等认死理的大臣自然遭到了程度不同的打击排挤。

大礼仪之争的主角杨廷和，祖籍庐陵（今吉安），先世为避元末徐寿辉部将欧祥之乱，迁徙至湖北麻城，再避红巾军之乱，迁入四川新都。故时人往往把这位颇有建树的首辅和他的儿子——大明三大才子之一杨慎看作半个江西人。

这场大礼仪之争，杨廷和首当其冲，因为他坚持按老祖宗的规矩来处理新问题。而后来站在杨廷和对立面的桂萼，也是地地道道的江西人，则善于从新事物中窥见新思路，终于战胜了杨廷和等守旧派。大礼仪之争，体现了三个方面的利益冲突：一是当时旧阁权集团与新进士大夫的冲突。二是新皇权与旧阁权冲突的交织。三是正统程朱道学（理学）与新兴王阳明心学的冲突和较量，其实质是天理与人情之争的反映。

明世宗的即位方式在中国历史上比较独特，且没有前例可循。武宗生前没有依据相关规定和传统礼制指定接班人，这件事只好由武宗之母慈寿皇太后和内阁首辅杨廷和来完成。本来，最佳的弥补方案就是从武宗侄子辈中选出一人，过继给武宗，以武宗之子的身份继承皇位，这样便能最大限度地减轻新君即位时的政治震荡。但杨廷和等人不知拨错了哪根弦，选择了武宗的堂弟朱厚熜来做继承人。

当初，杨廷和以为将皇位给了世宗，世宗便会知恩图报，一切听从他的安排。于是，杨廷和胁迫世宗改变武宗堂弟的身份，而要以武宗亲弟的身份继承皇位。问题随之而来，既然是武宗的亲弟，那世宗的父母就需要改换。

如果皇帝软弱一点，这事也就过去了。但偏偏世宗是一个倔强的人，他并不屈服于杨廷和这种生硬的安排。要么，杨廷和退一步，不那么较真。皇帝的家事，他爱怎么折腾就怎么折腾，那大明王朝就可能是另一番景象。

但一切假设都无济于事。嘉靖即位后，皇帝与大臣之间的一场旷日持久的大礼仪之争拉开了序幕。

一开始，世宗孤家寡人，整个朝廷没有一个人站在他的立场为他说话。他虽是皇帝，但朝中大小事都是杨廷和说了算。可气的是杨廷和搬出理学经典来糊弄他，要将他亲生父亲改换成叔父。世宗在心底对杨廷和大为不满，但苦于找不到同盟者。

两个月后，一个叫张璁的人吃了熊心豹子胆，跳将出来上疏要为皇上"明辨其事"。世宗得到这份奏疏，自然高兴得手舞足蹈，他终于有了第一个同盟者。但接下来，大出世宗所料的是，张璁很快遭到杨廷和的排挤打压，被黜出京师到南京为官了。第一个回合，以张璁失败，世宗无力、无奈而告一段落。

这件事就这样平心静气地过了两年，杨廷和也许认为大礼仪一事已经消停了。但事情却在暗中向着反面发展。世宗即位的第三年十一月，一个叫桂萼的江西余江人粉墨登场。他就"大礼仪"再次上疏，掀开了"大礼仪"第二场争论。桂萼的出场，代表一种新思潮的萌芽。当时，以王阳明为代表的心学在全国暗潮涌动，大有掀翻程朱理学的架势。阳明心学在江西风生水起，作为江西士子的桂萼自然也受到程度不同的影响。

桂萼上呈奏疏时，附带了席书当年写的赞礼奏疏。世宗于次年正月得到奏疏，读后心神一振。本来已如死灰的"大礼仪"又因桂萼、席书的奏疏而复燃起来。

世宗将奏疏发给内阁复议。杨廷和不得已召集南京的反对派团体进京商议。但桂萼等人走到凤阳，就接到"不必来京"的通知，又返回南京去了。

桂萼等人在南京不断陈述自己关于大礼仪的主张，锲而不舍，终于获得进京的敲门砖。当时，受杨廷和掌控的刑部已罗列好这干人等的罪行，准备将这些反对派杀头，让他们彻底销声匿迹。恰在这时，世宗站了出来，他太需要同盟者了。他晋封桂萼等为翰林学士，公然充当了桂萼们的保护伞。

第二个回合，双方力量悬殊，桂萼、张璁坚持己见，对于群言汹汹毫不畏惧，让世宗看到了胜利的希望。斗争令桂萼等人尝到了甜头，这使他们的同盟者日益增多，也预示着杨廷和等保守势力的瓦解。杨廷和不屑与桂萼、张璁等人同台为官，愤而辞归。

世宗乘势在左顺门召见群臣，宣诏生母章圣皇太后之尊号去"本生"二字。原先的保守派诸臣力争不可去。状元、庐陵后裔杨慎接着鼓动说："仗节死义，正在今日。"杨慎胸中荡漾着庐陵人特有的"文章节义"情怀。左顺门外齐刷刷跪伏着当朝大臣，口中高呼高皇帝、孝宗皇帝，恸哭哀号。

世宗此时才十七岁，却丝毫不被群臣的呼号所压倒，两次命礼监谕退，群臣坚跪不起，世宗震怒。他使用皇帝权柄，将一百三十四人投入监狱，一百八十人受到杖责。带头闹事的杨慎经两次廷杖，死而复生，被充军云南永昌卫（今保山市）。

世宗皇帝通过暴力镇压，清除了朝廷中的异己，朝中大臣一概换成大礼仪之争倒向他一边的臣子。至此，大礼仪最后一场辩议终于顺利通过。

桂萼等赞礼大臣以胜利者的姿态分享了这一成果。而旧阁权集团的首领杨廷和被削职为民，一代才子杨慎也始终被世宗压制，最后在云南郁郁而终……

八

嘉靖初年，内阁中有一位年轻的阁老，叫费宏。他是江西铅山人，以家乡著名书院"鹅湖"为名号。他十三岁中信州府童子试"文元"，十六岁中江西乡试"解元"，二十岁中殿试"状元"。由于深受宪宗皇帝朱见深青睐，被任命为翰林院修撰，为明代最为年轻的状元翰林。

大礼仪之争时，多数人都以杨廷和马首是瞻，唯独年轻的费宏看法与杨廷和等人相左。他觉得杨廷和顽强地坚持己见，使世宗难以接受，闹得君臣不和，实非良策。

世宗看出内阁中四人态度有别，觉得费宏与自己一条心，是日后重用的人。嘉靖三年二月，杨廷和致仕，世宗果然提拔费宏为吏部尚书并担任首辅。

大礼仪之争，朝中大臣本来人心惶惶，过去追随杨廷和的廷臣见费宏在朝中掌舵，也便安定下来继续为皇朝效力。

费宏有一副刚正不阿的骨头。当时刘瑾为首的"八虎"擅权乱政，公卿百官无不噤若寒蝉，费宏却从不正眼瞧这些一时得势的小人。刘瑾败亡后，他主持修订那些被破坏的规章制度。武宗正德六年，费宏以文渊阁大学士入阁，与李东阳、杨廷和、梁储同辅国政。那个时候，国家安定，得到朝野一致称赞。

费宏年轻得志，但为人和顺，前辈重臣对他提携有加。待他位高权重时，他对待后生也一如前辈那样提携，颇受朝中上下的尊敬。由于世宗也很尊宠费宏，这使张璁、桂萼十分妒忌。他们自恃赞礼有功，常常在世宗面前诋毁费宏，甚至在奏章上也出现诋毁辱骂的言辞。怪不得杨廷和见张璁、桂萼得势，便早早致仕归乡。张璁、桂萼如此嚣张，但皇帝并不责怪他们，费宏只好要求致仕。

费宏归乡后，张璁、桂萼先后入阁。费宏出局，是嘉靖有意为张璁、桂萼入阁创造条件。

说到费宏，再倒叙到当初武宗时代发生的一起"宸濠之乱"。这次变乱，是由王阳明平叛，家喻户晓，岂知费宏在平叛过程中也立下过不小的功劳呢。

宁王朱宸濠买通皇上宠臣钱宁、兵部尚书陆完等人，扩充护卫，壮大自己的军事实力。费宏作为首辅，闻知此事，严峻地说："他早就有贰心，给他增添护卫，就是给老虎添翅翼。"这话得罪了钱宁和朝中与朱宸濠勾结的官员，更得罪了飞扬跋扈的朱宸濠。

钱宁派人日夜盯梢，守候在费宏门前，希望找到见不得人的事扳倒他。但费宏清正廉洁，蹲守几个月毫无线索。钱宁贼心不死，就在武宗面前说费宏的坏话，并与觊觎其阁位的人沆瀣一气。御史余珊弹劾费宏的从弟费寀不应留在翰林，将这一责任归罪于费宏。武宗责怪费宏，费宏由此引咎辞职。

费宏画像

费宏离京，朱宸濠的同党派人尾随其后，伺机报复。船到山东临清，这帮亡命之徒放火烧了费宏的船。费宏回到家乡后，朱宸濠又唆使一帮流氓恶棍，在费宏家中偷抢打砸，甚至烧了他家的房子，毁坏他家的祖坟。费宏只好携家带口躲入一座城池，朱宸濠又指使一帮地痞扮成盗贼攻打城门。费宏的哥哥和弟弟遭遇绑架，哥哥被杀死。

宁王朱宸濠果然在正德十四年起兵谋反。朱宸濠在起兵的同时，派出数十骑去捉拿费宏，结果被地方官刘清源率部打败。知道宁王造反的消息，费宏与费寀连忙组织义兵，反抗这个无恶不作的宁王。这时，右金都御史、南赣巡抚王阳明在吉安调集兵马，准备进攻朱宸濠的老巢南昌，以断朱宸濠的退路。

费宏致仕归乡，屡次受到宁王朱宸濠的侵扰。作为一位受过天恩的退养朝廷大臣，他毅然站出来积极参加平叛。他为王阳明平叛出谋划策，并飞马给王阳明送去自己对军事部署的意见。

朱宸濠的失败是必然的，一帮酒囊饭袋，能起些风浪，但终究掀不翻大船。朱宸濠发兵顺赣江入鄱阳湖，沿湖两岸的州县很快落入他手。他乘势进入长江攻打安庆，岂料螳螂捕蝉，黄雀在后，王阳明在背后端了他的老巢。双方在鄱阳湖缠斗，最终王阳明将朱宸濠打败。王阳明要将费宏、费寀平叛的谋划之功上报朝廷，费宏却拒绝了。后来朝廷派人来实地了解平叛经过，也知道了费宏、费寀参与平叛的细节，在奏疏中如实向朝廷报告了。

九

大礼仪之争宣告结束后，一大批赞礼大臣，如桂萼、席书、方献夫成为世宗的新宠，而张璁、夏言、严嵩等也相继入阁，成为一代新贵。

后来，这些新贵们为争首辅又极尽排陷之能事，助长了炽烈的阁臣争斗之风。张璁取代费宏之后，又现夏言代张璁、严嵩逐夏言的惨烈斗争。

同样是江西人，贵溪夏言与分宜严嵩就人品而言，可谓一个天上一个地下。夏言能够宽容做到对仇人网开一面，而严嵩却阴狠手辣将恩师往死里整。这里面无他，只有"人品"二字。一个是君子，一个是小人。君子一旦让小人钻了空子，便是万劫不复。

夏言正直敢言，勇于承担，他作为嘉靖朝首辅，对国家可谓劳苦功高。而严嵩呢，曲意逢迎，溜须拍马，还是个耍阴谋诡计的高手，结党营私、拼死捞钱也是他的强项。嘉靖用这样一个人管理大明帝国，难怪江河日下，一日不如一日。

严嵩顺着夏言这架梯子往上爬，最后一脚把夏言踹入深谷。夏言引入这样一个败类进入帝国中枢，有失察之责，自然要受到惩罚。而处罚，当然是来自他亲手提携的人给他挖的坑。

提到严嵩，至今国人都恨得牙痒痒。首要的一条，他结党营私。朝廷半数官员出于严党，个个都是巨贪，他的儿子严世蕃更是天字第一号巨贪。其次，他残杀忠良。夏言、杨继盛、沈炼都死于他手。其三，他误国。庚戌之乱，他命兵部尚书丁汝夔，坚壁不战。俺答在京城外肆意焚掠，最后明朝答应通贡才大摇大摆地离去。事后皇帝追责，他将责任全部推给丁汝夔，并将其斩首以塞责。其四，严嵩父子狼狈为奸、卖官鬻爵。当时京城的百姓们都称严嵩父子为"钱痨"，卖官鬻爵的恶行可谓罄竹难书，只举一例便知问题有多严重：戍边大将军仇鸾原为甘肃总兵，因贪污军饷、接受贿赂被弹劾入狱。他以五千两黄金贿赂并拜严嵩为义父，被无罪释放，调任大同总兵。正是这个仇鸾，面对俺答挥兵南下，自知难以抵抗，便用重金贿赂他不要攻打大同。得到好处的俺答知道大明的边防废弛已久，就直接挥师东进，朝大明帝国的京城杀来，这才导致了庚戌之乱……嗨，作为江西人，有这样一位古代乡党，即便几百年过去，我的脸上还有火辣辣的灼烧感。耻辱啊！

夏言与严嵩本来并非一路人，皆因严嵩巧言令色，而聪明的夏言在提防小人方面完全丧失免疫力。

当时，吏部尚书夏言深得世宗宠信，严嵩瞅准时机，拼命巴结夏言。一次严嵩在家中设宴，令下人去恭请夏言赴宴。但夏言却不像严嵩想象的那样好请，下人独自回来了。严嵩并不气馁，亲自跑到夏言家，扑通一声跪在地上，不去就不起来。夏言缠不过他，就只好随严嵩去赴宴。

夏言不去赴宴还好，赴宴后如灌了迷魂汤。严嵩劝酒布菜，一番甜言蜜语，夏言便不知不觉上了他的道。夏言自此将严嵩引为知己，在朝中极力举荐。最严重的是，他在一个适当的时间，隆重向皇帝推荐了严嵩。严嵩既能讨得夏言的欢心，自然也有让世宗喜欢的绝招。严嵩苦心钻研世宗的嗜好。世宗好道，长年住在西苑万寿宫，修仙证道，以求长生不老。世宗因为建醮设坛、祷告天帝的需要，特别注重祷告词。祷告词是用朱字写在青藤纸上的一种专用文体，也叫"青词"。世宗认为，青词写得好与不好，关系到祷告是否灵验。青词写作便成为嘉靖政治生活中的头等大事。世宗选拔内阁首辅的先决条件，就是看其青词写得好不好。夏言当然是个青词高手，他得到恩宠也不得不说是青词帮助了他。但令夏言失算的是，严嵩的青词更胜他一筹。对于世宗这个阅读者来说，他已经对夏言的青词有了审美疲劳，而严嵩的出现，无疑给他的视觉点燃了烟花，顿时璀璨万分。本来夏言一直以来得到世宗的独宠，现在这份荣宠不得不分拨一部分给了严嵩。由于严嵩有逢迎之功，久而久之，世宗喜欢严嵩更多了一些。这个时候，夏言才感觉到自己做了一件愚蠢的事，但为时已晚。

严嵩很快被提拔为吏部尚书，并安排进入内阁。过去严嵩是名低级官宦，现在却与夏言平起平坐，是皇帝身边的红人。

严嵩开始超车，一有机会便在世宗面前说夏言的坏话，使世宗厌弃夏言。夏言果然被罢官。严嵩开始为所欲为，在朝中大量安插自己的亲信，扩展自己的势力。

过了两年，世宗突然想起夏言，于是再次起用他。夏言不用冥思苦想，也知道谁给自己挖了坑。可惜他太善良了，重新坐上首辅宝座的他，并没有对严嵩穷追猛打。世宗给了他报复的机会，他自己没有给自己机会。而权力欲望熏心的严嵩，表面上洗心革面，背地里恨得咬牙切齿，一心要除掉这个绊脚石。

正人君子的谋略里，永远缺少对付小人阴谋诡计的招数。此时，正值鞑靼入侵大明，陕西总督曾铣一边动员手下夺回河套，一边上呈奏疏，提出御敌之策。夏言在世宗面前夸赞曾铣的能力，世宗也有夺回河套的打算，三人可谓不谋而合。

什么是小人？小人就是你在前方为国家利益冲锋陷阵的时候，他在后面给你下套子。

严嵩买通世宗的近侍，让他们在世宗面前说夏言和曾铣的坏话。同时，严嵩又贿赂边将，让他上书诬告夏言与曾铣勾结，有不可告人的目的。世宗相信了严嵩的一面之词，下旨让夏言罢职回乡。第一步达到目的后，他紧接着开始了第二步方案。他唆使爪牙在宫中放风，说夏言离京时口出怨言，毁谤圣主，说当初皇上亲口下谕，命夏言拟旨褒奖曾铣，到头来却又出尔反尔，还罢了他的官。世宗听到这些传言，恼羞成怒。恰在此时，俺答率军侵扰宣府，世宗将这些责任归罪于夏言和曾铣，是他们收复河套的计划激怒了俺答，引来报复。这些事件碰撞，证实了严嵩的预见。世宗认定是夏言别有用心，于是，下令斩杀夏言。

至此，严嵩完成了自己独揽大权的计划。权倾朝野的他更加飞扬跋扈，胡作非为。大明王朝经他一折腾，元气大伤。他的所作所为，必然钉上历史的耻辱柱。

不过，恶人自有恶报。严嵩的操行，又被另一个更高明的学生模仿。这个人便是徐阶。

严嵩晚年被世宗疏远，世宗转而亲近徐阶。徐阶授意邹应龙弹劾严世蕃诸多祸国殃民的劣行。嘉靖皇帝勒令严嵩致仕，并把严党的智囊首脑严世蕃打入诏狱，后严世蕃被问罪处斩。

已被削职还乡、家产被没收的严嵩，是否会想起被他害死的那些忠臣良将？他死的时候，寄身于墓舍，既无棺木下葬，更没有前去吊唁的人……

对于严嵩这种大奸大恶，可以说，他是江西文化体系的破坏者。江西文化一向以文章节义为核心，到了严嵩这里被彻底颠覆。俗话说，"一只毛毛虫，打烂一锅粥"，自严嵩后，江西朝士的政治地位一落千丈，"朝士半江西"的局面一去不复返，而且渐有日薄西山的冷清态势。细究起来，是严嵩的遗毒弥漫的结果。

惩恶扬善，伸张正义是一切文化的主流。江西文化的核心就是文章节义，抛弃了这一条，这个人哪怕爬得再高，也会被摔得最惨，遭到历史的唾弃！

十

说到"朝士半江西"，这段明朝中叶以前的典故，到严嵩之后，江西籍的内阁大臣似乎一夜间从朝廷中被扫地出门了。

除了严嵩造成的恶劣影响外，还有一个与此密切相关的故事。

在大明王朝满朝大臣之中，各色人等，外表衣冠楚楚，而个人品性却不可一概而论。在明代正德年间，有个叫彭华的江西庐陵安福人，是状元、内阁首辅彭时的族弟，因为喜欢揭人家的短处，遭到很多人的厌恶。虽说朝中有个做首辅的族兄，也不可恣意妄为呀。他的不加检点，而牵连到整个江西甚至南方人受到北方某些人的诋毁。

当时，有个河南人焦芳，同为翰林院编修。一次大学士万安与人闲聊，嘴里不经意地说："不学无术如焦芳者，也能当学士吗？"此话传入焦芳耳中，他勃然大怒，说："这肯定是彭华在背后算计我。我如果当不成学士，就在长安道上杀死彭华。"

彭华听到这话，心中胆寒，连忙告诉万安。万安怕闹出人命案，只好将焦芳提拔为学士。也许是彭华、万安的宣传，学士们都认为焦芳粗陋无学，个性阴狠，搞得大家都不愿与他交往。后来焦芳被贬至贵州任职，焦芳觉得这是彭华、万安的阴谋，因而对二人耿耿于怀。

焦芳也非等闲人物，他在贵州不久，很快转任霍州知府。几年内步步高升，擢四川提学副使，调湖广。不久，又迁南京右通政，很快爬到了礼部右侍郎，成为历练有术的京官。善于钻营的焦芳很快依附宦官刘瑾，被举荐为文渊阁大学士兼吏部尚书。焦芳想起以前彭华对自己的侮辱，以一概全，竟写了一篇《南人不可为相图》，全盘否定江西人甚至南方人。他与刘瑾联合在朝中大肆排挤江西及南方人，甚至到了"闻一北人进，喜见于色，一南人退，亦喜见于色"的地步。

焦芳打压江西人，无所不用其极。当时有个叫萧明举的江西万安人，犯了罪流亡海外，后来当了一个小国的使臣，被派往大明来朝贡，结果在路上把同行的使臣端亚智给杀死了。焦芳看完这个奏本，立刻如获至宝，把萧明举的犯罪行为和他的籍贯联系起来，大肆攻击江西人。他在奏章中写道："江西土俗，故多玩法，如李孜省、彭华、尹直等，多被物议。且其地乡试解额过多。"于是，经奏请皇帝批准，削减了江西五十名乡试名额，并停止向江西人授予京官。焦芳还把古人拉出来给自己的地域歧视作理论支撑，他说："王安石祸害宋朝，吴澄仕元，[①] 应该大力宣传他们的罪行，以后不要滥用江西人。"

这荒谬的说法，连老资格大学士杨廷和都看不惯，他替江西人打抱不平说，因为一个奸民的行为而波及一方，是不正确的。江西已经被裁

① 吴澄：元代杰出理学家、经学家、教育家。27岁时，元兵攻陷江西，吴澄隐居山林达十年之久。元朝累次诏授官职，均不就。58岁时授将仕郎、江西等处儒学副提举，被迫到官就任。61岁时，赴京就任国子监丞。一生穷究"五经"，为元朝"儒士之冠"。

减乡试举人录取名额，难道还要把宋、元的古人拉出来垫背吗？

一朝之中，其实地无分南北，凭借实力而被朝廷取士录用，何来地域之偏见。难怪当时的文渊阁大学生王鏊就曾针锋相对地驳斥过焦芳的谬论："自汉以来，窃国之盗无若王莽、曹操、司马懿、杨坚、朱温，误国之奸无若孔光、卢杞、李林甫、韩侂胄，之数人者，出于南乎？北乎？北也！"

焦芳不学无术，说出来的歪理如一张薄纸，一戳就破。他靠着宦官刘瑾爬到高位，最后刘瑾事败，他也跟着倒霉。因为诋毁江西人及南方人，他也被南方士大夫描述成不学无术的典型。但江西士子却因他的这一招着实吃尽苦头，因为裁减乡试举人的录取名额，自然减少了进士考试人数，限制了江西士子施展抱负的空间。

不过，由于江西人在朝中过盛，还真有限制江西包括南方人进入翰林院的记载。这是明正德十六年（1521年）进士廖道南写的一部《殿阁词林记》提供的细节，卷十"考选"载："天顺庚辰三月，英宗皇帝在文华殿召李贤口谕说：'永乐、宣德年间，常选庶吉士教养待用，今科进士中可选人物端重、语音正当者二十余人为庶吉士，只选北方人，若南方人有似彭时者选取。'李贤出来将皇帝的话告诉彭时，彭时怀疑李贤想抑制南方士子，回应说：'取士纳贤没有地方的区别，怎么分出南北来了？'李贤说：'果真是皇上的意思，我有什么办法？'不久，太监牛玉传来圣旨，令内阁会吏部同选，彭时对牛玉说：'南方士子怎能只有我彭时一人呢？比我优秀的人很多呀！'这次考试，选取十五人，南方共三人，而江西只有张元祯一人。"

明朝中叶之后，江西士子再难在朝中风云际会，"朝士半江西"也成为一个空前绝后的神话！

乡关何处

一

在自然界，每年，全球有数十亿只候鸟会在自己的繁殖地和越冬地之间进行跨越州际的迁徙，其迁徙的距离最远可达两万公里，是地球上最壮观的自然现象。

鸟有鸟道。鸟道之下，乡关何处？

万物皆有道。动物由于繁殖、觅食、气候变化等原因而进行一定距离的迁移，这与人类迁徙有着本质的不同。人类的迁徙除了与自然生态有关外，还与政治、军事、经济等密切相关。

世界多个国家的科学家们正在合力完成一项庞大的人类寻根计划，希望通过研究人类基因的变异来绘制出一幅"人类迁移图"。

有科学家研究表明，中国人的祖先源于东非，经过南亚进入中国。这支南亚先民经过多次迁徙及体内基因突变，逐渐分化成为各个民族。这些研究结论会不会被另外的研究推翻，就不得而知了。人类寻根似乎是件很遥远的事，要追溯到若干万年前，又没有任何文字依据，科学论证将以什么为依据呢？

中国有记载的大规模迁徙历史，最早始于蚩尤时代。这一迁徙源于战争，蚩尤率领长江中下游的九黎部落联盟北伐中原。后战败，九黎部落被分化成多支，一支到北方建立黎国，一支与炎、黄民族融合，一支返回南方重组三苗部落。这也是有文字依据的最早的中华民族部落迁徙。

第二次迁徙是舜帝时代，舜曾经"窜三苗于三危"，将三苗族一支远徙西北三危山，成为西北少数民族的先祖，其子孙即为羌戎。

大禹时代，三苗族被驱离彭蠡湖、洞庭湖、江汉平原地带，跋山涉水后来到了西南偏远山区定居，成为南方各少数民族如苗族、彝族、京族、壮族、黎族、侗族等民族的先祖。这也是中国古代部落群体的第三次大规模迁徙。

秦代，秦始皇南征百越，秦军兵分五路，经鄱阳湖流域的鄱阳、余干和赣江流域的南康，湖南南部的九嶷山等地，向今天福建和两广地区进军。为了保持岭南的稳定，秦始皇命进军岭南的将士留守当地"屯戍"。另外，还从中原向岭南地区大批移民。留守的将士和移民，除少数与中原移民女子结婚外，其余多娶越女为妻。这是封建时代首次迁徙活动，中原汉族由黄河流域迁徙到珠江流域。

这次迁徙，借助长江流域的彭蠡湖和洞庭湖为跳板，秦王朝有计划、有组织的政治和军事战略目标完成了。这次迁徙揭开了世界上最大汉民系客家人的迁徙史。

二

在赣、闽、粤等南方各省，活跃着一支汉民系客家人。他们虽然不在同一块土地居住，却操着同一种声调语言，凭着他们口语的交流，就能将他们定性为客家人。客家人久居山地，男女同工，终日作业于田野山岭间，长期的生产劳动，创造了许多经典山歌，如《藤缠树》——

入山看见藤缠树，出山看见树缠藤。
藤生树死缠到死，树生藤死死也缠。

这是一首客家人的情歌，细细咀嚼，从中可以品味出男女之情升华之后的天地万物生死相依的大情怀。

客家人从战乱中走来，为的就是寻找一处可以躲避战争的圣地。他们从中原大地走来，与南方的山林相依为命。他们与山林的关系，正如藤与树的关系，他们爱恋着这片远离了战争的家园，山林也同样回报他们以丰厚的养分。客家人离不开山林，山林也离不开客家人的开垦种植，千年万年，他们就这样纠缠着，谁也离不开谁……

鄱阳湖朝向长江的水口，既是江西人走出去闯荡天下的出口，又是接纳中原各地战乱难民的天然救生通道。

在中国历史上，每逢中原战乱，朝代更替，就要遭逢人口大迁徙——也即战区的难民四处突围的凄惨状况。承载大量难民的帆船在长江遮天蔽日，或从两淮皖江逆水而来，或从汉水顺江而下，还有很多难民在陆路上艰难跋涉……船只进入了鄱阳湖，就进入了环山四合的赣都大地，似乎是身体四周罩上了透明的山水盔甲，生命获得了前所未有的安全感。这是一片保存民族薪火的圣地，是战乱难民的乐土。

从秦始皇两次派大军南征及戍边算起，客家人的历史便可拉长到两千二百多年。公元前221年，秦始皇派兵六十万"南征百越"，沿闽赣粤边界进抵揭岭；七年后，公元前214年，秦始皇再派五十万兵丁"南戍五岭"。两次派出的兵丁达一百一十余万，他们像一簇簇的草木在闽赣粤湘四省犬牙交错的山脉中摇曳生姿。秦朝的江山因为横征暴敛而短命，此时，中原大地正上演"楚汉争霸"的篇页，战乱使数以万计的秦军士卒回家无望，只好"与越杂处"，开始了第一轮客家人的艰辛创业。

时光是一阵风，春风、热风、秋风、寒风轮番劲吹，如此便吹过许多世纪。到了西晋末年，"八王之乱"搅得中原大地如一锅乱粥。这场中国历史上最为严重的皇族内乱，使整个社会经济遭到严重破坏，导致西晋亡国以及近三百年的动乱，中国由此进入五胡十六国时期。"永嘉之乱"后，北方的匈奴、鲜卑、羌、氐、羯等少数民族乘虚而入，各自割地为王，相互攻伐不休，使中原陷入混乱，史称"五胡乱华"。这是个吃人的时代，百姓们像躲避瘟疫一样纷纷南迁。南渡长江进入鄱阳湖，再溯赣江遇章、贡二水分张，于是有的进入章水，有的进入贡水，第二轮客家人就此在赣南大地安家。

乱世之后，终归要出一位英雄。他像变魔法一样，将那些群魔乱舞的恶煞全部收入一只魔瓶之中，让他们再也没有出头之日。隋文帝或许就是这样一位英雄，他并西梁、灭南陈、平江南、北击突厥，结束了中国三四百年的分裂局面，开创出隋唐新局面。然而，唐朝"安史之乱"又给百姓带来巨大灾难，迫使一批新的难民像蚂蚁搬家一样纷纷南迁，赣水流域一时间收容了不计其数的难民，这便是第三轮客家人。

安史之乱平息一百一十余年后，唐朝史上又一次劫难降临——"黄巢之乱"搅起了一股旋风，将腐朽的大唐江山直接送入了火葬场。这场波及大半个中国的战乱，致使人民流离失所，大批中原人民唯恐逃之不及。逃呀逃，再不逃，就要做刀下之鬼，或者被这些舞刀弄枪的凶神恶煞当作粮食剁碎了。乱了，老百姓种不了粮食，没有粮食，恶魔就开始吃人……手中的刀枪使他们动乱，动乱的结果就是杀戮和破坏。血流成河，火焰冲天，鬼哭狼嚎，田园荒芜，腐臭熏天，这是一个什么世道？世道坏了，苦难的中原百姓才背井离乡，远走他乡。"乱"局之下，第四轮客家人开始南迁。

唐朝疆土分崩离析，演绎出五代十国，所幸赵匡胤黄袍加身，兵不血刃地取得了后周政权。在他的卓越领导下，华夏大地又趋于统一。然后又有金人入主中原，北宋覆没，建炎南渡，中原士民又沿袭先民的足迹，南迁入赣，上演了第五轮客家人的迁徙史剧。

及至南宋末年，元军大举南下，长江中下游百姓纷纷进入鄱阳湖溯赣江南迁。第六轮客家人进入赣南，躲避着兵锋的荼毒。

每逢中原战乱，人口必定南移。元末明初的大变局，民众逃离战乱之区，成为约定俗成的规则。客家人在数量上，毫无疑义又急剧增加了。鄱阳湖入江口，成为众多难民的逃生之口。一旦进入鄱阳湖，便感觉刀光剑影顿时消失，似乎进入了暂以栖身的安全地带。再溯赣江进入赣南，似乎生命得到了某种神秘力量的庇护，不再担心被强兵追杀。这便是第七轮客家人进入赣南的印记。

石城"闽粤通衢"

　　明朝在李自成、张献忠的民变和清军的双重压迫下坍塌。中原又一次处于灾难深重之中不可自拔，流离失所的百姓，四处逃命。江西的山水又一次成了他们苦难的避难所，他们的身上从此多了一道护身符——客家人。他们在赣水沿途安营扎寨，成为第八轮客家人。

　　有多少轮客家人入赣，就表示中原遭受过多少回灾难深重的战乱。客家人是战乱和苦难的代名词。

客家人流动到赣南，有的在赣南定居下来，有的将赣南作为临时避难所，在赣南接纳不下众多"客人"的情况下，他们就以赣南为跳板，东进入闽西，或南进入粤东。赣、闽、粤三角区的赣州、汀州、梅州形成客家人三足鼎立之势。因而，赣州有"客家摇篮"之称，而汀州被称为"客家首府"，梅州则称作"世界客都"。

客家先民中原南迁的第一站必是九江。九江有"七省通衢"之说，战事一来，不可避免地成为战场。他们由长江避入鄱阳湖，再溯赣江进入赣州。赣南成为中国历史上接纳中原难民的最佳庇护所。漫长的迁徙，苦难的路途，他们之中连最懦弱的妇女儿童，也不再有眼泪。他们只有坚毅的眼神和悲痛的记忆。到了赣南，噩梦才得以终结，生命就获得了新生。他们开始在"摇篮"里长大，镀上了"客家人"的"金"身，之后进入紧邻赣南的汀州，在石壁镀上第二层"金"，成为"客家首府"人。而从赣闽两地进入梅州的客家人，最后从这里走向大海，走向世界各地，他们的身上镀上了第三层"金"——"世界客都"人。

客家人在全世界有六千多万人口，其中大陆约五千万人。鄱阳湖流域约有客家人一千二百五十多万，约占全世界客家人总数的五分之一。在鄱阳湖流域，客家人主要依托赣江水系作生存基地，除了赣州市十八县是纯客家人大本营外，非纯客家人的市县也有不少，如赣州市区；吉安市的永丰、万安、泰和、吉水、遂川、宁冈、井冈山、永新；宜春市的铜鼓、宜丰、奉新、靖安、高安；九江市的修水、武宁；抚州市的广昌；萍乡市的莲花；鹰潭市的贵溪；上饶市的玉山、横峰、铅山、婺源、广丰以及新余市等地都程度不一地分布着客家人。

按水系划分，鄱阳湖流域的五大江河流域均有客家人分布。赣南与赣西、赣中连成一片，客家人在这里以赣江、修江水系形成的山地为基地，占据了鄱阳湖流域客家人总数的百分之九十以上；其次是信江流域的山地，分布着数量不均的客家人，抚河和饶河流域也有少量客家人分布。

客家人分布的地域多以山地为主，这与躲避战乱有关。平原一般为久居当地的土著占据，客家人属外来讨生活的难民，无力与其争地盘，只好退居山地求生存。此外，山地由于地形的起伏变化和森林的遮挡，容易隐蔽，不易展开大规模战争而遭受外来攻击。难民多是以家族为单位避居至此，依托山林，可以就地取材搭建茅寮以暂时栖身。客家人在山地垦殖梯田，种植谷物，不受外来干扰而平静度日。

三

在鄱阳湖西岸德安县境内，有一棵"参天大树"，它枝权横生，遮天蔽日。这棵"树"就是义门陈。

俗话说，"树大分权，崽大分家"。义门陈这棵大树，在生长数百年后，成长为一棵枝繁叶茂的参天大树。突然有一天，皇帝觉得它碍眼，举起了圣旨这道锋利的板斧，将它劈作无数个分枝，移植到四面八方……

在祖堂大厅中央，一口大锅高高吊起，随着族长的一声令下，"砰"的一声脆响，瓮崩瓦裂，惊天动地。一口烹饪了几个世纪餐食的大锅，瞬间变成了一地碎片。族长和朝廷派来的监管分庄官员将碎片数了一遍又一遍，确认是二百九十一片。于是将义门陈氏的三千九百多人口分成二百九十一庄，再将二百九十一片碎片编号，由各庄的庄头抓阄。抓到哪

义门陈牌匾

个号即对应哪个庄，即刻动身前往那里去开辟新的家园。尽管朝廷极尽抚慰，但所有分离的人们心里总是难舍依赖了数百年的故土和亲情。这一天，鄱阳湖岸边，义门陈氏的男女老幼如丧考妣，号啕之声传向四野。

义门陈氏繁衍于唐、宋时期，是古代社会家族兴旺的典范。这个家族发展到北宋时，历十五代，合炊三百余年，人口达三千九百多人。皇帝的一纸诏书，整个家族便分崩离析，迁徙到全国各地。其人口流布至七十二郡一百四十四县，演绎出"一门繁衍成万家，万户皆出新义门"的景观。

义门陈家族聚居地在庐山脚下、鄱阳湖畔的德安县境内。始祖陈旺，于唐代开元十九年（731年）建庄浔阳县蒲塘场太平乡永清村（今德安县车桥镇义门村）。到唐中和四年（884年），这个家族数代同堂达一百五十余年，唐僖宗御笔亲题"义门陈氏"匾额。南唐主李昪于（937年）敕立"义门"，标揭义门陈门间。从此，居住在这里的陈氏便有了一个声震宇内的名号——"义门陈"。

义门陈作为"天下第一家"，并非浪得虚名。历朝皇帝都对这个家族刮目相看。宋太宗对义门陈可谓钟爱有加，两次题诗赞美："问道人间谁第一，贤称唯有义门陈。""水阁山斋架碧虚，亭亭华表耀门间……颍川郡派传千古，芳播江州绍有虞。"三次赐匾："至公无私""真良家""义居人"。

义门陈始祖陈旺率领族人在这块风水宝地撰家法、立家范、置田产、办书院，以孝道治家，建立了一个聚族而居、同炊共饮、击鼓传餐、百犬同槽、孝义传世、耕读传家、家无私财、族产共有、人无贵贱、共同劳作、平均分配、和谐相处的高度封建文明家族，这在世界家族史上也称得上一件叹为观止的奇迹。义门陈氏实践了孔子儒家思想的大同世界、构建了"大道之行，天下为公"的古代和谐社会，践行了陶渊明的桃花源世界构想。

义门陈在朝野红极一时，成为人们口口相传的典范。有个叫裴愈的钦差大臣奉旨赐书来到义门陈，眼见义门陈聚族耕读，就像童话般美好，不禁连加赞叹，欣然泼墨题赠"天下第一家"。此后，宋真宗、宋仁宗两代皇帝也没少赞赏和鞭策义门陈。真宗皇帝亲笔撰联："三千余口文章第，五百年来孝义家。"并写诗赞叹："金门宴罢月如银，环佩珊瑚出凤城。问道江南谁第一，贤称唯有义门陈。"仁宗皇帝则给义门陈赐匾："忠孝世家"，追封义门陈氏先祖五世公爵等。

作为封建王朝的家族典范，义门陈氏的风尚得到了许多文人墨客的赞扬。北宋名重一时的宰相吕端来到义门陈东佳书院，赋《赞义门》诗曰："八百头牛耕日月，三千灯火读文章。"再现了义门陈氏繁忙的农耕景象和灯下读书的壮观。文坛大腕晏殊、文彦博、吕蒙正、寇准、苏轼、陆游、朱熹等都有诗赞，留下了皇皇三百多首锦绣诗篇和文赋。

这样一个庞大家族，遇到风调雨顺的年景，生存便欣欣向荣。若是遇到"岁歉乏食"的灾荒年景，一大家子的生存便出现"举宗啜粥，杂以藻菜"的状况。在每年春首，家族都要向乡间剩余人家借粮四千斛，才得接续口粮到秋成之时，但借贷的息利是所借粮食的一半。民以食为天，朝廷极为重视义门陈的春荒，由国库在春首接济粮食四千斛，到冬收之时一斗还一斗，不计利息，灾荒之年还可拖欠。

义门陈创造了许多典故，其中就有"百犬同槽"。义门陈氏以义行世，豢养的家犬也训练有素，与人一样有情有义。这个传说传到宋太宗赵光义的耳朵里，于是他令御膳房的侍者带了一百个肉包子赐给义门陈的群犬。当香喷喷的包子放入食槽，群犬啸而聚之，各衔一只包子于口中，并不嚼食。只见一只白犬，衔起两只包子，飞快朝柴扉奔去。原来，一只瘸腿黄犬席地而卧，白犬将口中的包子喂给黄犬，众犬这才有滋有味地嚼食自己那份美餐……宋太宗不胜感慨，大赞义门陈人犬双义之风，御书："一犬未至百犬不食，牢内异物皆效义；一吠突起百吠齐怒，寨中同声共护门。"

不用说，这是一个极其显赫且又平民化的家族。义门陈经过几百年的建设，俨然一幅"楼阁连云延四方，旌旗映日紫气长，农夫耕种犹作赋，学子吟哦翰墨香"的景象。这座硬件设备齐全的古代社会样板庄园，既有生活、祭祀、娱乐配套设施，如义门、义门正宅、东皋祠（旺公祠）、太公堂、祖训堂、德星堂、馈堂、公堂、鼓楼、洗米池、酒泉井、茶房、新迁祠、先祠、义碑、秋千院、嬉戏亭、园林等，又有刑杖厅、都察院这样的刑法处，约束、管理族人。

这些林林总总的建筑中，还有学校两处：东佳书院、太学院；图书馆两处：御书楼、藏书楼。这是义门陈崇义重教的象征。义门陈氏同炊共饮的三百余年，在朝廷为官人数约四百人，受封赠四十二人，中举一百二十余人，其中官至宰相两人、在京高官三十人。唯有教育才能出人才，唯有教育才能维系这个大家族的不断成长。

义门陈分庄，其宗谱将这一事件做了完备的记载：嘉祐七年（1062年）义门陈人口增至三千九百余人，同年七月在文彦博、包拯等重臣的力谏下，仁宗皇帝终于下诏劝其分家。从当年的七月到第二年的三月始议定分家事宜：按宋太宗御赐的十二字"知守宗，希公汝，才思彦，承延继"，以第十五代人为分庄主，按派分析大小二百九十一庄，依派拈阄，迁往各地。所分田庄，计江南一百一十庄，楚地接壤九十一庄，两浙、川、广、闽等地因官置产九十庄，其中将德化、瑞昌、星子三县庄田分为二十七份，德安、建昌的财产分为二十份。分析后的人口主要散布于江西、安徽、湖南、湖北、福建、浙江、江苏、河南、山东、四川、广东等省份。

义门陈分庄，是中国历史上最大家族的迁徙活动。此次分庄由仁宗皇帝下诏，朝廷派大员监管整个分庄过程。合炊共饮三百余年的家族从此分崩离析，义门陈氏人像一颗颗种子撒落中国大地，在新的土壤上开始新的繁衍，其强劲生命力表现了义门陈人的坚忍不拔、积极向上的品格。其后裔也涌现大量的优秀人才，中国共产党的著名人物陈独秀、陈潭秋、陈云、陈毅、陈赓，国民党元老陈立夫、陈果夫及国民党将领陈诚，晚清同光体诗派重要诗人陈三立、著名学者陈寅恪等，都是江州义门陈氏分析到各地支派的后代。

可以想见，位处庐山脚下、鄱阳湖畔的义门陈氏，在朝廷一纸分庄令下，族人们像一尾尾鲜活的鱼，依托荡漾的鄱阳湖向四面八方游去……

四

鄱阳湖地区是长江流域人口的重要输出地。这要追溯到元末明初，战乱使中原地区和长江中下游人口锐减，很多地方成为人丁稀薄之地。朱元璋定鼎江山，建立大明王朝后，制定了一项人口迁徙的国策，从人口稠密处向人口稀薄地转移人口。由此造就了南北两个重要的人口迁徙出发地：一个是江西鄱阳湖周边及其流域，主要输送湖南、湖北、安徽、江苏、湖北、河南等地；一个是山西洪洞，主要输送北京、河北、河南、山东、安徽、陕西等北方省市。这就导致北方黄河两岸的移民后裔往洪洞大槐树去寻根问祖；而南方长江两岸的移民后裔则往江西鄱阳的瓦屑坝和南昌筷子巷等地寻根问祖。

我在鄱阳湖沿岸行走，发现在江西也有与山西洪洞大槐树一样的人口迁移象征地——那就是瓦屑坝。在鄱阳湖东岸鄱阳县莲湖乡——鄱阳湖最大岛屿，有一处紧靠湖岸的码头，遍地瓦砾，连绵二十余里，是古代制陶生产基地。这里就是千千万万移民的圣地——瓦屑坝。

曾几何时，在这片瓦砾废墟之上，来了成群结队的男男女女。他们双手反绑，像羊群般被官兵驱赶着，一个个面容憔悴。队伍中的女眷，似乎泪水已经流尽，眼角结满一层层盐痂……

他们就是瓦屑坝移民运动的主角。

没有什么比失去家园更凄惨的了。这些迁徙对象，从各县各乡各村被驱赶着来到瓦屑坝。这里停泊着望不到边的船只，等待着他们登船，送往未知的地方。

绳子拴着他们，像一串串移动的蚂蚱，脚步踩着日光给他们的剪影向前蠕动着，无论谁想挣脱逃跑，必然会牵扯到一串"蚂蚱"的行动。

元末明初之际，天下大乱。不用说，他们能侥幸生存下来，已经是不幸中的万幸了。多少人的生命比树叶还低贱，一场兵荒马乱，就将他们刮得四处飘零。这一群群用绳子绑缚的男女老幼，他们能够在这样的年景活下来，不知道祖上烧了多少高香才积下如此之福呢。他们要前往的地方，就是那些被战火烧焦的土地——几乎可用废墟来形容了。那里没有了人丁，沿途到处是无人收拾的骸骨。没有了主人的土地只见荒芜和荆棘。

他们被驱赶着前往那里去，填补那些土地上空缺的人丁，将废墟种上新绿。朝廷给他们描绘了一个美好前程，那里什么都没有，但有土地。土地对于庄稼人来说，就是命根子，有土地就有活路，有土地就有家园。有一部分敢于吃螃蟹的人响应朝廷号召，早早报名，不用绑缚就走了。但更多的人舍不下自己的祖居地，官兵便用绳索捆绑着他们迈上了迁徙之途。

据说，那个未知的地方土地宽阔无边，以插标为界，你想种多少地就有多少地。而且最大的好处是，不用给朝廷缴纳税赋，土地上的收入全归自己。这不是庄稼人梦寐以求的桃花源世界吗？官府这次的命令，是有去无回，倘若自己跑回来，不仅脑袋要搬家，还会连累家人受到严厉处罚。即便前往的地方是一个金矿，但以失去故土为代价，多数人还是不愿意动身。现在被官府押着前往，即使再不情愿也没有法子，他们只好往好处想，或许那里是个天堂呢？

拓荒者，才会有新的机会！走吧！总比掉脑袋要强。

他们被官兵驯服了，不再吵吵闹闹了。他们依旧被绑缚着，由于他们人多势众，官府怕他们造反。他们呼喊"解手"时，多是内急所需。有官兵给他们解扣，完事后，双手重新套上绳索。途中吃饭也是必需的。当然不是吃大席了，能让你半饥半饱，饿不死就不错了。也不能一窝蜂地全给松绑，只能轮流在官兵监管下分批就餐。

就在这个桅樯林立、码头连片的地方，当年运送陶器和建筑材料到各地也没有这么忙碌。迁徙的人群来了一批，运走一批。这里的移民吞吐量是无与伦比的。因为这里有中国最大的淡水湖，它南端有五条江河汇入，北通长江，是中国内陆水路最为繁荣的地方。鄱阳湖四周又属鱼米之乡，没有天灾人祸的年成，这里简直就是天堂。这里人烟稠密，元末的战乱虽波及，但没有伤筋动骨。

明朝一统天下后，朱元璋便将这里设定为人口迁徙地。他签发的诏书如一把耙子，在鄱阳湖周围一"耙"，便将如麻的人口"耙"到了长江下游的安庆、长江上游的湖广一带。那些地方经历了太多的血腥战争，人烟丧失殆尽。他作为一国之君，自然要让治下的土地人丁兴盛，炊烟袅袅。只有治下的子民有效利用好每一块土地，辛勤劳作，国本才能生息，国家才能强盛。

瓦屑坝作为移民集中和迁徙始发地，官府在这里有专门的办事机构。饶州府属下各县征召来的移民，顺乐安河、昌江而下，到达饶河，登陆莲湖岛，在这里发放"川资"，编号登船，前往新的落脚地。

洪武年间以及稍后的永乐年间，这块地方就没有停止过移民迁徙。出发前的家园再也不能回去，随身携带的家谱，也被官府收缴了。他们此去，将同过去一刀两断，子孙们将不再知道原籍地。到了新的生息地，他们只能记住出发地——瓦屑坝——这里是他们走向新领地的根。这些迁徙者的后裔，在数百年后编辑他们的家族谱系时，只能凭借祖辈们留传下来的口音而写作：瓦西坝、瓦砌坝、瓦基坝、瓦家坝、瓦集坝、瓦渣坝等，还有的干脆写作"挖心坝"——当年官方逼着大家移民，如果不走就要被"挖心"。反过来说，官府强迫他们移民，背井离乡，又岂能不是"挖心"呢！

瓦屑坝胡氏宗祠

从这些迁徙家族的宗族家谱中，今天仍然可以读到"江西瓦屑坝""鄱阳瓦屑坝""鄱阳桃花渡瓦屑坝""瓦屑坝叶家村金鸡岭"之类的记载，也有写作"江南路豫章瓦屑坝""饶郡瓦西坝""江西饶州瓦西坝""饶州府瓦西坝""江右瓦西坝"……这些文字，均毫无疑问地指向"江西"所属地区。

也许数据是最好的证明。从《明史》《明太祖实录》和民间大量家谱记载及《中国移民史》专家考证中可知，洪武年间从江西向湖北、安徽、湖南和江苏迁徙出大量人口，例如——

> 洪武七年，迁江西饶州移民十四万人到凤阳。
> 洪武九年，迁江西饶州府、九江府移民约五千人到凤阳。
> 洪武廿一年，迁江西移民三十万人到黄州，迁江西移民十二万两千人到武昌府，迁江西移民九万一千人到德安府，迁江西移民十万七千人到汉阳府、沔阳府，迁江西移民十六万人到荆州府，迁江西移民一万人到襄阳。
> 洪武廿二年，迁江西饶州、九江府移民二十七万人到安庆府，二十万人来自瓦屑坝，迁江西饶州、九江府六万五千人到池州府，迁江西饶州府移民约六万四千人到庐州府。
> 洪武廿五年，迁饶州府、徽州府农民及商人二十四万人到扬州府各县。
> 洪武卅年，迁江西移民二十一万九千人到湖南常德、武陵等十县，迁江西移民两万六千人到常德府，迁江西移民一万一千人到岳州府，迁江西移民十五万二千人到郴州、永州、衡阳府，迁江西移民九万四千人到宝庆府，迁江西移民十五万四千人到靖州、辰州……

仅这些数据相加，从江西迁徙出去的人口就达二百一十四万之多，其中饶州移民就有近百万人，整个江西移民又以饶州鄱阳瓦屑坝为最。从瓦屑坝迁徙的这一百多万人，涉及一百多个姓氏，流布于全国六省六十六县。这其中分布于安徽的就达二十六县：凤阳、合肥、肥东、肥西、长丰、桐城、潜山、宿松、太湖、安庆、怀宁、枞阳、池州、贵池、青阳、六安、寿县、休宁、黟县、东至、望江、巢湖、芜湖、滁州、含山、舒城等。

长江中下游地区是元末明初农民起义军风起云涌之地，也是战火最为炽烈的重灾区。黄州、安庆、扬州这些战略要地分属长江中下游的两岸城市，先是农民军与元朝政府军反复争夺，后又遭不同派系的农民军相互倾轧攻伐。这些地方的民众或因战火殃及而惨遭灭顶之灾，或因不堪战火而四处逃散。因此，这些地方成为江西移民迁徙的重中之重，其中迁往黄州三十万、迁往安庆二十七万、迁往扬州二十四万……

就拿安庆来说，战乱导致这座城市在前后十几年间饱受战火洗礼，争夺各方都不顾及百姓生命财产的安全，百姓遭遇难以承受的空前浩劫。先是元至正十二年十一月，徐寿辉挥师东下，大举进攻安庆城，无功而返。至正十五年，徐寿辉蓄势复攻，占领湖北沿江府县，安庆府又受战祸波及。至正十六年，余阙任元江淮行省参政守安庆，徐寿辉命部将赵普胜攻安庆不克。至正十七年，朱元璋部击败赵普胜和元军，占据江南的池州，威逼安庆；陈友谅与赵普胜率部围攻安庆。至正十八年，陈、赵军攻占安庆，余阙自杀；四月，赵普胜夺取朱元璋占据的池州府。至正十九年，朱元璋军与陈友谅军激战，收复池州，九月占潜山，十月攻安庆不克。至正二十年，陈友谅杀徐寿辉后自称汉帝，率水军东下，攻朱元璋基地建康，大败。朱元璋军乘势攻占安庆。至正二十一年七月，陈友谅部将张定边攻陷安庆；八月，朱元璋率徐达、常遇春西征，收复安庆……直到至正二十四年（1364 年），朱元璋彻底消灭陈友谅余部，安庆才有安宁可言。

战争使一个富庶之地变成人烟稀缺的残破之所。重整河山的朱元璋掀开了人口迁徙的史诗篇章，江西作为当时的人口、经济、文化大省，首当其冲，肩负起了向战争重灾区转移人口的重任。作为国家战略，迁徙在严密组织、周详计划下按部就班地进行，鄱阳湖瓦屑坝便成为中国大地移民人口最多的地方。

几经酝酿和发酵，瓦屑坝渐渐成为移民后代追溯寻根的"圣地"。瓦屑坝移民后裔中产生了许多历史名人，如安徽桐城的清朝"父子宰相"张英、张廷玉；安徽休宁人，清代被誉为"四体皆精，国朝第一"的书法家邓石如及其六世孙"两弹元勋"邓稼先；中国近代史上举足轻重而又颇具争议的人物、晚清军政重臣、洋务运动的主要倡导者李鸿章；北洋政府首脑段祺瑞等，完全可以排出一长串的名字来。

查阅安庆各地家谱，其源流明确指向瓦屑坝这方移民"圣土"——

清宰相张英族谱《桐城张氏宗谱》载：桐之一派迁自豫章鄱阳，贵四公、贵五公则始迁桐之祖也。

清邓石如家族谱《邓氏宗谱序》载：始祖邓君瑞原籍江西鄱阳瓦屑坝，于明初迁至安徽怀宁白麟坂居住，遂为怀宁耕读民。

清李鸿章家族谱《合肥李氏宗谱》载：吾族李氏本出自许家，许姓明代由江西瓦屑坝迁往合肥。

合肥《郑氏宗谱·卷一》载：我郑氏始祖公，李唐以后居江西饶州府鄱阳瓦屑坝，历代三十余世，传至堂金公于明初洪武迁合肥邑北乡，卜居于斗自镇。

桐城《璩氏宗谱》载：德先公讳魁，配吴氏生三子，居鄱阳瓦屑坝，洪武六年迁安庆府桐城之西乡。

《丁氏宗谱》载：粤稽我丁氏之先，隶籍鄱阳县系江西饶州府属焉……自文纪公于明初由江西饶州鄱阳县迁肥，卜居西北乡。

巢湖金牛乡上圩村《郭氏宗谱》载：明初由江西瓦屑坝迁至肥西郭家山洼……

这些从鄱阳湖瓦屑坝迁徙出去的移民，到新的领地，开始了披荆斩棘、刀耕火种的生活。他们一开始的意识里还希望有朝一日能回到家乡，魂归故里。这种扎根心中的愿望被潜移默化地移植到这些移民的丧葬风俗中。在安庆农村，至今保留着死者厝柩三年后入土下葬的习俗。这也是迁徙之初，企盼归乡的移民没有等到朝廷允许回迁的诏令就去世了，子女们只好将灵柩寄存山野，单独搭建一间停放灵柩的厝屋以便将来迁归故里安葬……

我在鄱阳湖走访中发现，除了鄱阳县莲湖乡瓦屑坝外，在都昌、余干也发现了瓦屑坝的地名。可以推论，当年的移民码头名称均为瓦屑坝，从运输就近原则，在都昌的则从都昌瓦屑坝码头走，在余干的则从余干瓦屑坝码头走，用不着绕道运至鄱阳县莲湖乡的瓦屑坝而耽搁行程。这从一些宗谱和县志等史料中可以得到印证，除记载"鄱阳瓦屑坝"外，还有"南昌县瓦屑坝""江州瓦屑坝""乐平瓦屑坝"等，如：

> 《黄冈县志》：陈姓"其先世在宋代自江西江州瓦西坝迁居浠水。后世由浠水分支居黄冈邱店、韦家凉亭"。
>
> 大冶《余氏宗谱》：一世祖捻，南宋人，世居江西南昌县瓦屑坝。第三世壁胜生荣叔、荣英。荣英自江西徙居湖北大冶。
>
> 爱莲堂《冈邑月峰周氏宗谱》：始祖鼎三公于洪武二年由饶州府乐平县瓦屑坝迁黄冈。
>
> 《古姓史话》：洪武二年(1369年)抚州府临川县筷子巷瓦屑沟的古德七，移居湖北省红安县上新集古家湾。
>
> ············

这一现象，可从鄱阳湖的特定地理来推论。明初征召移民，多来自鄱阳湖周边各府县。环绕鄱阳湖的府级行政单位，在明代有四个，即饶州府、南昌府、九江府、南康府。饶州府的移民集散地当为今鄱阳县莲湖乡之瓦屑坝，在人口大县乐平设有分站，受理迁徙事务。饶州府辖县鄱阳县、余干县、乐平县、浮梁县、安仁县、德兴县、万年县，在四个环鄱阳湖府级行政区域中当属人口大区，这从今天的鄱阳县、余干县、乐平市的人口基数也可反观明代人口情况，因此在迁徙移民总量上占有优势。其次是南昌府，其辖县有南昌县、丰城县、新建县、进贤县、奉新县、靖安县、武宁县、宁县，人口基数仅次于饶州府，其移民集散地应在临近鄱阳湖码头的南昌县，故家谱所指"南昌县瓦屑坝"即是；南康府辖县有星子县、都昌县、建昌县、安义县，在鄱阳湖东西两岸的都昌县和建昌县分设有瓦屑坝站点；九江府辖县德化县、德安县、湖口县、彭泽县、瑞昌县，在临鄱阳湖或长江码头设立移民集散点。《黄冈县志》言"江州瓦西坝"，其"江州"是沿袭元代称谓，明初更名九江。由此可知，"瓦屑坝"并非固定地名，而是明代针对鄱阳湖区域移民的专有名词，指移民集散地，靠鄱阳湖码头（饶州瓦屑坝或鄱阳瓦屑坝）或临江码头（乐平瓦屑坝，靠乐安河）。

在瓦屑坝移民的记忆里，代代相传的是古渡口、老樟树……那些从安徽、湖北、江苏、四川等地来的寻根者，千里追寻来到鄱阳湖岸边的这块瓦屑遍地的土地上，四处寻找着他们祖辈生活的遗迹。只是历经六百余年后，如今的鄱阳湖瓦屑坝，还能孕育多少记忆之胚呢？

五

在明代江西，在恣意横流的江湖间，除了以"瓦屑坝"为名的移民集散地外，还有一个标注为"筷子巷"的移民集散地。

筷子巷这个名称在全国各地为数不少，这是明初迁徙大潮中江西移民遗存下的心灵密码。筷子巷位于南昌城瓦子角，靠近赣江码头，是除瓦屑坝之外"江西填湖广"大迁徙的又一个重要集散地。

筷子，是餐食时手的延伸工具。拿起筷子，象征着就餐，饥饿就立马遁形。人忙碌一天，就是为了一天三餐能摸起筷子吃饭。而对于从各县、乡征召来的移民来说，劳累跋涉，肚皮已经贴到背脊了，官府给他们发放筷子，就是到了开始享用喷香米饭的时候。他们在筷子巷登记，领取路引，按照官府发放的路牌前往迁徙目的地。

筷子巷作为移民集散地的象征，牵动着无数移民的魂魄。他们为了铭记自己移民的出身，于是将徙居之地也喊作"筷子巷"，这便是除南昌以外的许多地方以"筷子"命名的原因。如湖北武昌就有筷子巷、筷子堤、筷子湖，鄂州、黄梅县孔垄镇有筷子街；重庆小什字有筷子街；湖南长沙、湘潭均有筷子巷；四川巴县、新津、什邡、大邑有筷子巷；河南光山县城南关有筷子巷……

追踪湖广地域的家谱和方志，都指向一个有趣味的名词——江西筷子巷。

《大悟县志·人口》载：较大的一次迁徙为明洪武初年，迁入者以江西居多。民间素有祖籍"江西筷子巷"之说。

黄陂《田氏族谱》记载：明代崇祯十年（1637年），"江西筷子巷"田氏三兄弟田万一、田秀一和田兴一商量决定，于当年春从江西迁徙至湖北。田兴一在滠水河旁的柳树店（今姚集镇李集村）落户，成为黄陂田姓的始祖。

上述两处记载，前者指出是明初洪武年间，后者指出是明末崇祯年间，整整贯穿了有明一代，持续达二百六十七年。这只能说明，明代针对江西的人口迁徙政策不是短暂的，而是长期的国策。

"湖广"这个词，今天已经陌生。元代置湖广行省，下辖湖南、湖北、广东、广西以及贵州和四川的一部分，因此称为湖广，明代后只辖两湖，但仍沿用了"湖广"这一称谓。洞庭湖以南称湖南，洞庭湖以北称湖北。

在湖广大地，鄂北随州，鄂东北大悟、红安，以及江汉平原的云梦、黄陂等地，民间依然延续着祭祖时在猪头或猪脖子肉上插筷子的习俗，哪怕最穷也要用一块豆腐当供品，再在上面插一根筷子。祭拜时，面朝东南方的江西方向，以示自己的根是从江西筷子巷迁来。

在瓦屑坝集散的移民多是从鄱阳湖顺流入长江，主要指向长江下游的安徽安庆、池州、合肥及江苏扬州等地。而在南昌筷子巷集中的移民则主要填充于湖广。他们有的顺赣江进入鄱阳湖，与长江汇合后逆水而上进入湖北地域的蕲春、黄州、武汉、麻城等地，充当"填"湖广的生力军；还有的穿越江汉平原翻越大别山进入河南南部的新县、光山一带，这一带也是战乱消耗大量人口的区域。

"填"湖广还有另一条重要线路，即从赣江中游的临江府（今樟树市临江镇）进入袁水，经袁州（今宜春市）、萍乡，由赣西罗霄山脉的彤关进入湖南地界，由湘江达洞庭湖沿岸和湘潭、长沙、衡阳、常德等主要城市。这一路线的主要移民对象为赣江中游的吉安府、临江府、瑞州府以及南昌府的人口。

由"赣江——鄱阳湖——长江水道"和"赣江——袁水——罗霄山脉陆路——湘江"构成的两条迁徙路线，形成两股潮流，不断蔓延、晕染，像绘画大师手中的笔在不断挥动，一幅"江西填湖广"的巨作徐徐展现在大地上。

移民的每一步行动都在朝廷设定的"填"湖广计划之中。江西与湖南之间横亘着一座大山——罗霄山脉，它包含的九岭山、武功山、万洋山等山脉，呈北北东向雁行错列，是湘江与赣江的分水岭。这些山地之间的长廊断陷谷地构成了江西进入湖南的天然交通孔道。在洪武年间的迁徙大潮中，这些孔道承载着千万移民的艰辛步履。

湖南有本《龙田彭氏族谱》，其卷二十二《始祖乐翁公迁湘记事》记载太和县（今泰和县）一个家族迁徙湖南湘乡的过程，兹摘引如下：

> 公世居江西太和县十九都八甲，当明定鼎初，诏徙江西民实楚南。公于洪武二年己酉卜徙湘乡。父子兄弟叔侄男女共二十二人，择十月初六日起程。同江湾一队，共七十九人。初九日至临江府，初十日在皇叔署领票，就曹家埠登舟，十二日至袁州府，十四日至彤关，十六日至长沙府小西门舍舟就陆。息韩、刘两店一日。十九日宿湘潭后街，二十日宿云湖桥，二十一日至湘乡县南门，息单、葛两家一日。二十三日分一队共二十六人循河边上浴潨水去。公等过洙津渡，宿虞塘。二十四日过甲头塘，宿青石塘。二十五日在梓门桥，分一队共二十五人往青蓝去。公等由铜梁塘，本日到六十六都约冲，卜栖焉。计自初起程，几二十余日，所至皆挂号，夜则老者

投店，少者皆露宿也。公既至约冲，遂于二十八日起工造室。十一月初六日入宅安居。明年庚戌，华三、华六、华八、华九及周珍保，又离约冲外去矣。公以暮年跋涉，体渐不安，至是年四月初一日气喘沉重，自分难延，遂集家中老少嘱托后事。命三男宗海写记云：自我太祖以来，五代未分，我等在江西，人民广众，谷米贵如珍珠。今离江西半载，到此插得地方，未曾清楚。曰叔曰弟，我子即汝子，同心协力，立清界抵，报上登籍，安家立业，不枉前程，方可落心……

这段文字记载了一个家族在"江西填湖广"大潮裹挟之下的迁徙过程。从泰和乘船顺赣江而下跨越吉安府到临江府，用了三四天时间。在临江府的署馆领票——这一信息表明，临江府是赣江中段流域的移民总站。这里是赣江和袁水的汇合点，也是从赣江西去长沙的接合点。在临江府获得明确的安置地点后，再次启程登舟，经袁州府至两省关隘彤关，再通过湘江到长沙府，弃舟后开始陆路跋涉，前后二十余日到达目的地。沿途老年人投店住宿，年轻人露宿，每一站都需要挂号。到达目的地后，第三天就开始造屋，不到十天就"入宅安居"。想来是十分简陋的房舍，暂时栖身而已。在当地办理"立清界抵，报上登籍"的手续，一家人便"同心协力"，开始了异乡的创业……从这个个案可以看出，吉安府移民迁徙湖南的路径应与乐翁公大体相同。

这则《始祖乐翁公迁湘记事》，仅是"江西填湖广"移民大潮的一朵浪花而已。窥一斑而知全豹，可以想见，千千万万的"乐翁公"就这样踏上了迁徙之路，融入恢宏壮阔的"江西填湖广"的史诗当中。

将时序拉回到元末乱局之中，为了夺取天下，朱元璋的军队与陈友谅旧部在湖广地域进行了长达数年的拉锯战。湖广境内生灵涂炭、十室九空，所见哀鸿遍野、田畴荒芜，似乎是人间地狱般的凄凉惨状。这场惨剧的参与者与制造者，在夺取了天下后，又成为国家复兴的倡导者与创建者。

如果说"江西填湖广"是一部恢宏大戏，那江西人就是这场戏剧中的主角。鄱阳湖及其流域以战鼓和琴弦的姿态为这场戏剧谱写了时代壮歌。至今，我们还能隐隐听见这面大鼓和琴弦奏出的激越音符。

有人在考察湖南三千多部族谱后做出统计：百分之六十的族谱宣称始迁祖于元末明初自江右徙居湖广。这部分徙居族群主要来自江西吉安府的泰和、庐陵、吉水和南昌府的丰城、南昌及瑞州府的高安诸县。

"居楚之家，多豫章（指江西）籍。"两湖人口中有百分之六十以上是江西移民的后代，这就说明还有相当一部分是除江西之外的移民以及少量的原住民。但民间却以"江西填湖广"来张扬江西人在这场迁徙大潮中所作出的牺牲与贡献。

将"江西填湖广"后缀上"湖广填四川"，两个"填"字就更意味深长了。两个"填"其实说的是两个时代，其中的跨度需要用将近五百余年时光来完成。前一个"填"代表明朝的二百多年移民史，后一个"填"则代表清朝的二百多年移民史。前后跨度五百多年。这是一个令人咋舌的浩大工程。一场战乱也许就几年几十年光景，但要让人口与土地生息，却需要更长的光阴。

"江西填湖广，湖广填四川"，两个"填"字，生动地再现了两个重要历史时期的人口走向。前一个"填"字代表元朝的亡，明朝的兴；后一个"填"字代表明朝亡，清朝兴。兴与亡系在人口的变动之中。

明末清初，改朝换代的新一代雄主，举起了"填"的棋子，重重敲打在四川这块被战争敲骨吸髓之后的土地上。如果说"江西填湖广"是明初朱元璋时期开始的一项针对湖广的移民运动，那么"湖广填四川"则是康熙年间针对"天府之国"四川移民的迁徙浪潮。

"江西填湖广"，由人口稠密的江西向人口流失严重的湖广地域输送了多少人口，目前尚无定论，但可以肯定的是仅洪武年间就有二百多万人口。整个大明王朝二百八十多年的历史，移民政策就没有废除过。从明代江西人口的数字可以看出，江西人口增长长期处于低迷状态。一般国家稳定后，人口数字是急剧上升的，而明代江西却恰恰相反。据《明史·地理志》载：

江西。领府十三，州一，县七十七。洪武二十六年编户

一百五十五万三千九百二十三，口八百九十八万两千四百八十二。弘治

四年，户一百三十六万三千六百二十九，口六百五十四万九千八百。万

历六年，户一百三十四万一千五百，口五百八十五万九千零二十六。

从这个数据看，鄱阳湖地区四府二十四个州县，明洪武二十六年（1393年），人口数为二百七十六万三千八百四十口；弘治四年（1491年）为二百零一万五千三百二十八口；万历六年（1578年）为一百八十万二千七百六十口。

在元代，江西人口繁衍迅速，至元二十七年（1290年），鄱阳湖地区人口达到六百五十多万口，占全国人口的百分之十一点零六。这个时期，江西全境人口超过千万，已形成全国人口中心。

明朝作为一个经济繁荣、社会较为稳定的时代，江西人口却逐年减少，人口仅为元代至元二十七年（1290年）人口数的百分之三十不到。可见"江西填湖广"这项人口迁徙运动贯穿有明一代，从未停止过。

再看"湖广填四川"，其人口基础则是由"江西填湖广"的人口繁衍的后裔组成。经过明代二百多年的繁衍，后裔椒衍瓜绵又组成庞大的湖广人口基数填入四川。

有学者将"江西—湖广型移民"作为一个概念提了出来。今天四川的语言、风俗遗迹，其实有着很深的明清时期江西的影子。

在四川、重庆等地，有不少家族烙上了"江西填湖广，湖广填四川"的印记。如重庆市文史馆老馆长彭伯通，他家里珍藏着一套《彭氏族谱》，其家族的迁徙轨迹就完整体现了这一宏大历史背景，可以说是这一史实的活化石。彭氏祖先世居江西吉安泰和县，明朝洪武四年（1371年），彭氏家族迁至湖广省永州府祁阳县。在祁阳耕耘了三百四十年后，于清康熙五十年（1711年），彭氏家族响应朝廷号召入川，定居重庆府巴县江北里毛家屋基，至今人丁兴旺。重庆市渝北区、江北区的大湾、高嘴、统景等乡镇都有彭氏家族子孙，而唐家沱重庆四十六中学就是当年的彭家祠堂。

四川省三台县狮王乡谌氏家族，也是"江西—湖广型移民"的典型。

谌氏家族祖居江西南昌，在"江西填湖广"时期，谌氏家族迁至湖南安化。到清朝初期，又从湖南安化入川。清道光年间，谌氏子孙出资建造了龙王庙，在各支系谌氏子孙家中的神龛上，写有"南昌遗范"等字样。历经数百年，谌氏子孙仍然不忘江西南昌祖籍源流。

明末清初，南明政权依托四川、云南、贵州等省，与清军展开了最后的搏斗。战场像一架绞肉机，生灵涂炭，人口锐减，田园荒芜。"天府之国"变成了人间地狱，人口损失极为严重。到康熙十年（1671年），四川全省仍处于"有可耕之田，而无种田之民"的状态。

康熙十年（1671年），朝廷针对这一状况，下达诏令规定："各省贫民携带妻子入蜀开垦者，准其入籍"；康熙二十九年（1690年），再次规定四川"流寓之人愿在居住垦荒者，将地亩永为世业""川省民少而荒地多，有情愿往川垦荒居住者，子孙准入籍考试"……为了使四川尽快恢复社会经济秩序，清廷举全国之力，掀起了一波波规模宏大的移民浪潮，这就是"湖广填四川"的史诗篇章。

四川是明末战乱损失最为严重的地区。张献忠在四川建立短命的大西国，民间有"张献忠乱蜀"之说。由于南明政权、清政府都对四川频繁用兵。几经征战，张献忠败后决定退出成都，结果在盐亭县凤凰山遭遇清军，中箭身亡，结束了蜀地的噩梦。

顺治十八年（1661年），清代第一次户籍清理，四川省在籍人丁仅有八万人左右。明末崇祯以前，人口在三百万以上的天府之国，因为一场民变和改朝换代，锐减到区区八万人。大量百姓在兵灾祸乱中丧生、病亡、逃散，这是怎样一幅活生生的人间地狱图景啊！

许多四川家族的族谱中，清晰地记载着他们的血脉渊源，如——

中江《戴氏宗谱·序》载：吾祖自江西迁楚壤麻城县孝感乡，明初来蜀，卜居梓州，再迁中江。

内江《张氏家乘·序》：吾家原籍江西省抚州府金溪县，徙居湖广黄州府麻城县孝感乡。因元末红巾军之乱，始祖公复迁四川成都府内江县。

蓬安《沈氏合族谱·序》载：沈祖籍江西南昌县磨子街猪市巷居住，后迁湖广武昌府蒲圻县居住。康熙四十七年移地四川顺庆府蓬州东周子坝，落业于罗家沟耀池寺。

从鄱阳湖到五江流域，从瓦屑坝到筷子巷，移民使长江流域战乱后的人口得到复苏，为中华文明的延续和发展做出了巨大贡献。

《南昌市地名志》关于筷子巷的记载云："东起象山南路，西至上塘塍街，长四百一十二米，宽二点五米。"就是这样一条窄窄的巷道，在千万移民后裔的心目中长存不衰。

筷子巷是无数移民祖谱上镌刻的记忆符号，一如遗传基因流淌在他们的血脉之中。

六

人类的迁徙之路远没有到此为止，现代战争机器同样造成了迁徙，如抗日战争时期，为了躲避日军的荼毒，大量人员沿长江三角洲由东向西逆向迁徙；解放战争时期，除了国民党党政军人员大量从内地迁入台湾及海外之外，人民解放军"百万雄师过大江"，很多军人转业到地方后，就在南方生根而成为新一代移民。

新中国成立后，知识青年下放农村，形成城市青年向农村大转移运动，虽然后来大部分回城，完成了像候鸟一样的往返，也是重大的人口迁徙活动。

改革开放后，大量农村劳动力向城市转移，农民进城成为一股强大潮流，造就了人类历史上最大的迁徙运动。

中国大地，每年的节假日，大量人员走亲访友、出行旅游，这种短时间的迁徙活动，使交通处于极度饱和的状态，不能不说是一种人口大搬运，也是世界上年复一年绝无仅有的迁徙壮举……

每年夏秋交替之际，来自内蒙古草原、华北平原的数十万只候鸟开始集群往鄱阳湖流域迁飞。在罗霄山脉的指引下，候鸟们会在遂川短暂地停留。遂川境内有鄱阳湖流域最高峰，海拔两千一百二十米的南风面，为候鸟迁徙提供了重要的地貌标志。连绵的群山恰好形成了一个东西贯通的凹形通道，通道出口正好是一个十公里宽的隘口。每年秋分前后，这条通道内会出现一股从西北吹向东南的强大气流，这股气流沿着山势上升，集结的候鸟便利用这股气流飞过山隘，再次展开南下的征途。年复一年，候鸟部落在群山间演绎着迁徙的史诗。

　　人类与候鸟们竞相迁徙，在大地轨道上往来奔跑。迁徙就是背离故土，但大地和天空总是以博大的胸怀接纳着人与鸟疲倦的步履和飞翔之姿。

　　大地愿意人类和鸟类在任何地方安居乐业，创造更加美好的生活！

　　又是金秋，我站在鄱阳湖岸边，眼前候鸟麇集，白鹤、天鹅、大雁在湖滩上自由栖息、飞翔……

　　人类观察候鸟们的迁徙，也在思考自己的祖先从何地迁徙而来，自己的子孙又将以何处为故乡？

江右码头

一

　　而今，高速公路、高速铁路呈网状式在中国大地迅猛铺开，鄱阳湖流域也分布着纵横交错的公路网、铁路网，有的已经通车，有的正在铺设。过去被山岭阻隔的偏僻山乡，也因为公路、铁路的穿山越岭而变得近在咫尺，车辆在短时间内就可到达。

　　尽管湖口现有公路桥、铁路桥双虹飞渡，但湖口轮渡码头仍有渡船营运，给两岸住民提供着交通的方便。

　　在公路和铁路通车前，鄱阳湖的很多水道要津，主要靠船只运输。在江湖交汇、湖湾、人口麇集处，处处是码头，或大或小，星罗棋布地分布在鄱阳湖流域各个交通点上。

　　除了轮船泊岸上下乘客、装卸货物之外，码头还是吸引游人及约会集合的地标。在码头周边，常见的建筑、设施有游轮、渡轮、货柜船、仓库、海关、浮桥、鱼市场、车站、餐厅或者商场等。

　　称为特大码头的必是特大城市，如上海、广州，地处大江与海洋交汇处，属于国际性大码头；次之则为大码头，如武汉、南京、南昌、九江等，属于内陆大江河的商业重镇；再次之为中型码头，如鄱阳湖五大河流之中就有景德镇、吴城、樟树、河口等名镇码头，以特有的商品辐

215

射长江流域，影响全国乃至世界；再再次之还有偏离鄱阳湖中心的小型码头，把各县、乡镇环环相扣，是流通必不可少的基础设施。

鄱阳湖水系，上连五大江河，下通长江，是长江中下游的一个水网中心。那时的鄱阳湖，可谓码头众多、商贾云集、人货相拥，熙熙攘攘，到处是千帆竞渡、万舸争流的景象，令人无限遐想。

一张水网，串联起无穷无尽的码头；一个码头，汇集着无数人的梦想与现实。

码头是一个财富流通的平台，九佬十八匠走州过县的停靠站；是粮食、食盐、棉花、布匹、药材以及金、银、铜、铁、木等各种器物的流通之地。

随着客运站、火车站、机场这些陆路码头的兴建，与船有关的水运码头日渐萧条、衰落，甚至成为遗址。码头也逐渐淡出了人们的视野，成为记忆深处的一缕青烟。

但我还是要揭开这页发黄的卡片，让一艘艘巨轮从水上驶来，停靠在记忆的码头。让我们登上历史之舟，在鄱阳湖中荡漾，与一座座码头和一代代商贾擦肩而过。

古代的江西，交通十分便捷。鄱阳湖水系既是东西大动脉——长江航道的组成部分，又是沟通黄河、长江、珠江流域的"水上京广线"的重要线段。

"水上京广线"借道赣江，纵贯江西南北，成为古代中国大陆国际交流的生命线，其全长约两千五百公里，而鄱阳湖水系的赣江段就有六百余公里，几占全线的四分之一。有了这两条国家级的交通大动脉，江右商穿行于江湖间简直如鱼得水，风生水起，在华夏大地搅起了一阵阵旋风。

江右商从鄱阳湖驶入长江向东可以直达长江三角洲，与江浙沪的巨富豪贾平起平坐；向西可以溯江而上，抵达鄂、豫、陕、湘、桂、云、贵、川诸省，尽得江右商的风流豪迈。而从"水运京广线"北上可以抵达中原各省、黄河流域和京津要地，甚至延伸至东北；南下则可翻越大庾岭，直取岭南，问津国际大码头广州，并延伸至海外。

鄱阳湖是一个沟通世界的内陆流通系统，这给江右商带来了极大方便，也给世界带来江右商的不凡气度。

二

码头离不开船，船更离不开码头。

江西盛产木材，可以就地取材，用于制造船舰。南昌、九江、赣州、吉安、樟树等地都是造船的重要基地。

早在新石器时代（约10000～4000年前），居住在彭蠡湖及赣水流域的三苗族开始广泛使用独木舟和竹（木）筏行走于江湖。舟船是由竹筏、独木舟演进而来的。后来生活在这里的百越族继承和发展了造船和航运技术。

秦汉时，寻阳、豫章都是全国造船重要基地。三国时期，长江流域成为各方力量争夺的对象，周瑜在当时的彭蠡湖及赣江水系赶制战舰，操练水军，在赤壁大战中发挥重要作用。吴国造的战船，最大的上下五层，可载三千名士兵。以造船业见长的吴国在灭亡时，被晋朝俘获的官船就有五千多艘，这些船只很多来自江州等造船基地。

唐太宗曾以高丽不听勿攻新罗谕告，决意兴兵击高丽。命洪、饶（江西鄱阳）、江三州造船四百艘以运军粮。

到了宋朝，在赣江流域，还分布着规模宏大的造船基地，洪州、吉州、虔州（今赣州市）既是赣江沿线的大型码头，也是宋代造船中心。吉州（江西吉安）船场还曾创下年产一千三百多艘船的纪录。

北宋时期，朝廷一次分派给全国各地造船的数字如下：

虔州（今赣州）六百零五艘

凤翔斜谷（今陕西凤翔县齐镇）六百艘

吉州（今吉安）五百二十五艘

明州（今浙江宁波市）一百七十七艘

婺州（今浙江金华市）一百零三艘

温州一百二十五艘，台州一百二十六艘

楚州（今江苏淮安市）八十七艘

鼎州（今湖南常德市）二百四十一艘

嘉州（今四川乐山市）四十五艘

以上共计两千六百三十四艘。赣江的虔州和吉州，分派的数量分列第一、第三名，两州相加得一千一百三十艘，占总数的百分之四十三。

宋代所造的船，巍峨高大，装饰华丽，并在海船率先安装指南针来辨别方向，造船技术领跑世界。赣江沿线码头洪州、吉州、虔州三个造船场，各有兵卒二百人，每天能造船一艘，一年产船一千余艘。这在当时堪称世界上最先进、最庞大的造船工业体系。

元末朱元璋、陈友谅对抗，陈友谅动用了很多楼船巨舰，相当一部分就是由洪州、吉州等码头打造的。明代郑和下西洋，航行于大海上的宝船和战舰，也有来自鄱阳湖水系造船场的。《明成祖实录》记载，郑和舰队每次出洋前，都让南京、江西、浙江、湖广等地建造几十艘到几百艘舰船不等。如永乐五年（1407 年）九月，命都指挥王浩改造海运船二百四十九艘，准备出使西洋诸国；十一月又命江西、浙江、湖广建造海运船十六艘等。

船舰是古代最便利的水上交通工具，广泛应用于政治、军事、商业各个领域，为社会发展做出了巨大贡献。有了船舰，就有了码头。码头成为船舰的停靠站，成为船舰出发的地方。

三

"江右"是江西的代称。明末清初散文家魏禧著《日录杂说》记载：

"江东称江左，江西称江右。盖自江北视之，江东在左，江西在右。"江西遂得"江右"之名。

古代江西商人习称江右商帮。他们发育较早，天生就具备利用船只在码头之间往来贸易的智慧。

江西这块地方，属富饶之地，适宜人类生长繁衍，人口增长迅速，由于人多地狭，自古便有向外寻求发展的传统。他们沿着水的流向，走南闯北，最后开创出了一个商业帝国——江右商帮。

此外，江右人还善能工巧匠的技术活，尤其是瓷器，可谓独具匠心。据《唐书》卷一三四《韦坚传》记载：唐玄宗天宝二年（743年），陕郡太守、水陆运使韦坚，引河水到"望春楼"下，凿为"广运潭"，玄宗诏群臣一同登楼进行漕船"大阅兵"。在江淮并汴洛漕船三百艘通过后，满载轻货的豫章郡（治今南昌市）船载"力士瓷、饮器、茗铛、釜"，船首尾相衔进，数十里不绝，京城观者骇异。

在如此盛大的南方手工业和土特产品水上漕船检阅的活动中，而江西瓷器被推举的程度，殊为罕见，这足以说明洪州窑瓷器在当时的地位。洪州窑位处赣江岸边丰城市岗上乡及上湖村一带，唐代时属洪州。洪州窑从东汉晚期开始投产，历经三国、西晋、南北朝、隋、唐、五代约八百年的历史。绵延数十里的漕船所载瓷器，经赣江——鄱阳湖——长江——大运河——黄河——长安北上，一路浩浩荡荡。

工匠们日夜赶制，漕船千里辗转，沿途要经历无数码头，严密的制造、运输体系令人叹服。这些瓷器，从南方运到北方，通过长安这个国际大都会的影响力，最终将踏上"丝绸之路"，受到世界人民的检阅。

宋代由于经济重心南移，鄱阳湖流域的码头达到了空前繁荣的程度。江西制瓷业也几乎达到了工艺制作的顶峰。洪州窑在晚唐衰落后，随之而起的吉州窑，成为当时"丝绸之路"的重要生产基地，引领着江西瓷业大踏步向前发展。赣江和饶河水系的码头承载着吉州窑和景德镇窑的原材料和产品的转运。当初，瓷器从码头装载上船，工匠和商人不知道它们会成为世界奇珍异宝。

宋代鄱阳湖流域的炼铜技术达到世界顶尖水平，若是那时有诺贝化学奖，此项技术应该颁给德兴人张潜。他从《神农书》中读到胆矾水可浸铁为铜的记载，亲自试验获得成功。他觉得这是一项利国利民的实用技术，于是详细记载其法，献给朝廷。朝廷将他的炼铜法下发给各炼铜场矿，如法炮制，效益明显。江西德兴兴利场、铅山场，这些铜矿厂由原来的乌龟爬行，突然变成了兔子，跑起来似一阵风。新技术的激发，使铜矿产值大增，乐安河与信江码头，更加繁荣了。

蒸蒸日上的鄱阳湖流域各码头，催生着农业、采矿业、造纸业、刻书业、纺织印染业等行业的发展，也催生了文化的兴起。试看"唐宋八大家"，三家落户于江西；"元诗四大家"，江西又占三家。

元代江西码头承继宋朝的模式，经济与文化发展并驾齐驱，均居全国前列。文化的繁荣离不开经济的发展，文化发展了，说明经济在一个高水平上运转。这些从小受江西山水养育的诗文大家，他们在经济力的推动下，以满腹文章的风发意气，登上码头，乘船走向远方。

从商业角度看，真正让江西各路码头兴盛且独树一帜的还是明代至清代鸦片战争前的四五百年间。

随着"江西填湖广"的移民政策推行，江西经济扩张更加迅猛。伴随着文化的繁荣，经济更是芝麻开花节节高攀。江西码头连接着湖广、皖、苏、浙，通向全国各地，舟楫往返，货物和银票的重量将商船压得吃水深沉，但商途充满欢腾景象。这是江西商帮极尽荣耀的时代，各路码头多由江西商帮调遣。

明代中期以后，经济文化重心倾向苏、浙，但江西依然不甘示弱，与二者鼎足而立。此时，徽商、晋商崛起，与江右商帮割据，且互有渗透。

但历史走到19世纪中叶，一场中华民族的浩劫不可避免地发生了——那就是鸦片战争的爆发，导致民族危机，继之而起的是太平天国运动，这些事件直接损毁了数百年的经济和文化积累。西方列强以坚船利炮打开了古老中国的大门，五口通商结束了延续数千年的封闭经济模式，改变了自唐以来中国对外通商口岸唯有广州独大的格局——直接切断了运行一千多年的"水上京广线"，致使"水上京广线"江西商业走廊昔日的繁荣一落千丈。

太平天国运动，江西是主战场。清军围剿太平军的战争中，湘军统帅曾国藩以江西为基地反击太平军，战争所费金银也就地征取，五年期间在江西征得白银八百四十万两，占湘军全部军费的半数以上。民国时期的北伐战争、国共之争，江西也是主战场。

近代以来，京汉、粤汉、津浦等铁路的修通，终结了以水路为主体的交通格局。鄱阳湖水网也逐渐衰落，码头变成了朽木。曾经市井繁华的饶州、河口也变成了明日黄花，惨淡无比。

四

江右商帮凭借四通八达的水网，像稳操胜券的王者，以鄱阳湖为中心向四面八方进发。从鄱阳湖逆势而上，通过五大河流可以进入江西境内各州府和县、镇。这在商品的流入和输出上，具有天然优势。州府码头自然比县城码头大，县城码头也比乡镇码头大，甚至一些村落也有自己的码头。

这些大小不一的码头，在水路交通中，实质上互为联系，码头与码头之间通过船只可以互相往来。在一般商贸体系中，大码头负责分销给处于各水系主干道的州府码头，州府码头再负责分销给水系中支流的县级码头，县级码头再分销给其支流的乡镇码头。反之，各个乡镇的产品，通过舟船汇集到县级码头，县级码头驳大船再汇集到州府码头，州府码头再转运到省级大码头……

重要的生产基地，码头常常是极度繁荣的。古代江西四大古镇：景德镇、樟树镇、河口镇、吴城镇，就是这网状交通中的物品集散地。

景德镇盛产瓷器，是世界瓷都。今天倡导的"一带一路"，就和古代"丝绸之路"关系密切。而"丝绸之路"的重要商品——瓷器的源头和重要生产基地之一就是景德镇。景德镇瓷器远销国内外，运送原材料和输出产品的船只不计其数，码头的物流量之大，不可估测；樟树镇居赣江中游，有袁江支流汇入，是全国著名的药材交易市场，四面八方的药材汇聚到这里，又通过这里发往全国各地；河口镇是造纸基地和冶金基地，又与邻省闽北形成著名的茶乡，所有这些产品必须经过河口镇运往外地；吴城镇处鄱阳湖西岸，扼守赣江和修河出口，成为著名的木材集散地。这些码头，商业极其繁盛，南来北往的客商摩肩接踵。

古代长江流域大多数市镇，流传着"无江西人不成市场""无江西人不成码头"的说法。"码头"除了专供轮船或渡船停泊所用，还是"市场"的代名词。码头的引申义是商埠，大到市镇、集贸，小到街市、店面，都可称码头。鄱阳湖与长江相接，通向省际外的广阔市场。鄱阳湖流域五条江河的干流和支流末梢，均与周围邻省山水相依，驿道相通。饶河的两支主要河流昌江和乐安河上游，可沟通徽南；信江上游可沟通浙西和闽北；抚河上游可沟通闽西，赣江上游可沟通闽西南、粤北、湘东南，从赣江支流袁江上游可沟通湘东，从修河上游可沟通湘东北和鄂南地区。环山四合的江西，看似封闭，实则孔道四张。无论江右商从哪个水道和关口出去，都能通往外省。同理，省外客商也能通过这些水道和关口进入江西，互通有无。

江西商帮涉及商业领域广阔，不仅江西自产的稻米、大豆、瓷器、夏布、纸张、木材、烟叶、桐油、茶油、靛青等通过长江东下，或沿信江——玉山——衢江东出运往皖、苏、浙地区，而将三省盛产的食盐和丝、棉制品运往江西。南京是江西米的最大消费市场，江右商"岁岁载米依期而至"，三日赣米断销，偌大的南京城很多人家就要断炊了。

说到南昌码头，得从"初唐四杰"之一的王勃说起，他身负奇才来到鄱阳湖，溯赣水登上南昌码头，见到一派欣欣向荣的景象。赣江边耸立的滕王阁，正大摆筵席，征集远近才子们的奇词丽句。王勃挥毫泼墨，一篇《滕王阁序》就如楼外赣江水一样，磅礴涌来。通篇赞美江西胜景，非凡建筑，一句"物华天宝"，道出江西富甲天下。南昌码头的繁盛，足令天下有识之士艳羡，就连南唐中主李璟也动了迁都南昌的心思，时称南昌府。

历史上的九江，算得上江西省最大的码头，也是长江沿岸不可或缺的大码头。九江得地利的优势，成为江西地方特产的销售总汇，既是"中国四大米市"之一，也是"中国三大茶市"之一。这是由于江西丰富的物产，最后通过鄱阳湖汇入到江西唯一的吐纳咽喉——长江干道的九江码头；江西本省需要的商品又通过九江输入，进入江西全省各地。由此，九江扮演着江西省进出口贸易总代理的角色。

此外，九江依托长江大码头的便利，形成了全国最大的瓷器市场。景德镇是瓷器生产基地，那里舟楫如云实属正常。九江码头作为景德镇瓷器的一个窗口，瓷器店鳞次栉比，来往于长江的客商不用绕道进入鄱阳湖去景德镇，就能买尽景德镇的精美瓷器。景德镇的瓷器厂家或在九江设点，或由九江店商前往景德镇采购，互惠互利是商家本能。

由于九江市场繁盛，鸦片战争后，九江被列强掠夺，沦为帝国主义控制的殖民地和半殖民地。外国势力纷纷在九江设置洋行、海关、领事等机构，掠夺的财富难以计数。

1861年3月25日，江西布政使张集馨与英国参赞巴夏礼订立开辟九江英租界的约章《九江租地约》。租界的位置位于九江府城以西，居长江与甘棠湖之间的狭窄地段，西面到龙开河，东西向长一百五十丈（沿长江岸线长度），南北向进深为六十丈，面积一百五十亩。

九江开辟商埠和开辟英租界不久，作为江西省唯一的通商口岸，很快取代了江西省传统的商业中心吴城镇（位于赣江注入鄱阳湖之处）和樟树镇（位于赣江中游），成为江西省新的贸易中心。江西的进出口货物不再经由传统的商路南下广东，而是经由九江北上。

时隔六十六年后，北伐军胜利占领武汉、九江，国民政府支持群众要求收回英租界的正义呼声，向英国政府提出收回英租界。面对声势浩大的反帝运动，英国政府不得不作出让步，于1927年2月20日与武汉国民政府签署协定：3月15日将设在九江的租界交还中国。这是鸦片战争以来，中国人民反帝外交斗争史上的一次重大胜利。

长期的闭关锁国，将对外码头（港口）闭锁，不仅不能保境安民，还有可能被外国敲开国门，变成列强的殖民地，就连内陆码头也变成了

九江码头（瓷板画）

他们掠夺财富的基地。清代中国就是最典型的悲剧。

一个强大的国家有接纳万邦的勇气，与世界互通有无，才能彼此相安无事地发展壮大。码头是将本国产品流通到别国换取金钱的母港，打开码头，才能换取富强。

汉代中国就建立了广州港，成为中国与东南亚和印度洋各国通商的国际码头。后来，相继建立了杭州港、温州港、泉州港和登州港等对外贸易码头。

唐代，又开发了明州（今宁波）和扬州两个对外贸易码头。由明州港可渡海直达日本；扬州港处于大运河和长江的交汇点，为当时水陆交通枢纽，出长江东通日本，或经南海西达阿拉伯。

宋元时期，又拓展了福州、厦门和上海码头作为对外贸易港口。

元朝是中国历史上的一个重要朝代，其海外政策同唐宋相比，更具有开放性。但元朝也曾出现过"禁商下海"的海禁，并曾罢废过市舶机构。中国海禁自元朝开始，后被明清所继承和强化。

明朝隆庆元年（1567 年），隆庆皇帝（明穆宗）宣布解除海禁，调整海外贸易政策，允许民间私人远贩东西二洋，史称"隆庆开关"。明朝出现一个比较全面的开放局面。

大清实施海禁达到登峰造极。清朝以"天朝上邦"自居，认为"天朝物产丰盈，无所不有，原不藉外夷货物以通有无"，长期关闭国门，严格限制国人对外交往。乾隆二十二年（1757 年），清政府下令除广州一地外，停止一切对外贸易，这就是所谓的"一口通商"政策。这标志着清政府彻底奉行起闭关锁国政策。

闭关锁国的国策，妨碍了海外市场的扩展，抑制了资本的原始积累，阻碍资本主义萌芽的滋长；使中国与世隔绝，不能及时与西方科学知识和生产技术进行交流，导致中国逐渐落后于世界潮流。1840 年，英国发动鸦片战争，大清王朝战败。

本来关闭的码头，被外人强迫打开。英国强迫清政府签订各种不平等条约，开放那些油水丰厚的码头，便于他们掠夺巨大的财富。

码头被外国人占有，在自己的国土上受洋人的欺压，这段屈辱的历史成为中国人记忆中的哀痛。

五

江右商帮从鄱阳湖大大小小的码头出发，以长江流域为线索，驶向外省码头，开辟着自己的商业传奇。

江右商帮，发轫于唐代，发展于两宋，兴盛于明、清两代。其超强规模和实力，可以从全国各地至今仍然有迹可循的万寿宫或江西会馆探知一二。

有江西人聚居的地方，就有万寿宫。万寿宫是江右商向外拓展建立的商业码头。凭借这些建立在全国各地的万寿宫，江右商即便在异国他乡也如回到了家乡般亲切。

江右商帮借明初开始的"江西填湖广"人口迁徙之势，随人口的流布将商品传达到湖南、湖北、安徽、江苏、河南等地，继而渗透至西南的云贵川。人口迁徙大军虽说以开垦为主，但其中也有不少人本身亦耕亦商。他们既可放下箩担耕田，也可丢下锄头经商。如此，为江右商帮借势渗透到外地创造了更大生存空间。

江右商人既有坐地开店的批发零售商，也有长途贩运，异地互市的流动商。坐地开店的江右商往往占据着城镇最繁华的地盘，如街巷的十字口中心区域；长途贩运的流动商也往往熟知各地行情，将江西本土的商品运至销售地，又从销售地购买江西紧缺的货物运回本土赚取差价。无论是坐地开店还是流动互市，依托的自然是码头和船只的便利。

清初又掀起"湖广填四川"的人口迁徙运动，大量祖籍江西的湖广人移入四川。江右商又跟随移民潮，再次进入四川。明末张献忠变乱而导致四川人口锐减，商业也随之衰竭，江右商对四川的重新崛起起到了不可低估的作用。

有趣的是，这些遍布大半个中国的江右商，肩上不仅背着钱袋，还背负着江西人的文化偶像——许真君。江右商每到一地，具备了一定财力后，首要事务便是召集江右商人筹款建造万寿宫，将江西福主许真君——江西人的保护神安放宫内正殿，供大家膜拜。

江西是中国道教发源地，道教名山众多，宗派林立，龙虎山、三清山、麻姑山、阁皂山、庐山、西山都是道教各宗发祥和创宗之地。道教思想在古代江西民众心中根深蒂固，对江右商帮的形成和发展有重大影响。各地万寿宫纷纷崛起，既起到凝聚人心的作用，又带动商业向更高层次扩展。江右商帮是名副其实的"道商"，道以商传，商以道盛。这也是江右商帮席卷大半个中国的内在基因。

心中有道，便不会见利忘义，生意也会越做越大。江右商营建万寿宫，不仅当地的江西人敬奉许真君，就连那里的原住民也受到感染。他们与江右商做买卖，感觉有安全保障，不用担心假酒假烟假盐假茶假币，也不用担心短斤少两，以次充好。所谓厚道，正是江右商帮身上的闪光点。

万寿宫（江西会馆）在全国城乡星罗棋布，数以千计。民国时期，北京共有会馆四百零二所，其中江西会馆就有六十五所，为各省之首。江右商占据大城市的中心做买卖，天津、上海、武汉、杭州、重庆、西安、成都的万寿宫规模宏大，可见江右商在这些中心城市的雄厚实力。江右商的身影不仅活跃在中原、江浙闽越、湖广和西南，足迹还远至极边之地，如辽东、甘肃、新疆、西藏乃至境外异域，江右商人也不辞辛劳，携货往返。远在大漠之外的新疆霍城县惠远镇也有万寿宫的存在，西藏拉萨的繁华区均有江西会馆的雄姿。

　　江右商帮不仅在国内风生水起，甚至漂洋过海，将生意扩展到东南亚各国，将江右品牌打入国际市场。在我国台湾、新加坡、马来西亚均有江西会馆。在全球化的今天看来，这也是令人倾倒的！

　　万寿宫，也称为江西会馆、江西同乡会馆、江西庙，不仅主要城市有，而且县乡镇均有布局，殊为壮观。以省际论，四川是建万寿宫最多的一个省，共有三百余座。四川有约一百二十座县城，相当于每个县有三座万寿宫。这或许是福主许真君当年曾在四川旌阳当县令时，救助过无数困厄百姓的缘故吧。

会泽万寿宫戏台

云南境内，由东北向西南，直抵滇缅边境，万寿宫比比皆是，可见江右商在这里繁盛的程度。明万历年间，王士性著述《广志绎》中记载："视云南全省，抚人居什之五六，初犹以为商贩，止城市也。"其时，王士性在澜沧出任军事主官，自然对云南全省十分了解。云南全境，抚州人占了十之五六，就连偏僻的异域怪族，只要有聚落之地，其酋长头目都是抚州人担任。云南遍地是万寿宫，便不足为奇了。

云南彝族民间史诗《梅葛》第二部《造物》中提到蚕丝，就是江右商发现的："江西挑担人，来到桑树下，看见了蚕屎，找到了蚕种。"《梅葛》第三部《婚事和蛮歌》里还说道："江西货郎哥，挑担到你家，你家小姑娘，爱针又爱线……"由此可见，江右商人在民间广为人知。

云南会泽县现存万寿宫，始建于清康熙五十年，雍正八年毁于战火。乾隆二十七年经云南东川府联络江西南昌、临川、瑞州、建昌等五府公议，并由参加公议的五府及九江、南安等十四府捐资重建。整个建筑布局气势恢宏，特别是其中的古戏台，堪称云南古建筑的精品。

极具商业精神的茶马古道，也烙印着江右商开拓的足迹。许多江右商人长年累月在异地经商，娶妻生子，至死不归。云南宁洱（原普洱）哈尼族彝族自治县有座江西会馆，馆内有六块乾隆年间竖立的功德碑，上面镌刻着六百多名江右商人的名字。这些大多是来自南昌府、建昌府、吉安府的商人，其中抚州人最多。一些江右商开始只是挑着一担毛笔，来到云南做买卖，后来便开始走马帮，运送茶叶、盐巴等物品到缅甸、尼泊尔等地，踏上了茶马古道。江西南丰商人夏某出入西藏，往返贸易，最后病死于西藏。他儿子打听到下落，不远万里扶柩而归。可见这条商道对于江右商人来说是轻车熟路。

湖广（今湖南、湖北）为江西邻居，江右商人出入如自家菜园，万寿宫比比皆是。在湘西凤凰古城，清末、民国年间在这里经商的江右商人，成为凤凰城最富有的群体。他们的经商故事，至今仍在民间口口相传。直到如今，湘西凤凰古城的万寿宫依旧声名远播，成一个游客喜爱的著名景点。

万寿宫的建设规模，依据当地人口规模和市场兴盛程度决定。汉口的万寿宫，清康熙年间建造，由江西南昌、临川、吉安、瑞州、抚州、建昌六府各商号集资建成，可谓繁复盛大而精工细作，结构严谨而富丽堂皇，是当时武汉首屈一指的宫殿式建筑。这座宏大楼宇，太平军进入汉口时，成为东王杨秀清的王府，后天王洪秀全及诸王齐集东王府决策顺江东进。1934年（民国二十三年），汉口警备司令部叶蓬手下的特务大队为了掩盖盗卖存放在大殿的军火而纵火烧毁了大殿。1938年（民国二十七年）8月，日本侵略军空袭汉口，炸毁万寿宫后花厅。

在战火连绵、风雨侵蚀之下，各地由江右商重金打造的万寿宫或江西会馆，多数已成为断壁残垣或遗址，埋入了烟尘般的历史深壑。近年来，各地开挖地基，不断发现"江西万寿宫""万寿宫"等字样的铭文砖，这足以说明万寿宫在大地上的分布之广和持久生命力。

江西是儒释道文化相互渗透、相互吸纳的造化之地。江右商帮天性中葆有的优秀文化基因，在万寿宫文化中得到极度发挥。万寿宫是一座集会馆、朝拜、娱乐于一体的综合性场所。万寿宫内有戏台，江右商人每年都要请众多戏班登台轮番演出，长达月余。这是江右商的一种经营策略，把朝拜、娱乐与经商活动联系在一起，形成一种商业文化气场，使商业笼罩宗教与文化意味，促使商业保持旺盛生命力。这一商业模式，发展至今，成为庙会，是推广商品的绝好机会。

江右商帮能够在鼎盛时的唐、宋时代就阔步天下，发展到明、清成为天下第一商帮，万寿宫立下了不世之功。万寿宫也如一张张镀金名片，将江右商帮推送至大众面前，成为中华工商业沿袭九百余年的一道奇观！

一座座万寿宫，就是一座座营盘。万寿宫遍布华夏甚至海外，其实就是在异地他乡建筑的营盘，使江右商帮稳扎稳打，走向世界。

一座座万寿宫，更是一座座码头。这些码头既将江右商人送上征途，又将他们迎接回家。

江右商帮凭借万寿宫这座连锁码头，将江右商业文化传播到广阔的大陆和海洋之间，成为一曲壮美的旋律，回荡在浩瀚的水色纹理之上……

六

　　谈到码头，我在走访鄱阳湖的过程中，发现三个有代表性的人物，他们从鄱阳湖出发，走向中国，走向世界，成为航海、科技和建筑界的东方大腕。

　　第一个人物是汪大渊。从鄱阳湖码头起航，前路到底有多远，没有人知道，但居住在南昌的汪大渊用行动探知了这个距离。

　　那个时代，中国进入元朝，全球商贸形成井喷现象，汪大渊从鄱阳湖码头出发，来到当时的国际大港——泉州，继而从泉州出发，沿着中国"海上丝绸之路"的航线，从太平洋到印度洋再到地中海，足迹散布在亚洲、欧洲、非洲、澳洲等多个大洲，成为中国有文字记录的最大航海家，被誉为"东方的马可·波罗"。

　　汪大渊出生于鄱阳湖西岸的水城南昌。四面八方的水朝南昌涌来，又从南昌周边流去。汪大渊与水结下了不解之缘，终而成为从大陆走向大洋、影响世界的航海家。汪大渊的出生地——南昌市青云谱区施尧村汪家垄，有一首排工号子——《南昌城南掌故多》这样唱道：

　　　　南昌城南掌故多，将军渡口波连波嘿。
　　　　象湖源上风光好哟嗬，施家尧去划龙舟来嘿。
　　　　王老丞相来迎接哟嗬，相府千金坐花楼啰嘿。
　　　　汪家垄住航海客哟嗬，漂洋过海到夷洲啰嘿！

　　汪大渊生活的时代，是中国商品远销海外的黄金时期，也是"海上丝绸之路"最为旺盛之时。

　　元代，中国海洋贸易十分活跃，世界最大港不在地中海，而在太平洋西岸的泉州。元朝接续南宋的贸易衣钵，进一步拓展了海外市场，由南宋五十一个海外贸易国家和地区提升到一百四十多个，进口产品也由南宋的二百多种增加到二百五十多种。元朝先后在泉州、庆元、上海、橄浦、广州、温州、杭州等地设市舶司，管理进出口贸易。在这些拥有对外贸易的沿海城市中，泉州独领风骚，成为当时世界上最大的国际贸易港口。

明末意大利传教士利玛窦对鄱阳湖水系相当熟悉，他描述从信江到福建的情形："从这里可以由水路到福建省，再从那里东至大海……"汪大渊从内陆水运中心鄱阳湖来到世界上最繁忙的港口泉州。

当时的泉州海港，帆樯林立，商贾云集，上百个国家和地区的商贾和物品通过这里进入中国市场。数以万计的外国商人、旅行者、传教士操着各自的国语，身披不同的肤色，穿着各种服饰穿梭在泉州的码头和街巷。汪大渊的航海生涯就是从这里开始的。汪大渊一生经历了两次远航：

第一次出洋时间为元文宗至顺元年（1330年），汪大渊时年二十岁，沿途经南海到孟加拉湾、阿拉伯海，由亚丁湾入红海，足迹踏遍海南岛、占城、马六甲、爪哇、苏门答腊、缅甸、印度、波斯、阿拉伯、埃及等

汪大渊雕塑

地。作为元代典型的"背包客"，他还横渡地中海到摩洛哥，到埃及后，又乘中国商船出红海到索马里、莫桑比克，横渡印度洋回到斯里兰卡、苏门答腊、爪哇，经澳大利亚到加里曼丹、菲律宾，然后返回泉州。整个行程历时五年，跨越亚洲、非洲、欧洲、澳洲，是当时了不起的壮举。

第二次航海比第一次所费时间要少得多。他于归国休整两三年之后的元顺帝至元三年（1337年），依然从泉州出发，经南洋群岛、马六甲海峡到印度洋，在阿拉伯海、波斯湾、红海、地中海、非洲的莫桑比克海峡及澳大利亚各地穿行，至元五年（1339年）返回泉州。

归国后的汪大渊，将二十岁开始航海所记录的日志经过一番整理、誊抄，写成了工工整整的《岛夷志》。《岛夷志》的抄本在官署和坊间流行，特别是初涉航海者，把他的《岛夷志》当作经典捧读，是航海实战教材般的读物。书中记录了二百二十个域外地名，实际上都是汪大渊航海的停靠站，也是他在异国他乡赖以采集民风民俗的码头。

谁能想到，鄱阳湖水系码头培养出的航海家，不仅征服了世界大洋大洲，还将这些经历记载下来，成为未来航海人的必备之书。他实现了从鄱阳湖码头驶向世界大洋的梦想，成为世界一流的航海家。

第二个人物是宋应星。在鄱阳湖连通的各个码头，闪现一个落榜书生的身影，但他没有颓废，而是百折不挠，行走在各工厂、作坊、矿山、窑场间，与各行各业的工匠师傅们交朋友，采集素材、画图稿，撰写了一部前所未有的奇书——《天工开物》。

在鄱阳湖西岸，耸立着一座绵延数百里的巍峨山脉——九岭山。山脉东麓流淌着蜿蜒曲折的潦河。潦河由西向东缓慢而行，润泽着两岸以耕读为本的百姓。宋埠镇牌楼村坐落在潦河南岸，中国17世纪的科技巨人宋应星就诞生在这里。

在中国历史上，那些声名显赫的人要么是哲学上的巨人，如老子、孔子、孟子、朱熹、陆九渊、王阳明等，要么是文坛领袖，如韩愈、欧阳修、苏轼等，要么是诗歌宗派的创始人如陶渊明、李白、杜甫、黄庭坚、辛弃疾等，而科学领域的学者，实属凤毛麟角。宋应星就是一位以著述中国科技成就而闻名世界的科学家。他的惊世之作《天工开物》被世界公认为"中国 17 世纪的工艺百科全书"，对人类进步和文明起到了重要影响。

宋应星一生六次参加科举考试，均告失败。四十五岁时，他断绝了科举考试的念头，专门从事实学，研究农工生产技术和自然科学、哲学等非科举门类的学问。

他所处的时代是中国资本主义萌芽阶段，鄱阳湖地区农、工、商各业异常发达。他所收录的农业、手工业，诸如机械、砖瓦、陶瓷、硫黄、烛、纸、兵器、火药、纺织、染色、制盐、采煤、榨油等生产技术，在他所处的周边环境随处可见。身边没有的，他也利用亲友在外地的机会，前往各地考察。其兄应升任浙江桐乡县令时，他至湖州、嘉兴调查蚕桑生产技术；后兄转任广东恩平县令，他又赴广东考察甘蔗栽培及榨糖技术。经过数年的积累，他对当时各项生产技术进行了系统的总结，尤其是记述工农业生产中许多先进的科技成果，使《天工开物》成为全世界第一部关于农业和手工业生产的综合性著作。

"天工开物"取自"天工人代"及"开物成务"，本意是上天的工作由人来代劳，揭开事物的奥妙，完成完善世界的使命。这一观点，与统治了五百多年的理学思想相异。宋应星在《天工开物·序》中写道："天覆地载，物数号万，而事亦因之，曲成而不遗。岂人力也哉。"意思是说，大地之间，物质数以万计，事也因之万万千千，它们之间的变化是没有止境的。这又岂是人力能够全部办到的呢？化而言之，上天造就了万物，交给人来管理、开发，人的聪明才智虽无止境，但也还是有人力不可为的。人类依照一定的事物规则，顺应天时，完善万物，就是所谓科学技术。掌握了科学技术，就能完善事物本来面目，按照人的意愿使事物为我所用。

宋应星剖析水火土金木五行的相互关系，阐述了万物生成之理。他在《天工开物·陶埏》一章中指出："水火既济而土和。万室之国，日勤千人而不足，民用亦繁矣哉。"就是说靠水火对土的相互作用，制作成陶瓷，供千家万户的国中百姓日常使用，从而使市场繁荣。将事物本源与技术转化，归结为人的需求。

宋应星不是江右商人，但他却是江右工艺和技术的传播者。他的书在各个码头流传，先是海内，之后流传至海外，成为中国工商业界工艺技术的百科全书。许多技术被各国效仿，对促进世界交流、人类进步起到了巨大作用。

　　第三个人物是雷发达以及"样式雷"家族。鄱阳湖是个大码头，必然诞生令世人惊叹的神奇。在鄱阳湖周围蔓生着一代代人，一个个家族，他们以自己独创的技艺构造着精彩纷呈的世界。突然有一天，一个鲁班式的家族从鄱阳湖起锚，走向京城，以"样式雷"的版本走进人们的视野，开始了他们的建筑传奇。

　　在世界建筑史上，如雷氏一样掌管皇家建筑达二百多年的世家极为罕见。整个大清王朝的宫廷建筑，包括赫赫有名的圆明园、承德避暑山庄、北京故宫、天坛、颐和园及清东陵和西陵等，这些列入世界文化遗产的建筑设计都出自"样式雷"家族。

　　"样式雷"家族，祖籍鄱阳湖畔西岸的永修县梅棠镇新庄村。自第一代"样式雷"雷发达于康熙年间应募前往北京修建宫殿始，到第八代"样式雷"雷献彩在辛亥革命的洪流中淹没，雷氏绵延八代为皇家掌管宫殿、园囿、陵寝及衙署、庙宇等设计和修建工程。他们的设计样式被世人尊称为"样式雷"，也俗称"样子雷"。

　　清代初年，雷发达与堂兄雷发宣因建筑工艺闻名业界，被募入京参与皇宫修建工程，直到七十岁解役归家。他的三个儿子雷金玉、雷金鸣、雷金升，子承父业，均为朝廷工部效命。雷发达在修建皇室宫殿时担任工部样式负责人。他不仅自己善于钻研，虚心学习，而且教子有方，三个儿子各有所成，特别是长子雷金玉，青出于蓝而胜于蓝，是接管样式房的最佳人选。

　　坊间传得最神的是当年修建故宫太和殿时的一则故事。太和殿就是人们常说的金銮宝殿，是皇帝坐镇理政的场所，这样的重大工程，不能有丝毫麻痹大意。工程开始时，因缺少大木梁，雷发达就建议拆取明陵的梁柱充用。明陵梁柱是楠木，结实耐用。上梁之日，康熙率文武百官亲临行礼，但上梁之际，卯眼和榫头不合，工部长官相顾愕然，唯恐耽误上梁吉时。这时，雷发达命子雷金玉腰系板斧，如猿猴般攀上大梁。雷金玉手举板斧，只听"笃，笃，笃"三声，大梁"轰"的一声榫落卯中……上梁大礼告成，康熙帝龙心大悦，当即召见雷发达父子，诏令雷发达为工部营造所掌班。康熙对年轻英俊、技艺精湛的雷金玉赞赏有加，之后的圆明园工程，康熙令雷金玉担任样式房掌案。所谓掌案，就是今天的工程总设计师。雷金玉按照皇帝意图，制作"烫样"模型，呈皇帝御览，得到皇帝首肯后，再行颁布施工条例和步骤。

"样式雷"采用中国古代建筑群中轴线纵深发展、对称布局的方式，不墨守成规，既有中轴线上建筑物的严格对称，又有主轴两侧轴线上各建筑物的大致对称，从而显现灵活多变的新格局。如此这般，既突出了中心又体现了"居中为尊"的思想，形成统一并有主次的整体。这种建筑格局和理念，被人们赞誉为"样式雷"。

自清王朝入主中原到其退出历史舞台，共二百六十多年，"样式雷"可谓主宰了整个清廷皇室建筑的大部分规划设计。因此，"样式雷"的家族兴衰与大清王朝的命运密切相关——

"样式雷"的创建者雷发达，生活在明末清初之时，亲身经历了改朝换代的痛苦动荡。他目睹明王朝的覆亡，也积极投身到清王朝的创建当中，是名副其实的建设者；第二代"样式雷"传人雷金玉身处康乾盛世，正是大兴土木之时，他为清王朝皇家建筑做出了杰出贡献。此后，"样式雷"代代沿袭，直到清朝衰败，共延续了八代掌案。

"样式雷"第五代传人雷景修生活在道光、咸丰年间，清政府内忧外患，国势衰微，自然没有能力规划大的建设项目，特别是咸丰十年英法联军焚烧圆明园后，清皇室土木工程处于停滞状态，雷景修空有一身技艺无用武之地。但作为"样式雷"传人，他在英法联军烧毁圆明园时，将大量图纸和烫样收集保存起来。这一原本为家族存续辉煌历史的壮举，没想到竟为中华民族留下了宝贵的文化遗产。

"样式雷"第六代传人雷思起，敏锐地觉察到"样式雷"家族正经受着凤凰涅槃的洗礼。鸦片战争后期，太平天国覆灭，清廷依仗"样式雷"在废墟上重建，破损的建筑相继得以重修，皇家陵寝也需要夜以继日地构建，"样式雷"家族由此盛极一时；第七代"样式雷"传人雷廷昌接管样式房掌案后，主持重建了天坛祈年殿、紫禁城太和门及慈禧太后万寿庆典的点景楼台等工程，被朝廷赐封为二品官。一如冲天而起的烟花在空中绽放出耀眼的斑斓，雷氏家族荣耀又一次达到顶峰。

在"样式雷"鼎盛时期，雷氏在北京有庞大家业，仅西单大街，一条街有九成的铺面都是"样式雷"家族的产业。但随着清朝的消亡，雷家的境况一落千丈，第八代"样式雷"传人雷献彩潦倒时，只能栖身于离祖坟山不远的寺庙中……

现存的"样式雷"图档，封存于中国国家图书馆、中国第一历史档案馆、故宫博物院、清华大学建筑学院资料室以及首都图书馆、北京大学图书馆、社科院图书馆等处，也有一部分流失海外。有人说是"样式雷"家族建造了古老的北京，他们的作品后成为现代中国引以为傲的"世界文化遗产"，就连这些建筑图稿也被联合国教科文组织列入"世界记忆名录"，被历史永远铭记。

回到最初，当年从鄱阳湖畔的一座普通码头走出去的一个普通建筑师，因为跨入京城大码头，跃升为皇家建筑的设计者、"样式雷"创建者和掌门人。远去的时光无法遮蔽人们追寻的目光，"样式雷"已经成为一个建筑设计的符号，永远定格在人们的记忆之中！

七

在鄱阳湖众多码头中，有一个码头很独特。别的码头，有的船只可以不靠岸，但到了这个码头，无论大小船只，都必须停下来接受查验，缴纳应交的税额才能放行。这个码头，也是鄱阳湖的咽喉，它的名字叫姑塘。

进进出出的商船遮天蔽日，一道水上锁链封锁着进出船只。也许，用"雁过拔毛"才能说得清这个码头的真实身份。

姑塘最初只是一个小渔村，名贞女浦。那时并不热闹，人烟不过几家而已。姑塘真正繁荣，是从清雍正年间开始。

最初，九江榷（钞）关为了不流失鄱阳湖出口的税款，在湖口设立了分关。但由于湖口风高浪急，停泊船只和木排常常发生危险，甚至出现船毁人亡的事故。直到清雍正元年（1723年），江西巡抚裴度上书朝廷，提议撤销湖口分关，移至星子和九江两县交界处的姑塘。这一提案很快得到朝廷批复。

裴度是个有远见卓识、办事干练的巡抚。他找到了湖口榷关的替代方案，从而使小渔村变成了大码头。

姑塘水面平缓，湖湾宽阔，是个得天独厚的优良避风港。榷关新移姑塘，进出鄱阳湖的大小船只和木排必须靠岸停泊，接受检查，缴纳税银，方可通行。久而久之，姑塘的服务业也相继兴起，饭店、酒馆、茶肆、客栈、妓院、戏班……应有尽有。商客们也乐得将姑塘当作歇脚、娱乐及补充供给所在地。各地商帮分设在此的会馆也相继开张营业。

历史上的姑塘，三面环水，一面依山，各类服务设施、街巷、房屋，层层叠叠建在水上、岸上、山上。港湾停泊着密密麻麻的船只和木排，遮天蔽日。姑塘的繁华景象，有人描绘为"日有千人作揖，夜有万盏灯明"，其生机和活力可见一斑。

姑塘榷关是全国重要关口。它既是内陆"水上京广线"的要津，又是江西省各府县物资进出的关口，还是徽南、浙西、闽北地区进入长江水道最便捷的水口。一个小小的姑塘关，像一只大嘴的蛤蟆，长江上游来自云、贵、川、桂、湘、鄂、陕、豫进入湖口的物资，它要吃上一口，长江下游皖、苏、浙及大运河转道进入鄱阳湖的所有物资它也得吃一口，江西全境及邻近省取道鄱阳湖进入长江的物资它更是照吃不误。一句话，就是所有进出姑塘的商船、物资都要照章纳税。蛤蟆养得肥肥胖胖，它就伫立在姑塘镇的湖岸间，眼睛紧盯着湖面，日夜守卫着。在姑塘附近还真有这么一块天然的巨石，名字就叫"蛤蟆石"，其象征意味不难揣测。只是蛤蟆石在"文革"期间被人为破坏，殊为可惜！

姑塘榷关每年从"蛤蟆"屁股里抠出的银两难以计数。姑塘榷关是九江榷关的分关，那么每年九江榷关贡献给朝廷的税收是多少呢？据史料记载，清乾隆四十一年（1776年）为六十六万两千一百两；嘉庆二十五年（1820年）为五十八万四千七百两；道光九年（1829年）为六十万两……这些数字比同时期的江海（上海）关要高出许多。需要说明的是，九江榷关的税收总额之中有一多半是姑塘分关的贡献。

鸦片战争后，九江被辟为通商口岸，洋人开始在中国内地各码头肆意横行。咸丰十一年（1861年），英、法胁迫清廷在九江码头设立海关，代替原来的九江榷关。光绪二十七年（1901年），英人赫德对清政府施压，强迫没落的清政府将姑塘划归九江海关管辖。洋人征地建海关洋楼，并在海关后山架设炮台，虎视眈眈地监视着来往船只。自此，过往商船和木排均由外国人掌控征税，滚滚白银似流水般涌入侵略者设立的姑塘海关。

姑塘海关作为江西全省唯一的吐纳之咽喉，拥有繁盛的人口和丰富的物产，故在全国众多商埠中，贸易额显得十分突出。大量的出口产品如夏布、纸张、烟叶、矿产、瓷器、木材一如洪流，滚滚而入长江。而进口的洋纱、匹头、绸缎、洋杂件、中药、西药、杂货、罐头等又源源不断地从长江涌入江西境内。姑塘码头是联系九江和庐山的纽带，从景德镇、浮梁

姑塘老照片

等地运送来的瓷器和茶叶均从这里上岸，由挑夫和马车送往九江。

姑塘作为码头，有"十湾"之称。一湾、二湾，习惯称"首二湾"。海关、万寿宫、灯塔分布于此，还有刘、熊两家的钱庄。这里无疑是纳税公干的地方，是姑塘的首要位置；三湾、四湾则是水码头，是上下货物、人流出入的通道；五湾至九湾都是铺面街道，是餐饮、旅馆、休闲、娱乐等服务业占据的地方；其中六湾在镇中心，店铺最多，著名的积善堂就在这里。积善堂是一个民间慈善机构，周济孤寡、施棺安葬、祭扫孤坟等，善举不断，在民间影响很大，还有会馆、烟酒店、杂货店等。这里由于地势的关系，依山傍水，多数店铺为吊脚楼；七湾有一口狮子洞，商家在这里建房开店；八湾是黄利源老板的店堂，还有王和丰、郑永祥两家店铺；九湾面积最大，湾中有湾，湾中有不少豆腐作坊，被人唤作"豆腐湾"。湾里还有徽州会馆、杨家祠、美国人开的洋行；十湾在官山脚下，依山垒建着很多低矮的平房，这里是挑夫和脚力们的栖身处。

"姑塘十湾"平均每湾一华里，全长十华里的镇街以姑山为圆点，围绕成一个马蹄形。由于依山而建，远远看去，似一座"宝塔"。

在姑塘码头兴盛的二百余年，早期长年停泊姑塘港作业的船只有四十类三千二百六十六种之多。近代，进入姑塘港作业和缴税的轮船增多，木帆船不下万艘。民国九年（1920年）统计达三十万二千零九十五艘。木排的通行每年达千万立方米。民国二十四年（1935年）统计就有一千六百万立方米的木排从姑塘过境。

江西是漕粮和商品粮出口大省。清代由江西出口的漕粮，每年均超八万担，遇到外省年成不好，出口的数量就更多，有时高达五十万担，而商品粮则远不止这些数目。乾隆三年（1738年）八月至次年四月，仅八个月就从姑塘出口一千二百万担粮食。清光绪三年（1876年），茶叶从此过境达二十五万一千担，民国四年（1915年）增至三十三万九千八百担。民国四年（1915年），瓷器的出运量为六万九千三百担。

此外，光绪年间（1875～1908年）从长江进入鄱阳湖运往江西全境及周边地区的淮盐每年均在五十四万担以上。

姑塘码头的衰退源自铁路的建设。1917 年南浔线和 1937 年浙赣线先后通车，江西陆路交通迅速发展，传统大宗商品，如茶叶、药材、瓷器等改为陆路运输。木帆船逐步被淘汰，从而削弱了姑塘海关的地位，姑塘街由此渐趋冷落。

导致姑塘码头彻底沉寂的是侵华日军的炮火，一幕持续了二百余年的喧嚣大戏戛然落下帷幕。1938 年 7 月 22 日夜，姑塘码头在日军炮火猛烈摧毁下，昔日繁华顿成残壁断垣。次日清晨，气势汹汹的日军海军陆战队在飞机、舰炮的掩护下，从姑塘码头抢滩。此时，姑塘已是一片焦土。曾经"帆樯蔽江，人货辐辏"的景象，在日军铁蹄的轰鸣下，瞬间成为遥不可及的梦幻……

在战火洗礼下，因海关而兴的姑塘码头，有钱人早已带着家眷远避战火，远走他乡，而挑夫和脚力只好藏身农村。战火摧毁了码头，又逢水运时代的终结，由水运兴旺的姑塘码头便从此衰落。

而今，在战火中幸存的三幢海关建筑，作为码头文化的遗存，伫立在湖畔，像老式的留声机，在风中一遍又一遍地回放着那些逝去时光的浮华与战栗。

八

近代，从鄱阳湖水系各个码头走出去的江右商人，涌现了一大批勤奋拼搏、勇于开拓的中国商界巨子。

在许多人的眼中，明清两代的晋商与徽商是当时活跃的商人，其实，那时江右商人（赣商）同样活跃在全国，只是鲜为人知。那时的赣商与晋商、徽商鼎足而立，特别是在长江流域各省，有"无赣不成市"的谚语。

20 世纪 90 年代，一部电视剧《胡雪岩》走红影视界，十年后的 2006 年，又有人拍了《红顶商人胡雪岩》，似乎古今商界大佬唯胡雪岩；

徽商热闹了，晋商也拍出了一部《乔家大院》，风靡一时。唯独赫赫有名的江右商帮（赣商），不露声色。

靠为左宗棠西征举借洋款而发财的胡雪岩，被誉于"中国最成功的商人"，其顶峰时，总资产约两千万两白银，而周扶九生意高峰时，资产达五千万两白银，是胡雪岩的两倍多。胡雪岩因经营不善，最后遍布各地的商号纷纷倒闭，不得不宣告破产，他也落得被清廷革职查办、严追治罪的下场。周扶九在长达半个多世纪的经营中，无一败绩，可谓善始善终，是一位商场不倒翁。

周扶九作为近代江右商帮的杰出代表，他头上顶着多如牛毛的头衔：近代中国扬州最大盐商、近代中国金融家、近代中国垦殖业先驱、上海滩地皮大王、上海滩黄金巨子、近代中国房产大王、近代中国实业家……不一而足，这些都是他用非凡的经商业绩打造出来的。

既然是清末民初的中国首富，那么周扶九在全国各地到底有多少房产，多少田地，就连周扶九的三个儿子、十一个孙子孙女也说不清楚。新中国成立后搞土改，周扶九的一个儿媳就拿出棉田地契三万亩。1966年，人民政府最后一次发放公管房屋定息时，他一个孙媳一房就分得一个季度定息人民币两万四千元——20世纪60年代的两万四千元，已是一笔巨款。

据称，清末民初，周扶九资产就达五千万两白银。五千万两白银是什么概念呢？道光二十一年（1841年），清朝的财政总收入大约为四千一百二十五万两白银，再往后，年度财政收入也不过四千五百万至五千万两白银。也就是说，周扶九的资产相当于大清王朝全年的财政总收入，说他富可敌国，一点不为过。

周扶九是吉安县高塘乡下周村人，十六岁前往同乡在湖南湘潭开的周永孚笔墨店当学徒。这家笔墨店，经营范围十分广泛，除经营笔墨外，还经营绸布、木材，兼营存款、汇兑业务，生意涉及江西、湖北、安徽、浙江、江苏、广东等省。周扶九工作兢兢业业，为人诚实，刻苦好学，精明能干，深受店主器重，很快就升迁为职员，出外跑采购，兼催账收账等业务。

1853 年，洪秀全在广西起事反清，战争一度引发湖广骚乱，社会动荡，市场萧条。周扶九奉老板之命，去扬州收回旧账。一些木材商人由于没有现银，给了周扶九一堆盐票抵账，最后数数，有二十五张，每张价二十两，抵债银五百两。盐票是当时官府发给盐商的运销凭证，盐商只能凭盐票运销，每票可运销食盐八百至两千斤不等。没有盐票运销食盐，那就是违法行为，是掉脑袋的行当。

周扶九返回湖南交账时，盐票已贬值。店主觉得周扶九办事不牢，要把这笔亏损算到他头上，于是以盐票为工钱，抵给了他。

1861 年，曾国藩率湘军攻破天京（今南京），被朝廷封为两江总督，统辖江苏、浙江、安徽、江西四省军政事务。曾国藩下令恢复盐票，实行盐业官督商办，控制盐税，凡持有盐票者均可使用。老板得到信息，叫周扶九交回盐票，并补发停发的工资。

周扶九兴高采烈地回吉安老家取回盐票。不料返湘当天，老婆帮其收拾衣物，由于不识字，误将一卷税票塞在包里。周扶九回到店里，将票据掏出，老板一看，并非盐票，认定周扶九见财起意，有意戏弄他。一气之下，将周扶九开除出店。

周扶九十分委屈，丢了工作，只好回乡摆地摊维持生计。可喜的是，那些盐票，由于政府控制采购量，价格一直都在上涨。

周扶九仍然执意要将盐票交回店里，以还自己的不白之冤。他给老板写信，要求消除误会，由他交回盐票，

周扶九塑像

回店里工作。但老板也认死理，自己作出了辞退的决定，现在凭盐票上涨又反悔，显得自己是见财起意，有失诚信。既然周扶九这小子有发财之命，这财就该让他发，与自己无缘。老板因而拒不收盐票，也不收回开除周扶九之成命。

不承想，盐票就像打了鸡血一样，一路狂涨，从二十两涨到五百两，然后又涨到四千两，最后涨到每张一万五千两！

周扶九脑子灵活，既然老板不要自己了，只好自己独闯天下了。既然手中有盐票，盐票又如此吃香，那就做盐业生意，肯定能打出一片天地来。

周扶九凭着手中的盐票和十多年积累的经商经验，来到扬州，开始经营盐业。他在扬州开了一家裕通和盐号，凭借无本生利的盐票，很快利润翻番。他从家乡招聘一批能干的徒工，扩大经营。不久，沿长江中下游各省市都有了他的盐号。盐票从二十五张变成了九十张，几乎控制了江南数省的盐业经营，身家巨万。

由于本钱丰厚，他又兼开钱号，先后开有湘潭裕通源钱号，常德裕孚钱号（后改裕通恒）与裕通和盐号，吉安裕长厚、裕道两家钱号与天益当铺；新开汉口裕厚德、裕茂隆钱号、长沙裕恒益钱号、南昌裕厚昌钱号、裕康盐号、裕厚隆纱号、赣州裕盛隆钱号（后为德康钱号）、七海裕大钱号、捷安轮船公司、德丰米厂、九江裕丰厚钱号等，其盐号遍及江南、江淮各城市，其钱庄遍及湖南、江西、湖北、安徽、浙江、江苏、上海等省市。

从盐业贸易到开设钱庄，周扶九风生水起。

光绪末年，海岸线东移，盐产量不断下降。周扶九转移经营方向，把兴趣投向了垦殖业。他和另一盐商刘梯青邀请"状元实业家"张謇到草堰场组建"大丰盐垦有限公司"，开垦盐田，种植棉花，大大推进了大丰地区的植棉事业的发展。

周扶九有了雄厚的资本，将目光转向蒸蒸日上的上海。他在虹庙一带买下大量地皮，没几年，南京路成为商业中心，地皮摇身一变，寸土寸金，周扶九又发了一笔横财。

周扶九成了大富豪，自然也没有忘记家乡。吉安市有几条街上的房屋为他所建，上世纪80年代初，这些房屋还在；他还在南昌、九江等地购置大量房产；汉口有一整条街都是他的产业。

周扶九眼光独到，他看中什么，什么就会涨。这时，他瞩目于上海的黄金市场，跻身上海金融领域。第一次世界大战期间，北洋政府对德宣战，风波迭起，金价大跌，很多商人抛售黄金，弄得倾家荡产。周扶九反其道而行之，调动大量资金，大批买进。不久，大战结束，金价猛涨三四倍。周扶九在当时的上海金融市场上，已是名副其实的黄金巨头，要风得风，要雨得雨，成了上海滩红得发紫的大亨。

周扶九此时已年过花甲，仍然在生意场上冲杀拼搏。他与老搭档、"状元实业家"张謇合资创办了当时国内最大的南通纱厂；与复辟失败、下野回到江西的"辫帅"张勋合作创办了九江"华丰纱厂"。真可谓生命不息、竞业不止。

我从网上淘到一本龚屏先生写的《西江旧闻录》，其中有一篇《庐陵大亨周百万》，文章描述周扶九逝世的出殡情况，极尽奢华，与他生前的节俭形成鲜明对照——

1920年，号称"江南百万"的周扶九，以九十高龄，福寿全归，在上海升入仙境。周家丧事，其规模之大、耗资之巨，仅次于光绪、慈禧丧葬，是民国九年的一大"盛况"。

周扶九灵堂设在上海文监师路长春里周公馆，灵堂设有三进，层叠而出，布置肃穆典雅。哭吊留声机日夜不停哀号，檀香炉里青烟袅袅，香风四溢，灵堂四周摆满了花圈，挂满了挽幛挽联。周扶九身着双龙百寿衣，装殓在澳洲沉木棺中。请来和尚、道士、尼姑，开吊七七四十九天，还专门请来了西藏喇嘛来做法事。

出殡抬棺用的龙头杠架，龙凤罩套，是专门从北京租来原皇宫用品，据说是抬过光绪皇帝和慈禧太后的原物。抬棺扛夫一百二十四名，是久经训练的蒙古扛棺队，着统一清宫服装，表情肃穆，步履整齐。送殡队伍中，有乘轿一百余顶，乘车五百余辆，步行者四千余名。队伍长达三华里，引魂幡、素车、白马、素灯排成长龙。沿途散发的白纸花签、所燃放的鞭炮由八辆卡车装运。

前来送葬的有上海市有关衙门、团体、军警、侨民、外商、大中学生、工商界、各同业公会、银行、同乡会馆以及周扶九亲戚家族、同行故旧、生前好友、遍布数省的周氏企业相关负责人、披麻戴孝的孝子贤孙等不下万人，送葬过程使整条南京路人山人海，水泄不通。

出殡之后，专备轮船一艘，将灵柩运至九江，在九江举行路祭，然后运到南昌，又举行路祭，最后动用大批帆船，全部用白布扎成孝舟，由小火轮拖运，这才浩浩荡荡到达吉安。

到老家后又举行祭奠，然后下葬。据统计，全部丧事耗资银元三十九万，折合黄金五百两。

据说，盐商们都财大气粗，生活奢靡。周扶九身为扬州八大总商之一，却是生活极啬，还留下很多笑谈。

周扶九每天早餐只是炒盐豆下稀饭，为了买到最便宜的炒豆，他让人跑遍了扬州城。

有一天，周扶九正和老婆吃早餐，看见用人拎着篮子侧身而过。周扶九奇怪，问拎的什么东西，用人答是水。篮子怎么能装水？周扶九揭开篮子一看，原来是一篮点心。用人回答是给少爷、小姐买的早点。周扶九瞠目结舌，长吁短叹，连吃几粒豆子："你们浪费，老子也不节约了！"

周扶九喜欢在一家面馆吃面，每每吃双份的量，只肯付一份的钱。老板无奈，只好告到周太太那儿，周太太要老板记下数量，年终给付双倍面钱。

现在说起周扶九，可以看到的可能只有他当年在扬州兴建的豪宅了。周扶九豪宅坐落在扬州"青莲巷十九号"，南北长达七十三点六四米，东西宽有五十点一八米，占地面积三千七百平方米，原有各类房屋合计一百五十余间，总建筑面积三千一百多平方米。这栋豪宅建筑形式以中式建筑为主，另有两幢西式建筑。

从资产算，周扶九的身家不在顶峰时期的徽商胡雪岩和晋商乔致庸之下。胡雪岩的生意最后以破产告终，人也抑郁而亡；乔致庸的金融帝国，也从清末清政府设户部银行开始衰败。当时，乔氏票号业务多被官办银行夺走，乔氏不得不把票号改组为钱庄。随着清王朝的灭亡，依附于清王朝的乔氏商业，如明日黄花，一蹶不振。可周扶九的生意却随时代变化而日益增长，他目光远大，善于发现商机，以获巨利。清王朝时，他依靠盐业发家，后兼营钱庄，利市两赢。进入民国后，他又转向地产、黄金、实业领域。别人在风雨中飘摇，他却在逆境中奋发，保持不败。

一生在长江中下游各码头穿梭、闯荡的周扶九，开盐号、兴钱庄，遍布大江南北。建垦殖，置房购地，囤积黄金，办实业……成为江右商帮乃至中国商界的佼佼者。周扶九，正像他的名字一样——"鲲鹏展翅凌云汉，扶摇直上九重天"，他是那个时代的经营天才、盈利高手和盖世富豪。

九

码头是与船联系在一起的，船是与水的流速联系在一起的。

速度决定时代的变化。今天，音速、光速、超光速，使我们这个时代日新月异，码头发展到了太空，化身为宇宙空间站，供宇航员长期居住和工作。

人类的技术正在登峰造极，但鄱阳湖周边仍然还有码头在运行。人们生活在鄱阳湖周围，与候鸟一起分享着岁月的冬寒春暖。鄱阳湖也是候鸟的码头，它们不远万里来到这里，度过漫长的冬日。

鄱阳湖收纳赣江、抚河、信江、饶河、修河五江之水，统汇长江。鄱阳湖水系交通连通江西各县大小港、码头，形成天然水网。

古代鄱阳湖与长江水系无疑是世界上最繁忙的内陆江、湖，先于汪大渊出生五十七年的马可·波罗曾游九江，惊叹"它的船舶非常之多"，"不下一万五千艘"。这需要建造一个多大的码头来容纳这些船只啊！

明末意大利传教士利玛窦数次经过鄱阳湖，在其著作《利玛窦中国札记》中描述过鄱阳湖的盛况："……环绕它的整个沿岸，极目瞭望，只是无穷无尽的层层城镇村寨……从这里，河水的潮流对于向南京进发的人有利，在这地方它流得特别缓慢，你简直注意不到它，这使得这一广阔的水域里，处处可以航行便利。"利玛窦描述的这些层层城镇村寨，其实就是大大小小的码头。

码头是一个时代兴旺的标志，码头代表着交通，而交通又影响着人文和商业的兴旺。有了码头就能连通世界，就能走出幽闭之地，向更广阔的世界进发。

如果穿越古代，乘船穿行在浩渺的鄱阳湖和它的水系航线，寻访古代城镇，沿途大小码头，成为岁月的停靠站。

我愿荡起双桨，去阅读江右商帮创造的商业传奇，包括他们留给后世的物质及精神财富……

灵魂与脊梁

一

从鄱阳湖边缘出发，向东上溯五河之中的信江源头怀玉山。玉山的朋友告诉我，那里有座方志敏蒙难纪念亭。

穿越当年抗日先遣队的行军路线，小车隐入怀玉山深谷之中，沿着山腰盘旋而上。云深雾漫的怀玉山云盖峰下的高竹山盆地，突然云开雾散，一座巨幅《清贫》作品和方志敏的头像伫立在眼前。方志敏的眼神冷峻而庄严，似乎在注视着你，又全然不是。这双眼睛依然在注视着山河大地和天下苍生。

我端详着这双眼睛，从这双眼睛里，我似乎看见了中国历史上的另一位顶天立地的英雄——文天祥，我分不清是方志敏还是文天祥，他们的眼神重叠着、晃动着，凛凛不可侵犯，浩然正气里掩藏着一丝诗意的温情。

方志敏和文天祥在不同时代面临敌人的搜捕，当搜捕的喽啰判断这就是要活捉的"大官"时，如获至宝般欣喜。一是这样的"大官"肯定携带了不少钱财，他们可以发一笔横财；二是捉到这样重量级的"大官"，免不了升官发财……

但敌人错了，敌人不仅没有搜到所要的钱财，从捉到他们的那刻起，就已经开始成就着他们不朽的英名。

文天祥和方志敏是生于不同时代、心灵深处深深烙上了国家、民族印记的知识分子。他们一个是抵御外敌捍卫忠节情操的义士，一个是信仰坚定、为理想献身的战士。

为了各自心中的道义，文天祥成为孔孟仁义学说的殉道者，方志敏成为理想、主义的殉道者！无论如何，他们恒定的信仰，成就了他们的节义。

他们生长于鄱阳湖流域的两条不同河流，一条是赣江，一条是信江。"赣"与"信"为江名，透出许多江右文化密码："赣"这个字，"文章"经"工"（匠心独运）而成册"页"；"信"，由"人"和"言"组合而成，作为人，应言而有信。赣江诞生了以文天祥为典范的文章节义楷模，信江诞生了方志敏式的共产主义战士。

两条河流的流向完全不同，赣江由南向北，信江由东向西，两条江以开疆拓土之势汇合于鄱阳湖。

文天祥和方志敏分别关押于两座不同时代的监狱：一座是异族入侵者的牢笼，任凭高官厚禄，文天祥拒不投降；一座是反动派的铁牢，同样是以高官厚禄相诱逼，方志敏宁死不屈。

他们同声相应，同气相求，在相距六百五十余年的时光中，两束人性的光芒洞穿着幽深历史，交相辉映。

国家与民族、信仰与主义，是他们心底坚定不移的磐石，他们以石胆文心的气节塑造着江右文化的核心，也塑造着中华民族的灵魂和脊梁！

二

方志敏是信江之子，从懂事时起，他就知道自己降生的这片土地上，早已诞生过南宋抗金宰相陈康伯、坚贞义士谢叠山这样彪炳史册的人物。

先于方志敏八百零二年出生的陈康伯，正逢金国完颜亮大举进攻南宋之时。谁都知道，宋高宗是个软蛋，贪生怕死，为了苟且偷安，他做过一件令国人疼痛千年的事——伙同卖国贼秦桧将在前方奋勇杀敌的岳飞以十二道金牌召回，并以"莫须有"的罪名诛杀。诛杀忠臣良将的皇帝当然只好做缩头乌龟了。当金国再次举兵来犯，朝廷主和派风声鹤唳，唯有陈康伯力主抗金。大敌当前，高宗皇帝摇摆不定，他亲拟诏书"如敌未退，散百官"。康伯接诏书非常气愤，将诏书撕碎烧毁。他觐见高宗，阐明一旦百官散去，朝将不朝，国将不国，与其如此，还不如御驾亲征，奋力一击。群臣也担心高宗龟缩，朝廷散架，南宋危在旦夕，也倾力支持康伯主张。高宗无奈，只好下诏亲征。陈康伯派得力干将分兵把守战略要地，从东海防线到川陕前沿，南宋与金国在长江沿线摆下了生死营垒。

陈康伯运筹帷幄，长江防线在虞允文的指挥下取得了采石矶大捷，东海防线在李宝的率领下取得了密州胶西陈家岛大捷，川陕防线由四川宣抚使吴玠领军收复了秦、洮、陇、商、虢、华、陕七州……金军后方，各路义军纷纷起兵，攻城掠邑，金朝统治大有摇摇欲坠之势。此时，金朝发生内讧，东京留守完颜雍自立为皇帝（金世宗），四面楚歌的完颜亮进军到扬州，被部将杀死。金军全线撤退，宋军收复了两淮地区，由陈康伯主持的抗金战局取得前所未有的全面胜利。先前要逃跑的高宗皇帝，长舒一口气，"御驾亲征"大功告成。高宗毕竟胸无大志，若稍有谋略，趁金国内乱、义军纷起，而南宋军民士气正旺之时，向金国全面开战，一举收复失地，完成统一大业也未尝不可能。如此，中国和世界历史将是另一番景象！

但南宋朝廷习惯了称臣纳贡，在胜利面前来不及应对大好局面，白白失去一个改写历史的时机。

可叹，可惜！

在高宗这样软弱的主子面前，再有能耐的臣子又能怎样？陈康伯没有在强敌面前屈膝投降，是气节使然。气节使他获得了幸运和荣耀。

信江哺育了一代抗金名相，陈康伯取得了南宋偏安以来的最大胜利。在前有秦桧当道，后有史弥远、贾似道擅权误国的南宋朝廷里，陈康伯使这个偏安朝廷再度复兴，成为一代中兴大臣，从一定意义上说，他改写了南宋的历史。

斯人可颂！

方志敏所处的时代，外有日寇侵占东三省，华北、华东危在旦夕；内有蒋介石破坏国共合作，对红军实行"围剿"政策。1934 年 7 月 15 日由毛泽东、朱德等署名发表《中华苏维埃共和国中央政府、中国工农红军革命军事委员会中国工农红军北上抗日宣言》，中央红军欲突破国民党封锁，北上抗日。1934 年 11 月，方志敏奉命率红军北上抗日先遣队北上，不意出师未捷，兵败皖南，怀玉山成了他的蒙难之地。

方志敏心如刀剐，此生不能像乡贤陈康伯那样上阵杀寇，这是生命中的最大遗憾！

三

背靠怀玉山，面朝信江水，方志敏遇见了第二位重量级乡贤谢叠山。

谢叠山比方志敏早出生六百七十三年，是中国历史上与文天祥并誉的民族英雄，与文天祥（文山）并称"二山"。文天祥以"人生自古谁无死，留取丹心照汗青"名垂青史；谢叠山则以"万古纲常担上肩，脊梁铁硬对皇天"响彻当世。两位硬汉用诗歌表明自己的志向，高风亮节，气贯长虹，为后人所景仰。

谢叠山与文天祥为同年科班进士，考试成绩名列前茅，因对策中指责当朝丞相和宦官的腐败行径，遭抑贬为二甲第一名。

南宋末年，谢叠山变卖家产，拉起一支民间义军，与文天祥朝野相应，共同抗元。他与文天祥在戎马倥偬中相见，他拱手道："文宰相努力在朝，我等努力在野。"他率军转战闽、浙、赣，与元军周旋。最后在坚守安仁（今江西余江）时，终因寡不敌众，城陷，败走福建建阳。后文天祥被俘，南宋流亡朝廷在崖山覆灭，大势不可违，谢叠山只好以卖卜、讲学为生。

元朝得天下后，自然更想得到南宋名士为其服务，在征召贤才名单中，谢叠山名列首位。元廷先是派各级官员三番五次地游说，催逼他赴朝为官，谢叠山不为所动，拒不赴朝。降元的南宋丞相留梦炎以谢叠山恩师的名义写信劝其仕元，谢叠山也不买账。忽必烈又亲自下了一道圣旨，谢叠山意志如磐，拒旨不赴。

元廷终不会有那么大的耐心，下旨福建行省参政魏天祐，将谢叠山押送京都。这年冬天，寒风呼啸，谢叠山衣衫褴褛，形容枯瘦，却精神抖擞。在与门生、士友诀别时，仍唱和自如，有《魏参政执拘投北，行有期，死有日，诗别二子及良友》，诗云：

> 雪中松柏愈青青，扶植纲常在此行。
> 天下岂无龚胜洁，人间不独伯夷清。
> 义高便觉生堪舍，礼重方知死甚轻。
> 南八男儿终不屈，皇天上帝眼分明。

他把自己比喻成"雪中松柏"，精神昂扬，令人感奋。这次北行的目的他自己十分清楚，就是以"扶植"儒家"三纲五常"为目的。因为这些纲常在元廷的汉族降臣中丧失殆尽，他要做一个维护"纲常"的典范。诗中"龚胜"和"伯夷"，都是古代"忠臣不事二主"的典型。王莽篡汉后，任命龚胜为国子祭酒，他绝食抗议而卒。伯夷在商亡后耻食周粟，饿死在首阳山。"南八"是"安史之乱"时的南霁云将军，排行八，故有此称。南八与张巡守睢阳，援绝粮尽，被俘受斩时，张巡对南八呼喊道："南八，男儿死耳，不可为不义屈！"南八岂是偷生之辈，他大声回答张巡："公有言，云敢不死？"随后，慷慨赴死。

谢叠山被押送到京都，关押在当年监禁文天祥的驿馆。监守官威胁他说："这就是文丞相砍头处。"谢叠山仰天大笑道："当年集英殿赐进士第，幸同榜，今复从吾同年游地下，岂非幸耶！"

谢叠山一路绝食，病体垂危。留梦炎将药掺入粥中送给他。他将药粥泼在地上。不久，谢叠山在监舍凄惨谢世。

至此，谢叠山之死，成全了南宋灭亡的最后一段悲壮，为哀痛中的历史画上了一个句号。

南宋的历史完结了，谢叠山家族的故事却仍在演绎。谢叠山悲壮离世的消息传到家乡时，他已出嫁的长女谢葵英，变卖全部家当，在父亲兵败处安仁金竹源，为乡民建造了一座结实的石桥。桥成之日，谢葵英与二婶纵身投水，为故国尽节，后人称其投水处为"孝烈叠山"。

谢氏一门，悲壮得伟大，无私得节义，令天地动容！

故土诞生过如此豪迈而俊伟的先贤，方志敏感到无比自豪。他如一棵风雨中茁壮成长的树木，根系深扎在弋阳大地，吸取着先贤的养分，朝着参天大树应有的轮廓伸展……

四

方志敏生活的年代，白色恐怖肆虐漫流。如果是和平年代，我相信方志敏的理想肯定是一位出色的作家。

方志敏是一个有艺术气质的农民运动领袖。他二十二岁发表过散文诗《哭声》，后来成为进步刊物《新江西》季刊的主要撰稿人，他创作的小说《谋事》，与鲁迅、郁达夫、叶圣陶等著名作家的作品收编在同一年的《年鉴》里。他不仅是一位才华横溢的作家，还是一位出色的出版人，由他创办的《青年声》周报、《寸铁》旬刊，在那场轰轰烈烈的大革命运动中传递着理想的光芒。

方志敏的家乡是"弋阳腔"的诞生地，他的血液里有天生的戏剧因子。在如火如荼的革命岁月里，他编写革命新剧《年关斗争》，并亲自登台演出……他是那个时代最具"文艺范"的革命家。

如果没有卷入那场浩荡的农民运动，他也许会成为一个出色的诗人、作家、戏剧家。

但历史选择了他，以诗人的豪情激发革命斗志。方志敏所走的道路，让他以别的形式撰写出了不朽篇章——

他置身于轰轰烈烈的农民运动浪潮之中，第一次国共合作时期，他当选为江西省农民协会执行委员兼秘书长，领导全省农民运动进入鼎盛时期，农协会员发展至八十余万。进入土地革命时期，他在家乡弋阳发动秋收暴动、弋阳暴动，领导建立了弋阳、横峰县苏维埃政府，而后，逐步开辟出"方志敏式"赣东北革命根据地。一个由弋阳、横峰而信江，由信江而赣东北，由赣东北而闽、浙、赣、皖的根据地在迅速扩大。根据地及游击范围包括赣东

怀玉山方志敏塑像

北的二十一个县、闽北的十三个县、浙西（南）的二十一个县、皖南的十七个县，合计达七十二县之多。

由于左倾机会主义路线的错误领导，中央苏区第五次反"围剿"失利，中央红军被迫进行重大战略转移，方志敏领导的抗日先遣队作为牵制敌后方的力量，遭到毁灭性打击。方志敏及其红十军团除粟裕带领四百余人突出重围外，其余全部战死或被捕。

方志敏被捕后，在狱中写下二十余万字的遗稿。他以一个诗人的情怀投身革命实践，壮大了革命根据地和苏维埃政权。当自己身陷囹圄时，他又以一个革命者的身份，争分夺秒地将自己还原于一个诗人的角色。他奋笔疾书，写出了《可爱的中国》《清贫》等充满革命信念、令无数读者唏嘘不已的作品——

我从事革命斗争，已经十余年了。在这长期的奋斗中，我一向是过着朴素的生活，从没有奢侈过。经手的款项，总在数百万元；但为革命而筹集的金钱，是一点一滴地用之于革命事业……

由于叛徒告密，方志敏被俘，敌人在他身上仔细搜查，希望从他身上搜出值钱的东西，可是竟然连一个铜板也没有搜到。这便有了《清贫》所述的一幕——

　　一个士兵拉出手榴弹的引线做抛掷的姿势，恶狠狠地说："赶快将钱拿出来，不然就是一炸弹，把你炸死去！"

　　方志敏看那架势十分好笑，轻蔑道："哼！你不要作出那难看的样子来吧！我确实一个铜板都没有，想从我这里发洋财，是想错了。"

　　敌人在方志敏身上反复搜查无果，就抢去了那块怀表和水笔，两个士兵合计着，将表和笔卖了，钱平分……

　　方志敏就这样落在了两个贪婪的国民党士兵手中，成为中国共产党历史上一名"文天祥式"的英雄。

　　怀玉山的雾是那么深沉，隐约中，我看见了一个诗人革命家，抑或革命家诗人在信江畔奔走，他的声音先是传布于信江，之后传布于赣东北地区，后来传布于闽、浙、赣、皖边区，最后传布于全中国。方志敏精神成为新中国精神坐标中的一根标杆，称量着共产党人的情操！

五

　　从怀玉山方志敏的塑像里，我看到了文天祥的身影——同样是在艰苦转战中，同样遭遇叛徒出卖而被俘。

　　生与死的拷问，在他们的心底已经不止千百次了。只要一息尚存，生命就是属于朝廷和国家、主义和理想！绝不投降，以求苟且！这是他们生命的底线！

　　文天祥是在海陆丰地区的五岭坡被俘的，那时他和士兵们刚刚端起饭碗要吃饭，突然遭到元军的袭击。他一边跑，一边吞吃预备的毒药。或许历史是一位最高明的剧作家，要他扮演的角色并不是一位自杀者，而是一位忠贞节烈的儒家义士楷模。

后来的情节发展便是一步步朝这一方向演绎，成全着他少年时的理想。庐陵（今吉安）是儒家忠节文化的诞生地。少年文天祥，见学宫所祀欧阳修、杨邦乂、胡铨、周必大与杨万里乡贤像（四忠一节），不禁感叹道："殁不俎豆其间，非夫也。"这句话翻译成现代汉语，即是："我死后，如果不能与这些被祭祀的人排列在一起，就不是丈夫！"

看来，文天祥在年少时就已经思考过自己将来死的价值，那就是两个字："忠""节"。现在看来，他做到了，而且是做得最好的一个！

写到这里，我突然发现，人越是在幼小时的发愿，力量越大。用现在的话说，人在幼小时奠定的理想，用一生去践约的话，成果一定是惊人的！文天祥便是最好的例证！

方志敏本来与粟裕率八百人冲出了敌军的包围圈，但他惦念没有冲出包围圈的主力部队，又返回去接应。

等他与主力部队会合时，先前粟裕走过的行军路线被敌军截断。红十军团主力在怀玉山陷入敌重兵包围之中。经过反复冲杀，部队伤亡巨大，队伍被打散，躲藏在山野中的红军靠吃草根、野菜度日。

对于一个革命者来说，死亡如影随行。当两个白军士兵发现他时，他面黄肌瘦，饥饿使他失去了反抗的能力。他被敌人绑着双手，汇入到了敌人搜捕的其他红军俘虏的行列。

我想，他在被俘的那刻，脑子里反复跳出的人物一定是文天祥和谢叠山！因为文天祥和谢叠山，在他们倒下的那一刻，就已经巍然矗立成了两座高山。

对于怀玉山的被俘，方志敏有过痛惜，他在狱中写道："十余年积极斗争的人，在可痛的被俘的一天——一九三五年一月二十七日以后，再不能继续斗争了！"

没有轰轰烈烈的生，必须有一场轰轰烈烈的死！

怀玉山是他的蒙难之地，也是他生命中自由与牢笼的分水岭。他将自己与怀玉山融为一体，作为一座山，他可以含笑地眺望"文山""叠山"！

他无愧！

六

方志敏在怀玉山被俘后，当天被押解到玉山大水坑国民党军第四十三旅部，第二天戴脚镣手铐用装甲车送到上饶"赣东剿匪总指挥部"。在上饶关押两夜，第三天送往南昌行营。

方志敏在上饶关押处，与时任国民党第八军兼赣东"剿匪"总指挥部少将参谋长宋弘波有过简短对话。这次对话，促成了方志敏写下了《方志敏自述》。后来关押在南昌，他写下了《清贫》《可爱的中国》《狱中纪实》《我从事革命斗争的略述》等著作。

在狱中，方志敏时常想提笔写下自己的思想，但又担心文稿传送不出去，写了也白写。方志敏善于做群众工作，他把这一套工作经验搬到国民党的监狱。一个只有十九人的看守所，竟然被方志敏"宣传了十多人来参加革命"，就是说，包括所长凌凤梧在内的多半人都倾向于同情革命。

也许是上天的设计，虚构故事也难得有这样巧妙的安排：国民党一位叫胡逸民的高官也来到了看守所，他因为派系斗争而入狱。一个共产党领袖与一个国民党元老在同一座监狱开始了一段温情的友谊。

胡逸民是个传奇人物，他曾营造过国民党的三个监狱，并担任监狱长。有趣的是他两次救过蒋介石的命，却三次被蒋介石投进他自己营造的监狱中。他因为安排共产党的谍报人员打入国民党高层，致使第五次"围剿"的情报泄露而入南昌军法处监狱，与方志敏成为狱友。

在狱中，胡逸民与方志敏接触，两人虽党派不同，但却赤诚相交。他亲身感受到方志敏坚持真理和正义的铮铮铁骨，对其追求信仰所表现出来的坚定意志和英雄气概无比钦佩。他为自己人生中能亲眼见到一位"文天祥式"的人物而感到庆幸。

有一次，胡逸民看见方志敏将辛苦写好的文稿撕毁，心疼不已。他劝说方志敏不要急躁，办法总是会有的。胡逸民想到利用自己妻子探监的机会，将文稿传送出去。这给了方志敏很大鼓舞，从此方志敏开始一心一意写作。

当然，在狱中，方志敏的朋友不止胡逸民一个，看守高家骏也是积极筹谋为方志敏传递文稿的一位热血青年。高家骏也被方志敏的坚定信念和人格力量打动，甘愿为这样的英雄做力所能及的事情。为了不使自己过早暴露，他写信给在杭州的女友程全昭，让她速来南昌见面。高家骏请求自己女友完成一项特殊使命，要她帮助监狱中的共产党"大官"，秘密将信件和文稿送到上海，分别交给宋庆龄、鲁迅、李公朴三人。程全昭胆识过人，如期完成了这次传递任务。

方志敏出于谨慎，将"篮子里的鸡蛋"分开，以防不慎而全部打烂。高家骏传递了他著作的一部分稿件，胡逸民传递了另一部分稿件。这就是我们现在所能够读到的方志敏狱中著作。

文稿有的辗转到了莫斯科、巴黎等地，还有的辗转到新四军手中再传递到了延安。许多人读到方志敏的遗稿后慨叹不已，叶剑英在看到方志敏手稿后，感怀赋诗："血染东南半壁红，忍将奇迹作奇功。文山去后南朝月，又照秦淮一叶枫。"感叹文天祥离世之后，今天又看见了那轮皎洁的月轮，照在秦淮（新四军根据地）大地上。

文天祥在狱中写出了《指南后录》第三卷、《正气歌》等气壮山河的诗文。文天祥的诗文又是如何传送到外界的呢？方志敏有胡逸民和高家骏这样的特殊"粉丝"冒死传递，文天祥这样的英雄，又何尝不会有同情和敬佩他的狱卒为他传递诗文呢？

不管出于什么情势，后世读者应该感谢那时的传递者，使我们至今可以与一位千古斗士相遇，结识一颗伟大灵魂！

七

权势熏天的蒋介石也想跟方志敏交"朋友"，但方志敏却不一定愿意跟他交"朋友"。自获悉方志敏被俘，蒋介石就没少费脑筋，他动员各路人马到监狱做方志敏的工作，让其"弃暗投明"。在所有人均告失败后，他仍然不死心，亲自来到监狱看望方志敏，想通过他的"魅力""征服"方志敏投诚于他的脚下。

方志敏对蒋介石只有一句金石掷地的话："我的生命只有三十六岁，你赶快下命令执行吧！"对于一位将生命交给了信仰的人，用高官厚禄来做诱饵，是毫无用处的。

元朝的头号人物忽必烈，对文天祥也可谓"礼遇有加"。当初被俘时，元军将领张弘范押着文天祥到崖山观战。他让文天祥写信招降张世杰。文天祥只是抄录了前不久写的《过零丁洋》一诗给张弘范。诗歌不分敌我，即使敌人读到真正透彻灵魂的诗作，也要礼让三分。

张弘范向元世祖请示对文天祥的处理意见，元世祖说："谁家无忠臣？"可见他对文天祥的气节也是钦敬的。

文天祥被押送到大都后，元世祖安排南宋那些投靠过来的旧臣故交，走马灯似的前往规劝。这些人口才都是一等一地好，一套套的歪理邪说，说得也不是没有一点儿道理：

——南宋朝廷早已不复存在了，你还死守着一个"忠"，"忠"于谁呢？

——守节也是没有错，但现在南宋灭亡了，我们这些曾经的臣子也要活命，一家老小都指望我们。文丞相现在投诚元朝，不算卖国求荣。

——元朝建立了新朝廷，亟须丞相您这样有远大抱负的人来建设好这个国家，这国家不还是我们的吗？

——先前的南宋朝廷，那样的腐败，守着它，不灭亡才怪呢。

——朝代总有兴替，没有永存的朝代，只不过现在正是南宋灭亡的时候。丞相不应执着，应看清时局，顺应潮流……

文天祥对这些人不想费什么口舌，只是说，道不同，不相与谋。跟他们说什么呢？他们根本不懂得什么是"忠"，什么是"义"，如果知道的话，他们也不会奴颜婢膝地向侵略者称臣。

当那个"识时务者"留梦炎前来规劝文天祥时，文天祥怒从胸中烧，痛骂了一番他的厚颜无耻。留梦炎只好悻悻而退。元世祖见谁也说动不文天祥，搬出降元的宋恭帝赵显来劝降也未能奏效。

最后，元世祖不得不亲自召见文天祥，文天祥只是抱拳作揖，却不跪。元世祖也宽宏大量，并不要他跪。元世祖说："你的忠节有目共睹，如果你能用对待南宋的忠节对朕，那朕可以让你来做大元的宰相，你看如何？"文天祥答道："我的国家灭亡了，我只求以死报国。不当久存于世。"

方志敏与文天祥，两位相距六百五十余年的英雄，终于等来了最高层的指令，期待的死神这才走下台阶。

面对掌握他们生死的执政者，他们的回答是那样惊人地相似。方志敏说，我的生命只有三十六岁，多活一年、多活一天都是多余的！文天祥说，南宋朝已经亡了，我还有何面目再活在这个世上！

世俗的高官厚禄是多少人梦寐以求的，任何朝代的最高统治者都把人的需求与高官厚禄相联系，但在方志敏与文天祥这里，高高在上的统治者竟然碰壁了！

拥有无上权力的统治者在自己的囚徒面前显得那么猥琐，而囚徒反而像山一样崇高。他们恼怒，又百思不得其解。

统治者的想法与英雄的志向是何其南辕北辙啊！

八

文天祥在狱中接到了女儿柳娘的来信，信中叙述了她和母亲在宫中为奴的痛苦景象。这样的信，只有在元廷的授意下才能得见。

文天祥知道这是元廷想通过儿女亲情来感化他的"磐石"之心。这是明摆着的，如果他转变思想，与元廷合作，他就可以跟自己的妻子和女儿团聚。

所谓大丈夫，儿女情长的小情怀必然要让位于家国、民族的大情怀。在常人眼中，有大情怀的人似乎薄情寡义，置亲情儿女于不顾。但事实是，大情怀中包含小情怀，他们比任何人更懂得亲情、儿女情，只是他们有比这更重要的大情怀要去实践。

文天祥忍着刀剐般的疼痛，给自己的妹妹写了一封信，字字哽咽："收柳女信，痛割肠胃。人谁无妻儿骨肉之情？但今日事到这里，于义当死，乃是命也。奈何？奈何！……可令柳女、环女做好人，爹爹管不得。泪下哽咽哽咽。"

如果为了妻子、女儿，为了小家，他大可像留梦炎之流一样"顺势应变"，但大节大义又该如何安放？

在文天祥之前，说起节义情操，就不得不说同为南宋朝的先贤鄱阳洪灏。他以礼部尚书身份出使金国，被扣留在荒漠十五年，坚贞不屈，艰苦备尝，全节而归，被誉为"苏武第二"。还有文天祥尊为恩师的江万里，元军大举进军南宋，国破家亡之际，江万里居鄱阳芝山，城破之时，为了不做亡国奴，他毅然投止水池而死，其子江镐及一百八十余家口皆赴池而殉国。文天祥记得当年自己出任湖南提刑时，前往拜访七十六岁

文天祥纪念馆

高龄仍然担任荆湖南路安抚使兼知潭州的恩师江万里，谈论岌岌可危的国事，师徒俩惺惺相惜。江万里对文天祥说："观天下时局，当有大变。我阅过无数人，以今天世道人心来观察，能担当重任的人，就是你了，你要全力而为！"

往事如烟，历历在目。这么多前辈在民族大义面前尚且如此，自己焉能被一些小情怀所左右？所谓义无反顾，心坚如铁，就是这时文天祥的写照。

方志敏在狱中获悉妻子缪敏被俘，心里十分担忧。他率部北上时，妻子怀有身孕，不能随军行动。现在，他们的孩子该出生了，可是妻子和孩子在哪儿，到底怎么样？他一概不知。敌人利用这条，想利诱方志敏投降，就说他的夫人组织了一支军队，起名叫赴难军。方志敏一听就知道是敌人在诱骗他，因为党组织不可能让自己的妻子来领导军队，再说，自己的妻子也是一个坚贞的革命者，不可能无纪律地组织军队。这只能说明敌人太无知和可笑了。

敌人的目的是想从方志敏的亲人那里找突破口，给他们以利用的机会。敌人说，你要不要与夫人见个面，你写封信，由你从一起被俘的人员中挑一名可靠的出去传送信件。

这显然是一个诡计。方志敏警觉地加以拒绝。

他何尝不想见自己的妻子和孩子，他还有一个老母亲在家里种地，不知她老人家是不是为几个买盐的银花边发愁。

方志敏只有将这些压在心底，他在狱中写下《给党中央的信》，信中罗列了八篇狱中文章的篇目，其中就有"给我妻缪敏同志一封信"。可惜，这封信不知在哪个环节出现疏漏，至今尚未发现。

方志敏与文天祥，虽然时隔六百五十余年，但他们的行事风格却没有丝毫变化。大义大节置于首要，小情小怀要为大情操让路！

英雄之所以如高山般令人仰望，正在于他们在处理家与国、私与公、小节与大义等问题时显现出的崇高与博大的胸襟。

九

　　方志敏预感到自己来日无多，他将最后一批文稿交给狱友胡逸民，嘱托他转送到宋庆龄和鲁迅先生手中。

　　蒋介石下达了秘密枪杀他的指令。他嘴里塞着毛巾，刽子手从后脑射穿他的脑袋。他倒下了，长眠于大地，与他所写的《可爱的中国》这片土地融为一体。

　　说方志敏是一位民族英雄很多人不太理解，但是读过《可爱的中国》的读者，就会完全沉浸在他的爱国热忱中。他虽然没有亲身走向抗日前线，但他深陷牢笼，却仍在为民族呐喊。

　　方志敏"读西洋史，一心想做拿破仑；读中国史，一心又想做岳武穆"，恨不得"带几千兵或几万兵，打到日本去，踏平三岛"。一个"待决之囚"，洋洋万言，目的只有一个，要将一腔热血倾洒在自己热爱的祖国。祖国就是一位母亲，每一个有良知的中国人，都不会泯灭自己的良心，去做一名汉奸，将母亲的躯体奉献给侵略者。"母亲"的身躯已经被帝国主义蹂躏得千疮百孔，他唤醒千百万大众为祖国崛起而奋斗——

　　　　我虽然不能实际地为中国奋斗，为中国民族奋斗，但我的心总是日夜祷祝着中国民族在帝国主义羁绊之下解放出来之早日成功！假如我还能生存，那我生存一天就要为中国呼喊一天；假如我不能生存——死了，我流血的地方，或者我瘗骨的地方，或许会长出一朵可爱的花来，这朵花你们就看作是我的精诚的寄托吧！

　　方志敏最后落款：你们挚诚的祥松。这个"祥"，是文天祥的"祥"，这个"松"是大雪压青松的"松"，"祥"代表千古不灭的民族气节，"松"

代表坚贞、青翠的品格。这就是方志敏！

读着方志敏写下的令人潸然泪下的呐喊词，我忍不住一次次流下泪滴。

方志敏在生命的最后时刻，将自己生命中最后的精华与六百五十多年前文天祥的铮铮铁骨联系在一起。这是因为文天祥是中华民族五千年文明中民族英雄的标杆！

文天祥领兵驰骋疆场，抗击元军，最后落入敌人魔掌。他在刑场为民族节义捐躯。他倒下时，衣带里夹着一张在监狱里写就的字条，上面写着：

孔曰成仁，孟曰取义，唯其义尽，所以仁至。

读圣贤书，所学何事，而今而后，庶几无愧！

一代民族英雄之慷慨悲歌，令人钦敬，嘘唏长叹……刽子手砍去了文天祥的头颅，但他在中华儿女的心中站立成一座葱翠的高山。这座山，又因为有无数"方志敏式"的英雄衬托，它愈显巍峨、壮阔！

我逡巡在怀玉山的沟壑中，仰望云天，似乎有说不尽的话语。

英雄远去了，他们的肉体早已成为大地的一部分，而灵魂却飘荡在任何一处天空或大地，与我们交汇、激荡……